Hilkje Hänel
Letzter Ausweg Tempelhof

GOLDMANN
Lesen erleben

Buch
Die Berliner Polizei wird zu einem tristen Tatort gerufen. In einem Flüchtlingsheim in Tempelhof wurden zwei Leichen gefunden: ein kleines Mädchen, das erstickt wurde, und eine junge Frau, die sich erhängt hat. Die anfängliche Vermutung, dass die Mutter zunächst ihr Kind und dann sich selbst umgebracht hat, wird durch die Rechtsmedizin bestätigt. Aber wo liegt das Motiv? Kommissarin Alexandra Gode und ihr Kollege Lepke kommen einem besonders perfiden Fall von Zwangsprostitution auf die Spur. Doch ihre Ermittlungen werden von oberster Stelle boykottiert. Denn in die Sache sind auch der Polizeipräsident und der Innenminister verwickelt …

Informationen zu Hilkje Hänel sowie zu lieferbaren Titeln der Autorin finden Sie am Ende des Buches.

Hilkje Hänel

Letzter Ausweg Tempelhof

Ein Berlin-Krimi

GOLDMANN

Dieses Buch ist auch als E-Book erhältlich.

FSC
www.fsc.org
MIX
Papier aus verantwortungsvollen Quellen
FSC® C014496

1. Auflage
Originalausgabe Mai 2019

in der Verlagsgruppe Random House GmbH,
Neumarkter Str. 28, 81673 München
Dieses Werk wurde vermittelt durch die Literarische Agentur
Thomas Schlück GmbH, 30161 Hannover.
Umschlaggestaltung: UNO Werbeagentur, München
Umschlagmotiv: gettyimages/spreephoto.de
Redaktion: Regina Carstensen
BH · Herstellung: ik
Satz: Vornehm Mediengestaltung GmbH, München
Druck und Bindung: GGP Media GmbH, Pößneck
Printed in Germany
ISBN: 978-3-442-48608-3
www.goldmann-verlag.de

Besuchen Sie den Goldmann Verlag im Netz:

Für J. B. und E. B. und für S. J.

Prolog

Das Mädchen mit den schwarzen Haaren ist noch klein. Mit angezogenen Knien kauert es auf den kalten Fliesen unter dem Treppenvorsprung. Die Hände hält es auf die Ohren gepresst. Der Schmerz summt im Kopf. Die Lippen sind von den Zähnen blutig gebissen. Die dunklen Augen vor Angst weit aufgerissen.

»Wenn du die Augen zumachst, wird sie sterben«, hatte er gesagt.

Das Mädchen versucht, nicht zu blinzeln. Tränen ziehen salzige Spuren über die kindlichen Wangen. Nicht die Augen zumachen, summt das Mantra im Kopf. Solange das Mantra den stets gleichen Satz aufsagt, kann das Mädchen zumindest die Schreie nicht hören. Vor Anspannung lächeln ihre Mundwinkel.

Immer und immer wieder schlägt seine Faust zu. Mit mechanischer Gleichgültigkeit, wie eine tickende Uhr. Immer und immer wieder auf immer neue Stellen entblößter Haut. Die andere Hand hält den wehrlosen Körper aufrecht gegen die Wand gepresst. Die Finger graben sich wie Krallen tief in das Fleisch der nackten Schulter.

Als die Mutter aufhört zu schreien, läuft ein dünner Blutfaden über ihre Schläfe. Tropft auf ihre Brust und ihren Bauch. Die Lippen flüstern eine Liturgie des Flehens. Das Mädchen kann nicht verstehen, was die Mutter sagt. Noch immer hält es die Hände fest auf die Ohren gepresst. Aber das Mädchen weiß, dass die Mutter nicht den Vater anfleht, sondern ihre Tochter. Wäre sie nur stärker gewesen. Hätte sie nur nicht versagt.

Der Körper ihrer Mutter sackt wie leblos zusammen, als die schwere Hand des Vaters ihre Schulter loslässt. Mit einem dumpfen Ton schlägt der Kopf auf den Küchentisch. Die Finger der rechten Hand krallen sich am Tischbein fest. Das Blut von der Schläfe tropft ein einsames Lied auf die weißen Fliesen. Das Mädchen kneift die Augen zusammen.

Ganz langsam dreht sich der Vater um. Steigt über die Beine der Mutter hinweg, die auf dem Küchenboden zittern, und starrt seine Tochter an. Seine Augen sind kalt. Das Mädchen hat wieder versagt. Es hat wieder die Augen zugemacht. Hat wieder Schwäche gezeigt.

»Sieh genau hin, wie sie sich windet vor Schmerzen«, hatte er gesagt.

»Man ist entweder Opfer oder Täter«, hatte er gesagt.

Aber das Mädchen will die Augen nicht wieder öffnen. Will nicht dem machtgierigen Blick des Vaters begegnen. Nicht den zerschundenen Körper der Mutter am Boden sehen. »Wenn du die Augen zumachst, wird sie sterben«, hatte er gesagt.

Das Mädchen hat die Augen zugemacht.

Seine Hand greift nach ihrem Pullover. Wie eine

Hündin ihr Junges trägt, so schleift er sie jetzt am Nacken über den Flur und aus dem Haus. Hinaus auf das Feld, das mit bleichen Stoppeln zusticht, als hätte es bereits auf sie gewartet. Das Mädchen hat die Augen immer noch geschlossen.

Der Vater tut ihr nicht weh. Und er sagt kein Wort, als er sie auf den Stuhl drückt. Den Stuhl, den er hinter sich hergezogen und der auf dem lehmigen Boden eine Schleifspur hinterlassen hatte. Den weißen Küchenstuhl, von dem die Farbe abblättert. Und dessen wacklige Beine jetzt in den schweren Lehm gerammt sind. Der Vater bindet ihre Hände hinter der Lehne zusammen. Sie ist noch zu klein für den Stuhl. Ihre Füße baumeln in der Luft. Er bindet auch die Füße fest. Als er fertig ist, kann sie sich nicht mehr bewegen.

Langsam beugt er sich zu ihr.

»Das ist deine letzte Chance. Wenn du jetzt stark bist und nicht aufgibst, wenn du an deine eigene Kraft glaubst und nicht schreist, bis ich wiederkomme, dann helfe ich deiner Mutter ins Bett. Und dann wird sie überleben. Obwohl du einen großen Fehler gemacht hast, als du nicht gehorcht und deine Augen geschlossen hast. Aber du kannst es noch einmal gutmachen. Schaffst du das? Bleibst du hier ganz ruhig sitzen, bis ich wiederkomme?«

Ihre Lippen zittern. Heftig nickt sie mit dem Kopf. Sie muss jetzt stark sein. Für ihre Mutter. Die sonst sterben wird.

Das kleine Mädchen wartet, bis es die Schritte des Vaters nicht mehr hört. Als sie die Augen öffnet, kann sie gerade noch seine Gestalt am Ende des Feldes erkennen. Gleich ist er am Haus. Gleich wird er ihrer Mutter helfen. Wenn sie nur stark bleibt! Er hat es versprochen …

Bevor die Dunkelheit heranschleicht, legen sich Nebelschwaden über das Feld. Wie Feenflügel umschlingen sie die Beine des Stuhls. Alle Konturen sind verschwommen. Nur undeutlich kann das kleine Mädchen in der Ferne die Umrisse des großen Hauses sehen.

Sie weint lautlos. Ihre Finger und Füße sind taub. Ihr ist kalt. Sie friert. Mit der Dunkelheit fängt es an zu regnen. Die ersten Tropfen pochen an ihre Stirn und ihre Wangen. Vermischen sich mit den salzigen Tränen, rinnen über das Kinn und den Hals und finden ihren Weg bis zu der lehmigen Erde, in der sie für immer verschwinden. Jeder Muskel in ihrem Körper schmerzt. Ihre Kehle fühlt sich wie ausgetrocknet an. Sie hat Durst. Und Hunger. Irgendwann versiegen die Tränen. Und zurück bleibt nichts als eine große Leere.

Als der Regen stärker wird, sieht sie einen Schatten über das Feld näher kommen. Wie einen verschwommenen Fleck, der in der Dunkelheit kaum auszumachen ist. Winselnd setzt sich ihr Hund neben sie. Und legt seine Schnauze auf ihr nasses Knie.

Später zerfetzt ein Blitz die Schwärze der Nacht. Gleich darauf dröhnt das Donnergrollen. Der Himmel zerbricht unter wütenden Schreien. Das Mädchen hat Angst. Aber sie will stark bleiben. Sie muss stark bleiben. Und es würde sie ohnehin niemand hören. Sie ist allein, umgeben von Dunkelheit und Gewittergrollen, von grellen Blitzen und wütenden Schreien. Nur ihr Hund ist bei ihr. Er zittert, aber er nimmt seine Schnauze nicht von ihrem Knie.

Die nasse Kleidung klebt an dem kleinen Körper wie eine feuchtkalte Hülle, eine zweite Haut, die keinen Schutz zu bieten vermag. Als ihre Mutter sie losbindet, wollen ihre Füße und Beine ihr nicht mehr gehorchen. Bei jedem Schritt knicken sie ein, als würde der vom Regen aufgeweichte Lehmboden sie nicht loslassen. Bis die Mutter sie hochnimmt und sie ihr die Arme um den Hals schlingt, sich zitternd an sie klammert und ihr Gesicht in die vertraute Halsgrube drückt. Aber sie ist stark gewesen! Sie hat die ganze Nacht über durchgehalten und nicht aufgegeben.

Der Hund hat den Schwanz noch immer zwischen die Beine geklemmt. Langsam folgt er der Mutter mit dem kleinen Mädchen auf dem Arm zum Haus. Die Dämmerung weicht nur zögernd dem unerbittlichen Licht des neuen Tages.

Der erste Mord

Eine verstopfte Toilette führt in einer Kneipe in Hellersdorf zu einer Massenschlägerei; der Barkeeper muss eine Runde Schnaps spendieren, um das Chaos unter Kontrolle zu bringen, während Helene Fischer im Radio ungestört weitersingt.

Am Güterbahnhof Moabit baut ein Künstlerkollektiv an einem neuen Gedenkort; ein Kiefernhain soll an die Deportation der 30000 Juden erinnern, die von Gleis 69, 81 und 82 als »Sondertransporte« in die Vernichtungslager gebracht wurden.

Rio Reiser, Sänger von Ton Steine Scherben, ist seit über zwanzig Jahren tot. Reiser wurde als Ralph Christian Möbius am 9. Januar 1950 in Berlin geboren und starb am 20. August 1996 in Fresenhagen in Nordfriesland. »Und wir schreien's laut: Ihr kriegt uns hier nicht raus!«, rufen die Demonstranten im Februar 2017 bei einer Demonstration gegen Mieterhöhungen in der Reichenberger Straße.

Ein bekannter NPD-Funktionär schließt in der Prinzessinnenstraße seine Wohnungstür auf.

Die Sonne spiegelte sich auf den weißen Zeltplanen.

Die Zelte waren provisorisch vor dem Gebäude des ehemaligen Flughafens auf dem Tempelhofer Feld errichtet, aber sie waren leer. Unbenutzt. Vereinzelte Jogger drehten verschlafen ihre Runden auf dem sonst leergefegten Flugfeld. Der Ruf des Muezzins von der nahe gelegenen Moschee versammelte die muslimische Gemeinde zum Gebet. Der Gesang blieb in der Luft hängen und vermischte sich mit dem Staub auf den Gräsern zwischen den Betonplatten. Vom Columbiadamm zerschnitt Autohupen das morgendliche Bild. Irgendwo kläffte ein Hund.

Im Innern des Gebäudekolosses kämpften die Neonröhren gegen das Sonnenlicht, das sich bemühte, einen Weg durch die verschmutzten Fenster zu finden. Vielleicht waren die Fenster nicht mehr geputzt worden, seit Fluggäste mit der letzten Boeing verschwanden, die 2008 vom Tempelhofer Feld startete. Oder seit sich 1945 die letzten Zwangsarbeiter in der Fabrikhalle für die Weserflug-Werke zu Tode geschuftet hatten. Hauptkommissar Lepke meinte, noch immer das Ächzen der schweren Maschinen und das Stöhnen der kraftlosen Körper hören zu können. Als säßen die Geräusche eingesperrt zwischen den alten Mauern.

In der ersten Halle drängten sich ebenfalls weiße Zelte aneinander. Aber diese hier schienen bis auf den letzten Platz besetzt. Im spärlichen Raum zwischen den Planen hockten geflüchtete Menschen auf ihren Doppelstockbetten. Bleich und nahezu regungslos.

Verängstigt.

Eingesperrt.

Wie damals die zur Zwangsarbeit verschleppten

Menschen, dachte Lepke. Und wieder hörte er den Lärm der Maschinen. Es war so laut, dass er hätte schreien müssen, um sich verständlich zu machen.

Gleißendes Licht.

Nicht enden wollende Schreie.

Sich verzweifelt aufbäumende Körper.

Lepke schüttelte unwillkürlich den Kopf. Fünfhundert Menschen in einer Halle! Das war ganz sicher nicht das ersehnte Ende einer langen Flucht. Es war nur eine weitere Station der Verzweiflung. Und wenn nicht jegliche Hoffnung schon längst gestorben wäre, die Neonröhren und die Ausweglosigkeit würden ihr Übriges tun.

Das gleißende Licht begleitete Lepke auch in die nächste Halle. Aber hier gab es keine schützenden Zeltdächer mehr. Geometrisch abgetrennt teilten sich jeweils bis zu zwölf Personen ein Viereck aus Trennwänden. Über ihnen an den hohen Decken hingen noch immer die Stahlträger der ehemaligen Fabrik. Wie ein eisernes Spinnennetz, das auf Beute lauerte.

Scheiße.

Lepke trank den letzten Schluck seines mittlerweile kalten Espressos aus dem Automaten am Haupteingang. Bitter. Ohne Zucker. Am Ende der Halle blieb der junge Security-Mann mit den rötlichen Haaren, der bislang wortlos vor ihm hergeeilt war, abrupt stehen. Als würde eine unsichtbare Wand jedem Besucher den Eintritt zum nächsten Viereck unmöglich machen. Lepke stutzte kurz, bevor er um den jungen Mann herumging und das Viereck betrat.

Das Abteil beherbergte sechs Doppelstockbetten. Graue Matratzen auf grauen Bettgestellen aus Metall. Vier der Betten waren durch einen Vorhang aus geblümten Tüchern vor ungebetenen Blicken geschützt. Zwei Rettungssanitäter der Johanniter und ein Notarzt standen in der rechten Ecke des Vierecks. Sie hatten dem Bett den Rücken zugedreht. Einer der beiden Rettungssanitäter musste gerade einen Witz erzählt haben, sein Kollege war noch am Grinsen. Die Szene wirkte skurril.

Als Lepke näher kam, nickten sie kurz und traten zur Seite. Auf dem Boden vor dem Bett war eine Rettungsplane ausgebreitet, auf der der leblose Körper einer jungen Frau lag. Lepke schluckte heftig, als er das Bett dahinter sah. Auch nach vielen Jahren bei der Mordkommission hatte er sich nicht an den Anblick toter Kinder gewöhnen können. Und das tote Mädchen konnte kaum älter als fünf oder sechs Jahre sein.

Beide Körper waren vollständig bekleidet, allerdings barfuß.

Lepke ging wie selbstverständlich davon aus, Mutter und Tochter vor sich zu haben. Auf den ersten Blick konnte er keine Anzeichen äußerer Gewalteinwirkung erkennen.

Mutter und Tochter hatten die Augen geschlossen.

Es war ein friedliches Bild.

Der Notarzt räusperte sich.

Lepke hatte ihn schon mal irgendwo gesehen.

»Reich, Sebastian«, stellte er sich vor und streckte Lepke die Hand hin.

»Erfreut«, erwiderte Lepke. »LKA 11, Markus Lepke.«

Der Notarzt nickte. Er war fast einen halben Kopf kleiner als Lepke, und die blonden Haare standen ihm wirr vom Kopf ab. Die Rettungssanitäter hielten sich im Hintergrund, die Hände tief in den Hosentaschen vergraben.

»Wir kamen viel zu spät. Da hatten wir keine Chance mehr. Bei der Frau haben wir noch eine Wiederbelebungsmaßnahme versucht, deshalb liegt sie hier unten auf der Plane. Aber zu spät. Keine Chance«, wiederholte er.

Lepke schaute fragend auf.

»Das Mädchen ist erstickt worden«, beendete der Notarzt seinen kurzen Bericht. »Und die Mutter …« Er zeigte auf die billige blaue Wäscheleine aus Plastik, die an einer der Querstreben am Bettgestell hing. »Ist natürlich nicht mein Gebiet, aber wenn du meine Meinung wissen willst, dann hat die Mutter erst ihre Tochter umgebracht und sich anschließend erhängt.«

Lepke nahm das selbstverständliche »Du« ebenso kommentarlos zur Kenntnis wie die erste Theorie über den Ablauf. Er bemühte sich um ein Lächeln, als er sich bedankte.

Der Notarzt nickte zum Abschied. Als er das Viereck fast verlassen hatte, blieb er stehen und sah Lepke an.

»Ist immer scheiße mit Kindern. Und hier erst recht.« Er machte eine vage Handbewegung. »Ich bin erst vor einer Woche aus Göttingen hergezogen, aber diese Lager können einen überall gleichermaßen wütend machen.«

Dann war er hinter der nächsten Trennwand verschwunden, die beiden Rettungssanitäter folgten ihm grußlos. Auch der rothaarige Security-Mann war nirgends mehr zu sehen.

Lepke wusste jetzt, woher er den Notarzt kannte. Als er noch in Hannover gearbeitet hatte, waren sie für einen Fall nach Göttingen gerufen wurden. Bei der Ermittlung hatten sein damaliger Kollege und er in einer linken Kellerkneipe unter einem Kino eine Gruppe von betrunkenen Rettungssanitätern und Medizinern der Universitätsklinik getroffen. Sebastian Reich war einer von ihnen gewesen. Lepke erinnerte sich jetzt auch, dass sie im Laufe der Nacht irgendwo in der Innenstadt ein paar Burschenschafter mit bunten Mützen und Verbindungsbändern Schläge angedroht hatten, wenn sie nicht aufhören würden, laut ihre dämlichen Lieder zu grölen.

Lepke warf einen letzten Blick auf die Mutter am Boden. Er vermied es, das Mädchen anzuschauen. Im Gehen zog er das Handy aus der Tasche und verständigte das Team.

Seinen Kollegen, Meyer. Der einzige Kollege, auf den er sich zurzeit wirklich verlassen konnte. Auch wenn der breitschultrige und untersetzte Mann meistens gelangweilt aussah und eigentlich nur seine Ruhe wollte, so kannte Lepke doch niemanden, der schneller und präziser an Informationen gelangte. Und er wusste genau, wann es auf seine Fähigkeiten ankam.

Den Rechtsmediziner, Meyer 2, und die Spurensicherung.

Seine neue Kollegin, Lina.

Eigentlich war sie nicht wirklich seine Kollegin. Sie hatte gerade erst ihr Studium abgeschlossen. Lepke war ihr Ausbilder beim LKA, wo sie ihre Probezeit absolvierte, bevor sie verbeamtet werden würde. Sie war jung. Hübsch. Und ganz sicher alles andere als dämlich. Ansonsten hatte er keine Ahnung, wer sie war. Und er hatte bisher keinen Anlass dazu gesehen, es herauszufinden. Es war okay, mit ihr zu arbeiten. Das reichte ihm.

Wie so oft in den vergangenen Wochen hätte er auch dieses Mal fast wieder Alex' Nummer aufgerufen. Er hatte sich noch immer nicht an ihre Abwesenheit gewöhnt.

Alexandra Gode. Mit der er kaum einen Monat zusammengearbeitet hatte – und mit der ihn doch mehr verband, als er sich eingestehen wollte. Alex, die bei ihrem ersten und letzten gemeinsamen Fall in die Hände eines Täters geraten und gefoltert worden war. Lepke hatte sie gerade noch lebend gefunden. Danach hatte sie lange im Koma gelegen. Als er sie das letzte Mal gesehen hatte, war sie noch nicht wieder aufgewacht. Er hatte deutlich ihr blasses Gesicht zwischen den weißen Laken vor Augen. Die schwarzen Haare hatten einen starken Kontrast zum grellen Weiß abgegeben. Aber die zerbrechliche Gestalt in dem Krankenbett hatte nichts mit jener Alex gemeinsam gehabt, die er kannte. Fast ein halbes Jahr war Alex im Krankenhaus gewesen. Fast ein halbes Jahr hatte er sie nicht gesehen. Nicht mit ihr gesprochen. Die Kollegen hatten berichtet, dass sie inzwischen das Schlimmste überstanden hatte. Aber Lepke wusste nicht, ob sie noch im Krankenhaus war. Er hatte Angst, ihr wieder zu begegnen. Vielleicht würde ihm jemand gegenüberstehen, mit dem er trotz ihrer gemeinsamen Vergangenheit nichts mehr anfangen konnte.

Mitten in seinen Gedanken hielt er inne. Warum fragte eigentlich niemand nach, was hier los war? Warum kam niemand vorbei? Weder die anderen Flüchtlinge noch irgendjemand vom Wachpersonal schien sich für den Vorfall zu interessieren. Lepke streifte sich die Latexhandschuhe über und machte sich an die Arbeit.

Zehn Minuten später lehnte er sich schwer atmend an eine der Trennwände, die bei der Belastung bedenklich schwankte und ihn kurz ins Taumeln geraten ließ. Jetzt erst bemerkte er die Stille. Die Gänge zwischen den Vierecken waren wie ausgestorben. Die Halle war verstummt. Keine Stimmen, keine Rufe. Nur hin und wieder ein zaghaftes Flüstern. Es war unheimlich. Ein fast lautloses Totengebet.

Lepke wünschte sich eine Zigarette. Er fluchte leise vor sich hin, während er zögernd das benachbarte Viereck betrat. Keine der Frauen, die um den billigen Holztisch herumsaßen, blickte auf. Als er seine erste Frage stellte, zogen sie nur die Schultern ein wenig höher. Er wiederholte die Frage auf Englisch, die Frauen schüttelten nacheinander die Köpfe, ohne dass er wusste, ob sie ihn überhaupt verstanden hatten.

Fast im gleichen Moment wurde die Stille durch herannahende Schritte unterbrochen. Lepke drehte sich um und sah dem Mann entgegen, der hastig den Gang herunterkam. Die kurzen blonden Haare waren mit Haargel an den Kopf geklebt und ließen den Blick auf die Geheimratsecken fallen. Kleine stechende Augen waren tief in den Augenhöhlen vergraben. Der Ansatz eines Bierbauchs trat unter dem hellblauen Hemd zum Vorschein, das Jackett war offen. Die rosa schimmernde Krawatte ließ den roten Kopf des Mannes hell leuchten. Alles in allem kein schöner Anblick. Ohne es selbst zu bemerken, schüttelte Lepke unwillig den Kopf.

*

Der Bildschirm neben dem Bett blinkte unermüdlich. Die anderen Geräte waren mittlerweile ausgeschaltet. Das Zimmer war leer und weiß. Alex' Lederjacke lag ordentlich zusammengefaltet auf ihrer Reisetasche. Sonst gab es nichts, was daran erinnert hätte, dass in diesem Zimmer jemand wohnte. Ein mit hellgrünem Plastik bezogener Sessel stand neben dem Fenster. Draußen ließ die Sonne den Park leuchten.

Alex hatte den Kopf geneigt und starrte abwesend aus dem Fenster. Sie war nicht müde, dennoch fühlten sich ihre Augenlider schwer an. Die Augen brannten. Ihr Körper war wie ausgetrocknet. Sie unterdrückte den Wunsch, wieder ins Bett zu gehen. Schon die paar Meter vom Bad bis zum Fenster hatten sie erschöpft.

Seit sie in die Frührehabilitation verlegt worden

war, hatte sie sämtliche Energie verloren. Jede körperliche Anstrengung fühlte sie ebenso wie den stechenden Schmerz in ihrer Bauchgegend, der sie in sich nur langsam vergrößernden Abständen besuchen kam. Und mit jedem Stich spürte sie wieder den Nagel in ihre Haut dringen. Spürte, wie er sich durch das Gewebe bohrte und in ihrem Inneren stecken blieb. Ein Fremdkörper, der Hitzewellen durch ihren Körper schickte. Mit jedem Stich kehrte sie wieder in den dunklen Keller zurück, aus dem Lepke sie vor zwei Monaten befreit hatte.

Die unerträglichen Schmerzen von damals waren jetzt wie in Watte verpackt. Ebenso ihre Erinnerung, die nicht wirklich zu dem vordrang, was passiert war. Einer der Schläge gegen ihren Kopf hatte ein Schädel-Hirn-Trauma ausgelöst. Ihr Körper hatte versucht sie zu schützen, indem er alle Funktionen auf null zurückgefahren hatte. Bis Lepke gekommen war. Mit ihr gesprochen hatte. Ihre Hand gehalten hatte. Da war sie endlich in Sicherheit gewesen. Aber sie hatte noch Tage gebraucht, bis ihr Verstand die neue Situation akzeptieren konnte. Und als sie endlich aus dem Koma erwachte, war der Stuhl neben ihrem Bett leer gewesen. Sie war allein.

Lepke hatte sie allein gelassen. Manchmal hatte sie ihn im Halbschlaf neben ihrem Bett sitzen sehen. Die Beine mit den Designerjeans und den teuren Lederschuhen übereinandergeschlagen. Gedankenverloren fuhr er sich durch die dunklen zerzausten Haare und rieb sich den Dreitagebart. Wenn er sie ansah, lächelte er. Die Lachfalten an den Augen erhellten sein Gesicht und ließen auch ihre Welt wieder in Ordnung sein. Sie blinzelte – und der Stuhl war leer.

Und sie war auch jetzt noch allein. Sie wollte es nicht anders. Die Kollegen, die nach ihr fragten, hatte sie von der Schwester wieder wegschicken lassen. Lepke war nicht noch mal gekommen. Und das war gut so gewesen. Sie mochte es nicht, schwach zu sein. Sie musste diesen Kampf mit ihrem Körper selbst führen. Die Erschöpfung aus eigener Kraft besiegen.

*

»B-Care steht für viele soziale Dienstleistungen im professionellen Service für bedürftige Menschen, und dies ganz besonders in Zusammenarbeit mit der öffentlichen Hand, wenn ich das mal so formulieren darf. Hier in Tempelhof bieten wir eine Infrastruktur, die die Beherbergung, die Betreuung und die Integration von Flüchtlingen gewährleistet. Aber natürlich können wir nur unseren Teil dazu leisten, gerade die Aufgabe der Integration verlangt viele Hände, vor allem natürlich die Bereitschaft der Flüchtlinge selbst. Wir sind sozusagen nur die Schnittstelle zwischen Flüchtlingen, Politik und Zivilgesellschaft.«

Die glänzenden Lippen in der Mitte des roten Kopfs öffneten und schlossen sich. Verständnislos starrte Lepke auf die gestikulierenden Hände seines Gegenübers. Der lange Monolog klang wie die auswendig gelernte Version einer Pressemitteilung. Er schien so gar nichts mit den toten Körpern der Mutter und ihrer Tochter zu tun zu haben. Lepke atmete hörbar auf, als die Kollegen von der Spurensicherung und der Rechtsmediziner eintrafen und der Leiter der Notunterkunft für einen Moment beiseitetreten musste.

Lepke konnte deutlich sehen, wie Meyer 2 nach einem Blick auf das tote Mädchen die Zähne so fest zusammenbiss, dass die Kieferknochen hervortraten. Seine große Gestalt wirkte deplatziert in der Mitte des Quadrats, seine hellblauen Augen irrten umher. Dann fing er sich. Mit einer fast schon unwirschen Handbewegung forderte der Rechtsmediziner sie auf, das abgesperrte Viereck zu verlassen.

»Können Sie mir vielleicht zunächst sagen, wer die Frau und das Kind sind?«, wandte sich Lepke an den Leiter der Notunterkunft. »Herr Fuchs?«, hakte er nach, als er keine Antwort erhielt. Gleich darauf war er sich nicht sicher, ob der Name des rotgesichtigen Mannes wirklich »Fuchs« gewesen war. Aber der ungläubige Blick seines Gegenübers bezog sich offensichtlich auf die zuvor gestellte Frage.

»Sie meinen … die Namen?«

»Ja, natürlich.«

Fuchs starrte in die Luft, bevor er zu einer Antwort ansetzte.

»Also, dazu müsste ich erst mal meine Listen einsehen. Das kann ich mir nun wirklich nicht merken, wer hier wo wohnt.«

»Und diese Listen …«

»Sind im Bürocontainer draußen vor der Halle.«

»Dann gehen wir da zusammen hin«, erklärte Lepke und hatte Mühe, seine Stimme unter Kontrolle zu halten. Er wusste nicht, was ihn zorniger machte, die Kompetenzlosigkeit oder die Ignoranz darüber, dass zwei Menschen viel zu früh gestorben waren. Zwei Menschen, für die Fuchs verantwortlich gewesen war.

Der Ausdruck in Fuchs' Gesicht ließ sich kaum anders als mit »Zumutung« beschreiben, wortlos drehte er sich um und lief vor dem Kommissar her.

Lepke schüttelte noch einmal ungläubig den Kopf, bevor er dem Leiter der Notunterkunft durch die Halle folgte.

Die Vorhänge vor den Betten waren größtenteils zugezogen. Dort, wo es keine Vorhänge gab, starrten die Vierecks-Bewohner an die Wand. Niemand nahm Blickkontakt auf, niemand kam ihnen auf den Gängen entgegen. Die Stille lag noch immer wie ein Leichentuch über der Halle.

Der provisorische Container, der als Büro diente, bot bei Weitem mehr Privatsphäre als die Zelte in der Halle. Schon als Lepke die Gitterroststufen zur Tür hinaufging, fragte er sich, wo bei B-Care die Prioritäten lagen. In dem von der Sonnenwärme aufgeheizten Container beugte sich eine Frau über einen Computer, auf dem ein junger Mann ihr etwas zeigte. Sein ausgestreckter Zeigefinger schien sich geradezu in den Bildschirm zu bohren, wobei er leicht zitterte. Die Frau nickte. Sie hatte kurze blonde Haare, die ihr in kleinen Locken über die Ohren fielen. Ihre langen Beine und die schlanke Figur kamen in dem knappen blauen Kleid besonders gut zur Geltung. Dazu trug sie leuchtend rote Stoffturnschuhe. Auch der junge

Mann hatte längst bemerkt, wie attraktiv sein Gast war. Die Schweißperlen standen ihm auf der Stirn. Er versuchte vergeblich, sie mit der Rückseite seines Hemdsärmels wegzuwischen.

Fuchs blieb neben Lepke auf den Stufen vor der Tür stehen, sichtlich verwirrt durch die Anwesenheit der unbekannten Frau, die sich jetzt lächelnd umdrehte.

»Morgen.« Sie nickte Lepke zu. »Ich dachte, ich kläre hier gleich mal ein paar Sachen ab, dann brauchst du dich nicht mehr darum zu kümmern.« Sie wandte sich an Fuchs, der immer noch wie angewurzelt im Türrahmen stand. »Czaja, Lina. Mordkommission. Ihr Kollege hat mir schon ein paar Fragen beantwortet.« Sie lächelte erneut, wobei unklar blieb, ob sich dieses Lächeln auf die Hilfsbereitschaft des Mannes bezog oder auf die deutliche Irritation von Fuchs, den Lina offensichtlich sofort als Leiter der Unterkunft erkannt hatte.

Lepke musste unwillkürlich grinsen. Wahrscheinlich hatte Lina alles herausgefunden, was es fürs Erste zu wissen gab. Er nahm sich vor, sie in Zukunft nicht mehr zu unterschätzen. Sie war nicht nur schneller, als er dachte, sondern wusste zudem sehr genau, wie sie erreichen konnte, was sie wollte.

*

Die Ärztin war jung. Die Schönheit ihres makellosen Gesichts wurde von der tiefen Stirnfalte, die sich einen Weg durch die auffällig helle Haut grub, nicht gemindert. Aber Alex ließ sich von dem sorgenvollen Gesichtsausdruck nicht verunsichern. Sie war sich sicher, dass sie nicht in die Reha wollte, die die Ärztin ihr bereits wiederholt »aus medizinischer Sicht« nahegelegt hatte. Sie wollte nach Hause. Sie wollte endlich ganz allein sein.

Mühevoll stützte sie sich auf die Armlehnen, um ihren Körper hochzudrücken. Sie brauchte einen kurzen Moment, um die Balance zu finden. Den ausgestreckten Arm der Ärztin ignorierte sie. Langsam durchquerte sie das Zimmer und nahm ihre Lederjacke und die Reisetasche. Sie drehte sich nicht um. Sagte nicht »Tschüss«. Im Flur musste sie sich ein paarmal an der Wand festhalten. Der Verband um ihre Hüfte schnitt ihr ins Fleisch. Dann war sie endlich draußen. Erschöpft winkte sie ein Taxi heran und schob sich vorsichtig auf die Rückbank.

Während der Fahrer ihre Adresse mit einem Nicken bestätigte, musste sie an ihre letzte Taxifahrt denken. Mitten in der Nacht war sie aus Lepkes Wohnung verschwunden. Hatte ein Taxi zum Frachthafen in Moabit genommen, war ausgestiegen, hatte dort lange mit dem Blick aufs ölig schimmernde Wasser gestanden, geraucht und auf die vorbeikommenden Frachter gestarrt. Schließlich hatte sie den Entschluss gefasst, wenigstens für ein paar Tage alles hinter sich zu lassen und auf die Insel zu flüchten. Ihre Insel! Ihr letzter Rückzugsort. Vielleicht sollte sie es jetzt genauso machen. Das Haus mit dem weit herabgezogenen Reetdach wartete auf sie. Unter dieses Dach kroch sie, wenn gar nichts mehr funktionierte. Wenn sie keine Kraft mehr hatte und aufgeben wollte. Der Gedanke war verlockend. Aber er hatte einen Haken.

Sie durfte nicht aufgeben, nicht, wenn sie wieder die Person werden wollte, die sie gewesen war. Oder eine andere, wer immer sie dann sein würde. Aber im Augenblick musste sie kämpfen. Sie lehnte sich etwas nach vorn, um dem Taxifahrer die Richtungsänderung anzusagen. Sie wollte nicht nach Hause. Sie wollte zu Ilse.

Ilse hatte sie schon einmal gerettet. Damals, als sie noch fast ein Kind war und nicht wieder nach Hause zurückkonnte. Ilse hatte Alex geholfen, nicht unterzugehen, als sie den Boden unter den Füßen verloren hatte. Nur mit ihrer Unterstützung hatte Alex es geschafft, ihre Vergangenheit in einer kleinen Ecke in ihrem Inneren einzusperren und sorgfältig zu verschließen. Ilse würde ihr auch jetzt helfen können. Sie war mittlerweile weit über achtzig. Aber sie war immer noch Ilse. Und bei ihr würde Alex sich ausruhen und zu sich selbst finden können.

Als das Taxi vor dem Seniorenheim in Neukölln vorfuhr, ging Alex' Atem regelmäßig, ihre Hände hatten aufgehört zu zittern, fast schien es, als würde allein die Vorfreude auf das Wiedersehen ihr neue Kraft geben. Sie bezahlte den Taxifahrer und dankte ihm im Stillen, dass er die Fahrt über stumm geblieben war. Dann zog sie sich langsam am Türrahmen aus dem Auto.

In der Eingangshalle stieg ihr der Geruch von Desinfektionsmitteln und Fäkalien in die Nase. Alex schluckte und hielt die Luft an, während sie zum

Fahrstuhl ging. Im zweiten Stock musste sie sich für einen Moment an die Wand lehnen, bis ihr nicht mehr schwarz vor Augen war. Wie eine alte Frau schleppte sie sich über den Flur, eine Hand sicherheitshalber stützend an der Wand. Vor Ilses Tür blieb sie stehen. Ilse würde auf ihrem winzigen Balkon sitzen, wie sie es immer tat. Selbst im Winter. Dann mit der karierten Wolldecke über den Knien. So wie Alex sie beim letzten Mal zurückgelassen hatte. Es kam ihr vor wie eine Ewigkeit. Es war eine Ewigkeit. Doch gleich würde die Ewigkeit sich in einem Becher Tee mit Rum auflösen. Gleich würde alles wieder in Ordnung sein.

Für einen kurzen Moment ruhte Alex' Hand auf der Klingel, bevor sie sie zurückzog, ohne den Knopf zu drücken. Etwas war anders. Der Name auf dem Klingelschild war nicht Ilses. Alex machte einen Schritt zurück. Sie musste sich in der Tür geirrt haben. Sie war schon lange nicht mehr hier gewesen. Zu lange. Zögernd ging sie zur nächsten Tür nach links. Aber auch dort stand nicht Ilses Name. Dann nach rechts. Am Ende des Flurs hatte sie die richtige Tür noch immer nicht gefunden. Sie merkte, wie Panik in ihr aufstieg. Sie musste sich im Stockwerk geirrt haben. Seit dem Schlag auf den Kopf war auf ihre Konzentration kein Verlass mehr.

Die Pflegerin, die ihr im ersten Stock entgegenkam, hatte kurze schwarze Haare und ein Doppelkinn. Alex hatte sie noch nie gesehen, aber das musste nichts bedeuten. Die Pflegerin lächelte ihr besorgt zu, scheinbar war ihr die Panik deutlich anzumerken.

Als Alex nach Ilse fragte, hatte sie Mühe, die Worte hervorzubekommen.

Das besorgte Lächeln der Pflegerin erstarb in ihrem Gesicht, kaum dass sie Ilses Namen gehört hatte. In ihren Mundwinkeln bildete sich ein Geflecht kleiner Falten. Plötzlich wirkte sie viel älter. Sie fasste Alex behutsam am Arm und schob sie zu einer kleinen Nische, in der zwei Stühle darauf warteten, endlich die ihnen zustehende Funktion erfüllen zu dürfen. Alex schnappte nach Luft. Der Schmerz in ihrer Wunde machte sich bemerkbar, er mischte sich mit einem Gefühl von Übelkeit. Irgendetwas war ganz und gar nicht in Ordnung.

»Es tut mir leid.« Die Pflegerin setzte zu einer Erklärung an. »Wir haben versucht, Angehörige oder Freunde zu erreichen, aber wir konnten keine Kontaktdaten finden. Nirgends.«

Alex fühlte eine neue Welle der Erschöpfung über sich zusammenbrechen. Sie nickte stumm.

»Sie hatte keine Schmerzen. Sie ist einfach eingeschlafen.« Die Pflegerin versuchte ein erneutes Lächeln. So wie Pflegepersonal lächelte, wenn es schon lange keinen Anlass mehr dazu gab.

»Wo ist sie jetzt?« Alex' Stimme war nicht mehr als ein entferntes Flüstern.

»Ihre Beerdigung war bereits vor drei Wochen.«

Hinterher wusste Alex nicht mehr, wie sie nach Hause gekommen war. Ihre Wohnung kam ihr völlig fremd vor. Ihr früherer Mitbewohner war ausgezogen, als sie noch im Krankenhaus lag. Bei ihm hatten immer frische Blumen auf dem Küchentisch gestanden. Jetzt sah der Tisch verlassen und traurig aus.

Hastig trank Alex ein paar Schlucke Wasser direkt aus der Leitung. Dann nahm sie den Helm und die Handschuhe vom Regal. Der Druck des Nierengürtels fühlte sich unangenehm auf dem Verband an. Erst als sie die Schnallen wieder ein wenig öffnete, ging es besser.

Ihr Motorrad stand unter einer grauen Plastikplane neben zahlreichen Singlespeed-Fahrrädern im Hinterhof. Die Ärzte im Krankenhaus hatten ihr davon abgeraten, Auto zu fahren, solange sie auf die hohe Dosis an Schmerzmitteln angewiesen war. Von einem Motorrad war nicht die Rede gewesen. Und sie hatten ihr auch davon abgeraten, nach Hause zu gehen. Alex war nicht gut darin, Ratschläge zu befolgen.

Der Parkfriedhof lag zwischen der Gropiusstadt, einer Trabantenstadt aus den Sechzigerjahren, die spätestens seit Christiane F. und ihrem Buch *Wir Kinder vom Bahnhof Zoo* als sozialer Brennpunkt bekannt war, und einer Gartenkolonie mit dem bezeichnenden Namen »Heimaterde«. Der Friedhof selbst war Teil des Britzer Gartens, der mit See und Liebesinsel das Ensemble in eine groteske Mischung aus Sozialbau, Nationalstolz und grüner Idylle verwandelte.

Alex stellte das Motorrad neben dem Haupteingang am Ende des Hüfnerwegs ab. Nach der Fahrt konnte sie sich kaum noch auf den Beinen halten, sie hatte Mühe, die schwere BMW aufzubocken, ohne die Balance zu verlieren.

Langsam ging sie über die mit Schotter befestigten Parkwege. Ilses Grab war in der Nähe einer der Schöpfstellen, eine steinerne Frauenstatue mit einem Krug zierte die Mitte. Alex ließ sich auf den Rand des Beckens sinken. Sie schwitzte, die Wunde unter ihrem Verband pochte. Lange saß sie einfach nur da, ohne sich zu bewegen. Als die Sonne hinter den Baumspitzen verschwand und die Hecken ihre Konturen verloren, stand sie endlich auf. Von weit her dröhnte der Straßenverkehr. Eine Amsel bemühte sich vergeblich, mit ihrem Gesang einen Funken Hoffnung zu vermitteln.

Ilses Grab war ein einfacher Stein.

Ilse Schelhaas
** 2. Februar 1930*
† 20. Mai 2017

Ein verwelkter Kranz erinnerte an die Beerdigung. Die wenigen Blütenblätter hatte der Wind abgerissen und mit sich genommen. Eine einsame Rose war vom Sonnenlicht ausgetrocknet und gelbbraun verfärbt. Allein die weiße Schleife mit den goldenen Lettern glänzte.

Ruhe in Frieden.
Deine Kollegen

Die Beerdigung war also von Ilses ehemaligen Kollegen der Kripo organisiert worden. Alex konnte sich nicht erinnern, ob Ilse überhaupt Angehörige hatte.

Außer ihr. Und ihren Namen hatte die alte Frau nirgends notiert. Damit niemand einen Zusammenhang zwischen ihnen erahnen konnte. Seit sie Ilse kannte, hatte sie alles getan, um Alex in Sicherheit zu wissen. Und nun hatte sie alleine sterben müssen. Die Trauer war so groß, dass sie Alex den Atem nahm. Die Trauer und das schlechte Gewissen.

Langsam ließ sich Alex vor dem Grabstein ins Gras sinken. Als sie den Mund öffnete, waren ihre Worte nur ein Flüstern.

»Entschuldigung.«

*

Sie standen draußen vor dem Container, als Fuchs durch das gekippte Fenster deutlich hörbar dem jüngeren Kollegen wütend zu verstehen gab, dass es ein riesengroßer Fehler gewesen war, die Fragen der Polizistin zu beantworten. Allerdings blieb er jegliche Erklärung schuldig, warum es ein Fehler gewesen war.

»Schade«, sagte Lepke mit einem Achselzucken, als die Stimmen aus dem Büro verstummten. »Aber das wäre vielleicht auch zu viel erwartet gewesen. Machen wir also unseren Job, wie immer. – Wo ist überhaupt Meyer? Seid ihr nicht zusammen hergekommen?«

»Nein.« Lina schüttelte den Kopf. »Keine Ahnung. Im Büro war er jedenfalls nicht, ich dachte, dass er direkt hierherfährt.«

»Ist er aber nicht«, murmelte Lepke. Es irritierte

ihn, dass Meyer, dessen Verlässlichkeit so etwas wie den sprichwörtlichen Fels in der Brandung darstellte, nicht im Büro gewesen sein sollte.

Während Lepke mit Lina zurück zur Halle ging, gab sie ihm eine kurze Zusammenfassung von dem, was sie erfahren hatte.

»Die tote Frau heißt Banu Sabia, ihre Tochter Djamila. Sie sind vor vier Wochen angekommen. Geflüchtet aus Syrien, wahrscheinlich über die Balkanroute. Also über die Türkei und Griechenland weiter nach Mazedonien, Serbien, Ungarn, Österreich. Genau weiß das aber niemand. Der Vater hat die Flucht nicht überlebt. Ansonsten gibt es keine Angehörigen. Auch keine weiteren Infos, jedenfalls nicht im Computer. Vielleicht wissen die Sozialarbeiter hier noch mehr.«

»Gut gemacht.« Mehr hätte er auch nicht herausfinden können, und wahrscheinlich hätte er sogar viel länger dazu gebraucht. Ihm hätte der junge Büromitarbeiter bestimmt nicht so bereitwillig Auskunft gegeben.

Schon vom Mittelgang aus sahen sie die grellen Lichtblitze am Tatort. Einer der Spurensicherer war dabei, jedes Detail innerhalb des Vierecks zu fotografieren. Die inzwischen eingetroffene Besatzung eines Streifenwagens hatte das Quadrat mit rot-weißem Flatterband regelrecht umwickelt, die Männer standen jetzt breitbeinig und mit entschlossenen Mienen vor dem Zugang. Nachdem Lepke seinen Ausweis hochgehalten hatte, ließen sie ihn und Lina passieren.

Meyer 2, der Rechtsmediziner, lehnte mit geschlossenen Augen an einer der Trennwände. Als Lepke neben ihn trat, sagte er leise: »Tod durch Ersticken, Tod durch Erhängen. Mehr kann ich erst sagen, wenn ich Mutter und Tochter auf dem Tisch habe. Wenn es für dich okay ist, lasse ich sie jetzt abholen.«

Lepke nickte.

»Dir ist nichts aufgefallen, was auf eine Fremdeinwirkung hindeuten würde?«

»Nichts. Und ich gehe davon aus, dass die Auswertung der Spuren das bestätigen wird.«

Lina hatte sich an Lepke vorbeigeschlängelt und beugte sich nun über den leblosen Körper des Mädchens. Als er sah, wie sie sich mit dem Handrücken die Augen wischte, zog er sie behutsam zurück.

»Das reicht fürs Erste. Auf den Fotos wird es noch drastisch genug wirken. – Komm, im Moment gibt es hier für uns nichts mehr zu tun. Lass uns versuchen, noch einen der hiesigen Sozialarbeiter aufzutreiben. Das ist eine Dienstanweisung. Keine Diskussion«, setzte er hinzu, als Lina etwas erwidern wollte. Er wusste nicht, wovor genau er sie schützen wollte. Aber vielleicht ging es ihm auch gar nicht um Lina. Vielleicht wollte nur er selbst möglichst schnell hier weg.

An einer der Türen am Ende der Halle hatte jemand einen Zettel mit dem Wort »Sozialarbeit« angebracht. Die Tür war verschlossen. Davor hatte sich eine Schlange gebildet. Flüchtlinge, die warteten. Überhaupt schien Warten die Hauptbeschäftigung hier zu sein, dachte Lepke.

Warten auf ein besseres Leben.

Warten auf Angehörige, die auf der Flucht verloren gegangen waren.

Warten auf ein kleines bisschen Hilfe. Auf Menschlichkeit.

Warten.

Darauf, dass endlich etwas passierte. Egal, was.

Jeder Sonnenstrahl, der durch die Fenster fiel, ließ Hoffnung auf Wärme aufkommen. Eine trügerische Hoffnung, denn die Halle blieb unverändert kalt. Als würden die dicken Mauern eine eiserne Front gegenüber der Wärme draußen bilden. Gegenüber dem Leben, das die anderen lebten, die es besser getroffen hatten, weil sie zufällig hier und nicht ein paar tausend Kilometer weiter geboren waren.

Lina wandte sich an einen Mann, der leidlich Englisch sprach. Obwohl es Sommer war, trug er eine rote Wollmütze, die ihm in die Augen rutschte. Er erklärte ihr, dass die Sozialarbeiter nur zwei Stunden am Tag Zeit hätten und man sich deswegen möglichst früh anstellen müsste, um überhaupt mit ihnen sprechen zu können. Er hätte hier schon gestanden, bevor das Licht um sieben angeschaltet worden war. Aber er war es gewöhnt. Seit er vor drei Monaten nach Deutschland kam, bestand sein Alltag aus Anstehen. Vor der Sozialarbeitertür. Vor der Ausländerbehörde. Vor der Essensausgabe. Anstehen. Und Warten.

Eine Stunde später fuhren Lepke und Lina zurück ins Landeskriminalamt. Einen Sozialarbeiter hatten sie nicht zu Gesicht bekommen. Dafür hatten zwei freiwillige Helferinnen, die sie in der Kinderbetreuung antrafen, ihnen im breitesten Berlinerisch einige

Infos gegeben. Infos, die so bestimmt nicht an die Öffentlichkeit gelangen sollten. Zumindest nicht, wenn es nach Fuchs ging.

Als Lepke in die Katzbachstraße einbiegen wollte, bemerkte er gerade noch rechtzeitig die Absperrung vor einer Baustelle. Als er zurücksetzte, fragte Lina unvermittelt: »Was sollte das vorhin? Traust du mir nicht zu, dass ich damit klarkomme, ein totes Kind zu sehen? Du hast mir noch nicht mal genug Zeit gelassen, um mich wirklich umzublicken!«

Lepke gab keine Antwort. Als er in die Eylauer Straße abbog, um die Blockade zu umfahren, verstellte ihnen ein Müllllaster den Weg und zwang sie zu warten. Lepke hieb mit der Faust aufs Lenkrad.

Als er sich zu Lina wandte, war seine Stimme zu laut.

»Wie viel Zeit hättest du denn gerne gehabt? Zehn Minuten? Fünfzehn? Eine halbe Stunde? Und wozu? Um eine Liste zu schreiben? Um die Details nicht zu vergessen? Kissen neben dem Gesicht des Mädchens, Speichelflecken auf dem Kissen, Fusseln vom Bezug auf den Lippen der Kleinen.« Er schluckte kurz, bevor er weiterredete. »Und? Fehlt noch was? Natürlich! Eine billige Wäscheleine, blau, nicht neu, an einigen Stellen ist die Ummantelung bereits brüchig gewesen, entsprechende Plastikpartikel fanden sich unter den Fingernägeln und am Hals der Mutter ...«

Lepke wusste, dass er sich gerade ausgesprochen unfair verhielt. Lina hatte recht, wenn sie sich beschwerte. Natürlich wäre es seine Aufgabe gewesen, gemeinsam mit ihr den Tatort zu analysieren.

Als er ihr einen kurzen Blick zuwarf, beugte sie sich vor und streifte ihre Turnschuhe ab. Dann stemmte sie die nackten Füße gegen das Armaturenbrett und legte den Kopf in den Nacken.

Der Mülllaster setzte sich in Bewegung, stoppte aber nach ein paar Metern erneut.

Linas Fußnägel waren frisch lackiert. Farblos. Mit einem leicht goldenen Schimmer.

Als sie anfing zu reden, blickte sie Lepke nicht an. Ihre Stimme war so gut wie tonlos.

»An zwei der Doppelstockbetten gab es bunte Tücher als Sichtschutz. Das ... tote Mädchen lag auf dem unteren Bett, da war auch ein Stofftier, ein Hase. Ich nehme an, dass das obere Bett der Mutter gehörte. Aufgefallen ist mir allerdings, dass die anderen Betten abgezogen waren. Nur die Schontücher für die Matratzen waren da. Kein Bettzeug. Auch keine persönlichen Sachen.«

Lepke nickte.

»Entschuldige wegen eben«, setzte er an und war froh, als im gleichen Moment der Mülllaster in eine Toreinfahrt einbog, sodass er vorgeben konnte, zunächst mit Kuppeln und Gasgeben beschäftigt zu sein, bevor er sich dagegen entschied, weiter rumzustammeln. Stattdessen bezog er sich auf Linas letzten Satz.

»Gut beobachtet. Mutter und Tochter waren seit gestern alleine in ihrem Quadrat. Warum, habe ich nicht in Erfahrung bringen können. Aber es scheint ohnehin so zu sein, dass die ... Bewohner ständig wechseln, ohne dass jemand genau weiß, wer wo ...«

»Wer hat die beiden Toten überhaupt gefunden?«, unterbrach ihn Lina. Noch immer hatte sie ihn nicht angeblickt.

»Angeblich eine Frau aus dem benachbarten Abteil. Aber es hat niemand etwas Genaues erzählen können, als ich nachgefragt habe. Wir müssen es noch mal mit einem Dolmetscher versuchen. Vorausgesetzt, dass wir es für die Ermittlung wirklich für notwendig halten, diese Frauen noch weiter unter Druck zu setzen.«

»Die Frau, die die Toten entdeckte, hat sie die Security alarmiert?«

»Ja. Und die Security dann den Notarztwagen und der Notarzt die Polizei. Ich habe den Anruf über Funk mitgehört und war ohnehin in der Nähe. Dann habe ich dich und Meyer angerufen. Jetzt weißt du alles.«

»Danke.«

Den Rest der Fahrt wechselten sie kein Wort mehr miteinander. Allerdings war sich Lepke sicher, dass Lina noch immer das Bild des toten Mädchens vor Augen hatte, während sie abwesend auf die Bremslichter der Wagen vor ihnen starrte.

Meyer lehnte in einem Jogginganzug an der Rückseite des Gebäudes in der Keithstraße 30 und nippte an einem Kaffee, der so heiß war, dass er den Becher von einer Hand in die andere wechselte. Die Sonne malte ein Muster aus Schatten auf seine frühzeitig ergrauten Haare.

Lepke trat auf ihn zu und zündete sich eine Zigarette an.

»Wo warst du? Ich hab dir nicht auf den Anrufbeantworter gequatscht, um dann allein am Tatort zu stehen.«

Meyer wies mit dem Kopf zu seinem rechten Fuß.

»Wenn du vielleicht die Güte hättest, das da mal zur Kenntnis zu nehmen.«

Er drückte Lepke den heißen Kaffee in die Hand und zerrte seine Jogginghose hoch. Sein Fuß steckte in einem unförmigen Plastikgestell, das bis weit übers Schienbein reichte.

»Und … das ist jetzt was genau?«, fragte Lepke.

»Heute Morgen passiert. Nicht aufgepasst, Treppe runtergesegelt, Knöchel angebrochen, Kreuzband gerissen. Taxi in die Unfallklinik und so weiter. Ich bin gerade erst angekommen, und mit dem blöden Becher in der Hand komme ich die paar Stufen nicht hoch.« Er zeigte auf die Stufen zur rückwärtigen Eingangstür.

»Aber solltest du dann nicht krankgeschrieben sein?«

»Sollte ich, klar. Doch Frage eins: Soll ich mich dann zu Hause vor den Fernseher hocken, bis ich blöd werde? Und Frage zwei: Wie wollt ihr hier ohne mich klarkommen? Siehst du, schon hast du die Antwort.«

»Falsche Antwort«, erwiderte Lepke, war aber insgeheim froh, dass Meyer unbedingt weiterarbeiten wollte. So wie es aussah, würde er im Moment jeden Kollegen brauchen.

Lina hatte die Arme vor der Brust verschränkt und starrte auf ihre Fußspitzen. Sie wusste noch nicht, woran sie bei Meyer war. Lepke hatte schon mehrmals beobachtet, dass sie verunsichert wirkte, wenn er im Büro seine massige Gestalt hinter den Schreibtisch quetschte und nicht den Eindruck machte, die anderen überhaupt zur Kenntnis zu nehmen, geschweige denn mit jemandem von ihnen reden zu wollen. Er würde ihr bei nächster Gelegenheit erklären müssen, dass Meyer noch eine ganz andere Seite hatte. Und dass er selbst ihn als Kollegen außerordentlich schätzte.

»Und?«, fragte Meyer. »Du hast von zwei Toten gesprochen …«

»Yep«, sagte Lepke nur, trat seine Zigarette aus und streckte Meyer den Becher hin.

Meyer kippte den Rest seines Kaffees in den Gully. Als er den Becher in der Hand zerdrückte, zog Lina die Schultern hoch, als wäre ihr plötzlich kalt. Wegen Meyer nahmen sie den Fahrstuhl nach oben. Die paar Meter bis zur Tür fielen ihm schon schwer genug.

Das Dezernat 11 des LKA hatte insgesamt sieben Büros im zweiten Stock und war zuständig für Tötungsdelikte, Entführungen und erpresserischen Menschenraub, ärztliche Kunstfehler mit Todesfolge sowie für »täterorientierte Prävention bei haftentlassenen, rückfallgefährdeten Gewaltstraftätern«.

Lepke stieß die dritte Tür auf der linken Seite des Gangs auf: Tötungsdelikte.

Mord. Totschlag. Tötung auf Verlangen. Fahrlässige Tötung.

Noch bevor sie sich an ihren Schreibtischen niederlassen konnten, stand Wagner im Raum. Der

Leiter der Mordkommission, Spitzname »der Komponist«, musste sie von seinem Büro aus auf dem Gang gehört haben. Seine Bürotür war immer einen Spaltbreit geöffnet. Damit er bloß nichts verpasste. Wagner hatte einen ausgeprägten Kontrollwahn. Er nahm sich Linas Stuhl und drehte ihn mit einer Hand um, sodass er sich verkehrt herum darauf setzen und die Arme auf der Rückenlehne abstützen konnte.

»So, Lepke, Tempelhof also. Und? Was war da los? Gibt es einen neuen Fall für uns oder nicht?«

Lepke fragte sich, woher Wagner überhaupt wusste, wo sie gewesen waren. Andererseits hatte er vielleicht nur kurz mit Meyer gesprochen, weil er irgendetwas von Lina und ihm gewollt und sie beide gesucht hatte. Das war die wahrscheinlichste Erklärung. Oder sein Bedürfnis, über alles und jeden Bescheid zu wissen, hatte mal wieder überhandgenommen. Seit seiner Scheidung im letzten Jahr versuchte Wagner noch angestrengter als früher, die Karriereleiter weiter hochzuklettern. Das hatte seinen Kontrollwahn ebenso wie seine schlechte Laune verstärkt.

Lepke räusperte sich.

»Eine tote Frau …« Er blickte zu Lina.

»Banu Sabia.«

»Und ihre Tochter«, fuhr Lepke fort.

»Djamila.«

»Bei der Tochter sieht alles nach Ersticken, bei der Mutter nach Erhängen aus. Aufgefunden in der Tempelhofer Notunterkunft in ihrem …«, Lepke suchte das richtige Wort, »… Quadrat. Sie stammen aus Syrien und haben keine Angehörigen. Jedenfalls nicht hier. Der Vater beziehungsweise der Mann ist auf der Flucht umgekommen.«

»Keine Hinweise …«, setzte Lina an.

»Keine Hinweise auf Fremdverschulden«, beendete Lepke ihren Satz. »Das genaue Ergebnis von der Obduktion steht jedoch noch aus, ebenso von der Spurensicherung. Der Notarzt, den die Security gerufen hatte, geht davon aus, dass die Mutter erst ihre Tochter und dann sich selbst umgebracht hat.«

»Der Notarzt, der Notarzt! Und Sie, Lepke?«

Wagner schaffte es nicht mehr, seine Ungeduld zu beherrschen.

»Ich denke fürs Erste, dass er recht hat. Aber konkret können wir das wirklich erst sagen, wenn die Untersuchungsergebnisse vorliegen.«

Lina trat einen Schritt nach vorn.

»Doch vielleicht sollten wir noch Zeugen vernehmen«, sagte sie, unsicher, ob ihr Einwurf unerwünscht war.

Lepke nickte.

»Das würden wir in jedem Fall gerne tun, auch wenn sich die Theorie bestätigt, dass es kein Fremdverschulden gab.«

Wagner wedelte sich mit der Hand vor der Stirn auf und ab.

»Blödsinn! Was soll das? Wenn eure Theorie bestätigt wird, dann Bericht und Ende.« Er nickte zufrieden, als hätte er den Fall bereits abgeschlossen.

»Sollten wir nicht wenigstens herausfinden, warum die Mutter sich und ihre Tochter umgebracht hat?«, mischte sich Lina wieder ein.

Lepke meinte, einen Unterton von Empörung in ihrer Frage gehört zu haben.

»Verzweiflung. Wäre ja nicht überraschend ...«

Wagner machte nun eine abwehrende Handbewegung. Er wollte gerade aufstehen, als Lepke so ruhig wie möglich sagte:

»Interessant ist allerdings, dass es in der Unterkunft scheinbar einige Fälle von sexualisiertem Missbrauch gab. Und zwar vonseiten der Security. Soweit wir gehört haben, war davon auch Banu Sabia betroffen. Ich denke, das sollten wir nicht negieren.«

Lepkes Information war eine glatte Lüge. Die freiwilligen Helferinnen hatten ihnen zwar tatsächlich von sexualisierten Übergriffen erzählt, aber dabei mit keinem Wort Banu Sabia erwähnt. Andererseits war diese Vorstellung, die sich Lepke spontan zurechtgelegt hatte, auch nicht vollkommen aus der Luft gegriffen. Auf jeden Fall bot es eine Möglichkeit, um weiter zu ermitteln. Und genau das wollte er. Zwei Menschen sollten nicht einfach sterben, ohne dass sie zumindest versuchten herauszukriegen, was los war. Was dazu geführt hatte.

Lina reagierte, bevor Wagner etwas einwenden konnte.

»Vor allem im Hinblick auf den Fall Hussein sollten wir alles doppelt prüfen.« Offensichtlich hatte sie in der Ausbildung gut aufgepasst. Oder las ganz einfach Zeitung und war in der Lage, bestimmte Informationen abzuspeichern. Ganz im Gegensatz zu Wagner.

»Helfen Sie uns auf die Sprünge, Czaja!«

Schön, dass er von »uns« spricht, dachte Lepke. Eigentlich sollte der Fall auch ihm als Leiter der Mordkommission in Erinnerung sein, ohne dass er dazu eine Nachbesserung brauchte.

Linas Stimme klang seltsam unbeteiligt, als sie in wenigen Sätzen die Fakten wiedergab.

»Im Februar dieses Jahres wurde der bei LaGeSo arbeitende Security-Mitarbeiter Mario – den Nachnamen habe ich vergessen – wegen Entführung, des Vorwurfs des Kindesmissbrauchs und des Mords an dem fünfjährigen Flüchtling Hussein verurteilt. Er hatte den Missbrauch mit dem Handy aufgenommen. Höchststrafe.«

Wagner hielt abwehrend die Hände hoch. Er machte seinem Namensvetter, dem Komponisten und Dirigenten Richard Wagner, alle Ehre.

»Okay, meinetwegen. Drehen Sie jeden Stein dreimal um, ob da irgendein Zusammenhang besteht. Aber dann wird der Fall zu den Akten gelegt. Schnelle Ergebnisse nützen uns allen. Da freuen sich nicht nur die oberen Etagen, sondern auch die Presse und der anständige Bürger von Berlin. Sagen wir, ihr habt Zeit bis morgen Abend, das muss reichen. Meyer kann euch unterstützen. So, und jetzt weiter im Text …« Wagner drehte sich zu Ines und Marcel, die aus dem hinteren Raum hinzugetreten waren, sich aber zurückgehalten und wie üblich kaum mehr als ein Nicken zustande gebracht hatten.

Wagner wedelte mit den Armen und setzte zum großen Finale an.

»Ines und Marcel, Sie beide brauche ich woanders. Die Ermittlungsgruppe für ungeklärte Fälle hat irgendwelche neuen Hinweise im Fall Rostock. Die haben uns um Unterstützung gebeten, und hier ist es ja gerade sehr ruhig. Wie gesagt, der Fall von Lepke dürfte bereits mehr oder weniger abgeschlossen sein.«

Ines zog fragend die Augenbrauen hoch. Ihr blonder Pferdeschwanz schien der Bewegung zu folgen.

»Rostock?«, hauchte sie.

Marcels Blick war auf seinen Bizeps gerichtet, den er wie in Trance auf und ab hüpfen ließ. Es war unklar, ob er überhaupt mitbekommen hatte, dass der Komponist mit ihm sprach.

»Rostock, ja! Soll eine Stadt oben an der Ostsee sein«, entfuhr es Lepke. Er machte schon länger keinen Hehl mehr aus seiner Antipathie gegenüber den beiden Kollegen, die er im Stillen als »die Duds« betitelte. Wobei »Duds« für »dumm und dämlich« stand.

»Der Fall Rostock, wirklich?« Meyer übernahm. »1994, vierzehnjähriger Junge aus Rostock besucht seinen Vater in Pankow, verschwindet spurlos und wird ein paar Tage später zwischen Hausmüll tot auf der Deponie gefunden. Missbraucht, unter Drogen gesetzt und erstochen. Ist nie aufgeklärt worden. Ich erinnere mich.« Meyer blickte zu Ines und Marcel. »Das ist ein guter Fall, Leute. Wenn das Schwein doch noch geschnappt wird, würden wir mal wieder wissen, wozu wir eigentlich da sind.«

»Sagt Meyer, der Mann mit dem Elefantengedächtnis«, grinste Wagner. »Okay. Ines und Marcel ziehen also rüber ins große Büro. Und das war's fürs Erste.«

Er sprang so enthusiastisch auf, dass er dabei den Stuhl umstieß. Dann blickte er zu Lina: »Und, Czaja, haben Sie sich gut eingelebt? Alles in bester Ordnung?«

Lina nickte. Irritiert blickte sie hinter Wagner her, als er ohne weiteren Kommentar den Raum verließ. Es sah Wagner gar nicht ähnlich, sich nach dem Wohlbefinden seines Teams zu erkundigen. Zumindest Lina kannte diese Seite von ihm noch nicht. Wusste nicht, dass auf Wagner trotz seiner cholerischen Anfälle Verlass war. Dass er sich hinter sie stellte, wenn es nötig war.

»Man gewöhnt sich dran«, bot Lepke ihr als Erklärung an, während er zu seinem Schreibtisch am Fenster hinüberging.

»Oder auch nicht«, sagte Meyer.

Wagners Kurzauftritte in ihrem Büro waren legendär, wenn auch selten hilfreich. Wagner war alles andere als ein fähiger Ermittler, aber er ließ seinem Team meistens freie Hand und hatte ein sicheres Gespür dafür, wann er sich schützend vor seine Leute zu stellen hatte.

Es gab schon schlechtere Chefs, dachte Lepke nicht zum ersten Mal. Er war sich nicht bewusst gewesen, dass er seinen Gedanken laut ausgesprochen hatte. Aber er war sich sicher, dass er gerade gehört hatte, wie Meyer laut und deutlich sagte: »Schlechter geht immer.«

*

Alex wachte davon auf, dass Regentropfen auf ihr Gesicht fielen. Kleine vereinzelte Spritzer, die vom Grabstein abprallten. Es war dunkel im Park, auch der Mond bot nur wenig Licht. Schemenhaft konnte sie die Schöpfstelle und den Weg hinter den Grabsteinen erkennen. Die Bäume bildeten schattenhafte Monster, deren Arme sich nach den Toten ausstreckten. Bis auf das stete Pochen der Regentropfen war es still. Wie ausgestorben, dachte Alex und musste lächeln.

Sie hatte Glück, die kleine Tür neben dem Haupteingang war unverschlossen. Mit der Wunde an ihrem Bauch hätte sie es kaum geschafft, über den mit lilienförmigen Eisenspitzen versehenen Zaun zu klettern. Als sie ihr Motorrad erreicht hatte, wurde der sanfte Regen von einer Sturzflut großer, dunkler Tropfen abgelöst, die wie ein undurchdringlicher Vorhang niederrannen. Schon nach wenigen Sekunden waren ihre kurzen Haare klatschnass. Sie schüttelte heftig den Kopf, bevor sie sich den Helm aufsetzte und das Motorrad startete. Sie fühlte sich ausgeruht. Der Regen schien alle Schwere von ihr zu nehmen. Alex fasste den Entschluss, wieder am Leben teilzunehmen. Morgen würde sie anfangen. Sie ließ das Visier aufgeklappt, als die schwere Maschine durch die ersten Pfützen rollte, die sich an den überlaufenden Gullys stauten.

*

Es war spät, als Lepke nach Hause kam und nur die Schuhe abstreifte, bevor er sich aufs Bett fallen ließ. Er hatte sich vergeblich bemüht, das Bild des toten Mädchens in diversen Kneipen, an die er sich schon längst nicht mehr erinnern konnte, mit Bier und Schnaps zu ertränken. Jetzt wurde das Bild aus der Halle von dem friedlichen Gesicht auf dem Metalltisch der Gerichtsmedizin abgelöst. Die Augen mit den dunklen Wimpern geschlossen, das kindliche Gesicht faltenlos. Zu jung. Zu leblos. Die glatte Haut hatte einen schimmernden Glanz, wie mit Wachs überzogen. Die schwarzen Haare verwoben sich mit den blonden von Laura Palmer. Der Leichensack lag am Strand. Die Lippen des Mädchens färbten sich blau. Sie wirkte plötzlich älter, als sie in Wirklichkeit war. Lepkes Traum ließ ihn schwitzend aufschrecken. Sein Kopf drehte sich. Ihm war leicht übel. Draußen zeichnete sich bereits der graue Schimmer des neuen Tages ab.

Er schaffte es nicht, noch mal einzuschlafen. Stattdessen trank er in großen Schlucken ein Glas Wasser direkt aus der Leitung. Als die Übelkeit nachließ, schaltete er das Licht ein und zog sich den Obduktionsbericht heran, den ihm der Rechtsmediziner gestern Abend noch mitgegeben hatte.

Das Kind war mit einem Kissen erstickt worden. Wahrscheinlich im Schlaf.

Meyer 2 hatte festgehalten, dass das Kind aufgrund einer hypoxisch-asphyktischen Erstickung gestorben war. Oder, wie sich Lepke an die mündliche Erklärung erinnerte, durch eingeschränkte Sauerstoffaufnahme bei gleichzeitig behinderter Kohlendioxidabgabe. Stauungsblutungen und das flüssige Leichenblut wiesen dabei auf ein gewaltsames Zuhalten der oberen Atemwege durch einen Gegenstand als Todesursache hin. Die Fasern in den Atemwegen waren identisch mit jenen des aufgefundenen Kissens.

DNA-Spuren, die auf dem Gesicht des Kindes gefunden wurden, stammten ausschließlich von der Mutter. Bei ihr lautete die Todesursache Tod durch Erhängen. Das Strangwerkzeug, die schlichte blaue Wäscheleine aus Plastik, hatte sich durch das Eigengewicht des Körpers zugezogen. Die Leiche wies Aufhängepunkte im Nacken auf. Äußere Befunde stimmten mit der Todesursache überein: Tränen- und Speichelfluss, lichtstarre Pupillen und Blut aus Mund, Nase und Ohren. Diese Befunde waren allerdings nur schwach nachweisbar, da die Sanitäter Wiederbelebungsversuche am Körper vorgenommen hatten. Die inneren Befunde wie Fettemulgierung der Strangmarke, Querrisse in den Arterien, Mittelohrblutungen, Kehlkopfeinbruch und Bandscheibenblutung wiesen eindeutig auf Erhängen hin. Die DNA-Spuren an der Wäscheleine waren ausschließlich die der Toten.

Lepke wusste, was das bedeutete. Alle Indizien wiesen darauf hin, dass die Mutter zunächst ihr Kind und dann sich selbst umgebracht hatte. Und egal wie sehr sich alle anstrengen würden, es würde ihnen nicht möglich sein nachzuweisen, dass die Mutter ein

Opfer von sexualisierten Übergriffen des Wachpersonals war. Wenn sie es denn überhaupt war. Der Verdacht würde als unhaltbar abgetan werden, wenn sie nicht jemanden fanden, der Gegenteiliges aussagen würde.

Laut Meyer 2 hatte Banu Sabia zumindest in den letzten Tagen keinen Sexualverkehr gehabt, es gab auch keine Spuren von Gewalt an den primären Sexualorganen.

Lepke stutzte und griff noch einmal nach den Fotos, die dem Bericht beigelegt waren. Er hatte sich nicht geirrt, die Schürfwunden an den Knien des Mädchens waren ihm bereits am Tatort aufgefallen.

Lepke rief Meyer 2 mit seinem Handy an. Es dauerte, bis der Rechtsmediziner abnahm.

»Lepke?«

»Mir ist bewusst, dass es spät ist, aber …« Plötzlich hatte er Mühe, die richtigen Worte für das zu finden, was er fragen wollte.

»Hast du was getrunken? – Ja, hast du. Und eindeutig zu viel. Jetzt ganz ruhig, Lepke. Du hast gerade den Obduktionsbericht vor dir?«

»Ja. Ich … Das Bild von dem Mädchen, also die Knie, erinnerst du dich daran?«

»Schürfwunden. Vom Spielen auf dem Rollfeld. Wahrscheinlich ist sie beim Rennen hingefallen.«

»Wie kommst du darauf, dass sie auf dem Rollfeld hingefallen ist? Ich meine, es könnte sie auch jemand gestoßen haben. In der Halle, zum Beispiel. Oder in irgendeinem Raum dort.«

»Sie ist auf dem Rollfeld gestürzt. Ich habe die

Partikel in den Wunden mit einer Probe von den Betonplatten draußen verglichen. Absolut identisch. Zufrieden?«

Lepke schüttelte unwillig den Kopf, bevor ihm klar wurde, dass Meyer 2 ihn nicht sehen konnte.

»Wieso hast du Proben von den Betonplatten genommen?«

»Hast du früher Fußball gespielt?«

»Ja … ja natürlich«, stammelte Lepke in seiner Verblüffung.

»Dann kennst du diese Schürfwunden. Die haben wir alle gehabt. Schottersteinchen, die wie die Hölle brannten. Scheiß-Fußballplätze, aber andere gab es nicht. Kein Rasen, sondern Beton, Asphalt, festgewalzter Schotter. Das war's. Genau wie das Rollfeld Tempelhof. Die Kleine hat Fußball oder Verstecken oder was auch immer gespielt. Mehr nicht. Und jetzt dreh eine Runde um den Block und leg dich wieder hin. Gute Nacht!«

Meyer 2 legte auf, ohne eine Antwort abzuwarten. Lepke blieb mit dem Handy in der Hand am Tisch sitzen und starrte auf die Fotos vor sich, ohne sie wirklich zu sehen.

Die Erklärung, dass die Mutter mit ihrem Schicksal nicht klargekommen war, schien naheliegend. Auf eine gewisse Weise war ihr Handeln sogar überzeugend, das musste Lepke zugeben. Das Trauma Krieg und das Trauma Flucht hatten die Oberhand gewonnen. »Kindsmord und anschließende Selbsttötung als Verzweiflungstat« würde es morgen im Bericht heißen. Auch wenn Lepke an dieser scheinbaren Tatsache etwas nicht einleuchtete. Aber wen würde das interessieren? Wahrscheinlich niemand.

Niemand würde nach den Ursachen fragen, die hinter den womöglich falschen Erklärungen verborgen waren. Arbeiteten sie in solchen Fällen nicht mit Zerrbildern? Kratzten sie nicht immer nur an der Oberfläche? Und wenn schon, alles würde so weitergehen wie bisher. Zwei Menschenleben weniger, zwei Menschenleben, die in diesem Teil der Welt kaum Bedeutung hatten. Banu Sabia und ihre Tochter Djamila. Sie würden sich einreihen in die lange Kette der Menschen, die im letzten Jahr ums Leben gekommen waren. Wobei die meisten von ihnen ihren Tod durch Ertrinken im Mittelmeer gefunden hatten. In der Winterkälte auf einem Feld in Bulgarien, im Frachtraum eines Lastwagens in Österreich, in brennenden Flüchtlingsunterkünften, im Stacheldraht eines Grenzzauns.

Lepke klappte den Bericht der Gerichtsmedizin zu. Manchmal fragte er sich, warum er diesen Job überhaupt machte.

*

Am nächsten Morgen hatte Alex ihren Entschluss vergessen. Sie hatte schlecht geträumt und war mitten in der Nacht aufgewacht. Schwitzend. Zitternd. Erschöpft. Als hätte sie gegen ihre Träume angekämpft. Gegen das kalte Gesicht ihres Vaters, das immer wieder aus der Nacht hervorgekrochen war.

Sie setzte sich im Bett auf. Ihr Kopf drehte sich,

und ihr Körper schmerzte. Sie nahm die doppelte Menge an Schmerzmitteln zu sich. Ohne Wasser. Der bittere Geschmack breitete sich im Mund aus, sie musste ein paarmal heftig schlucken, bis die pulvrigen Reste endlich verschwunden waren.

Als sich die Schmerzen und der Alptraum langsam ins Nichts auflösten, fielen die Puzzleteile in Alex' Kopf an die richtigen Stellen. Und das Ergebnis war schlimmer als alle Alpträume zuvor.

Das Gesicht ihres Vaters.

Die Wohnungstür, die Ilse niemals abschloss.

Seine Worte, die sich in ihr eingebrannt hatten, als sie noch ein Kind war.

Jeder Freund macht dich schwach. Für jeden Freund wirst du irgendwann leiden. Deshalb musst du stark sein, Alex.

Was, wenn er sie gefunden hatte? Wenn er aufgetaucht war, um sie zu bestrafen? Dafür, dass sie schwach gewesen war. Dass sie weggelaufen und nie wieder zurückgekehrt war. Was, wenn er nun die Person getötet hatte, die ihr geholfen hatte wegzulaufen? Sie darin bestärkt hatte, nicht zurückzugehen? Was, wenn es ihr Vater gewesen war, der Ilse getötet hatte, um sich an Alex zu rächen?

Der Gedanke war so absurd, dass sie für einen Moment den Atem anhielt. Gleichzeitig wusste sie, dass jeder noch so absurde Gedanke die Möglichkeit barg, der Wahrheit nahe zu sein. Und es war nicht das erste Mal, dass sie fürchtete, ihr Vater hätte sie aufgespürt. Bisher war es glücklicherweise niemals geschehen. Aber was hatte das schon zu sagen? Es war ohne jegliche Bedeutung. Und ihre rationalen Schlüsse kamen nicht gegen die düstere Ahnung an, die dieses Gesicht in ihrem Kopf erscheinen ließ. Die Augen, die sie kalt fixierten. Der Mund, der höhnisch grinste.

Alex wusste, dass sie mit jemandem reden musste. Sie durfte nicht allein mit ihren Gedanken sein. Sie durfte jetzt nicht durchdrehen! Unsicher tastete sie nach ihrem Handy. In ihrem Adressbuch gab es nur wenige Nummern. Seine war die erste.

Nach dem vierten oder fünften Klingeln meldete er sich. Deutlich konnte Alex das Kratzen von zu viel Alkohol in seiner Stimme hören.

»Alex?«

Immerhin hatte er ihren Namen auf dem Display erkannt.

»Ja.«

»Was ist? Wo bist du?«

»Zu Hause. Ich hab mich selbst entlassen.«

»Und?« Lepke stockte. Sie hatte ihn überrumpelt. »Geht es dir gut?«

»Nicht wirklich. Deshalb …«

Sie brach mitten im Satz ab.

»Alex?«

»Mein Vater ist zurück.«

Alex konnte hören, wie Lepke scharf die Luft einzog. Eine Weile schwiegen beide, dann setzte Alex erneut an.

»Ilse ist tot. Ich wollte sie besuchen, aber … sie ist tot. Und ich glaube, mein Vater hat sie getötet.«

Diesmal reagierte Lepke sofort.

»Ernsthaft? Was soll das, Alex?«

»Sie ist tot. Ich war an ihrem Grab.«

»Und wie kommst du darauf, dass dein Vater sie umgebracht hat?«

Der spöttische Tonfall in Lepkes Stimme war jetzt so deutlich, dass Alex für einen Moment zögerte.

»Aber es ergibt alles einen Sinn, Lepke. Er ist zurück, um sich an mir zu rächen. Dazu tötet er die, die mir am nächsten stehen. Und die er dafür verantwortlich macht, dass ich ihn verlassen habe. Genauso denkt er, glaub mir!«

»Entschuldige, Alex, aber ... wenn ich ehrlich sein soll, hört sich das für mich ziemlich bescheuert an! Er ist also zurück, ja? Genauso wie er letztes Mal zurück war? Und die Male davor? Das ist Quatsch, Alex, vergiss es. Komm wieder runter, du drehst am Rad, das ist alles.«

Alex erwiderte nichts. Sie ahnte, dass Lepke recht hatte, aber es half nichts. Im Gegenteil.

»Alex?« Lepkes Stimme klang jetzt ruhiger. »Hör mir zu, dein Vater ist weit weg und hat keine Ahnung, wo du bist. Falls er überhaupt noch am Leben ist. Aber er ist nicht hinter dir her, Alex. Und ganz sicher hat er nichts mit Ilses Tod zu tun. Ich versteh schon, dass dich das erwischt hat, aber ... Ruh dich aus, wir reden morgen darüber, also nachher, meine ich, später. Es ist gut, dass du wieder da bist.«

Den letzten Satz hatte er so leise gesagt, dass sie ihn kaum verstand. Bevor sie etwas erwidern konnte, hatte er aufgelegt. Aber sie hätte ohnehin nicht gewusst, was sie noch sagen sollte.

Trotz der Sonne, die die Staubfusseln im Licht tanzen ließ, fror sie. Das Bett fühlte sich zu groß an. Und zum ersten Mal machte ihr die Einsamkeit Angst.

Ihr Verhältnis zu Lepke war nicht einfach. War es von Anfang an nicht gewesen. Und obwohl sie viel durchgemacht hatten in der kurzen Zeit ihrer gemeinsamen Arbeit, hatte sie kaum etwas über ihn erfahren. Seine Vergangenheit blieb sein Geheimnis. Sie hatte ihn auch nie gefragt. Im Übrigen galt das Ganze auch umgekehrt. Sie hatten beide nicht wirklich wissen wollen, welche Last der jeweils andere mit sich herumschleppte.

Einmal waren sie zusammen abgestürzt. Sich sehr nahe gekommen. Es hatte gutgetan. Sie hatte sich geborgen gefühlt. Aufgehoben. Aber dann hatte sie Angst gekriegt. Angst davor, sich auf etwas einzulassen, dem sie nicht gerecht werden konnte. Dass er Erwartungen hatte, die sie nicht erfüllen wollte. Oder konnte. Sie hatte ihn von sich gestoßen. Hatte eine Wand zwischen ihnen aufgebaut und versucht, ihn aus ihrer Gefühlswelt auszublenden. Und dann war sie gefoltert worden, er hatte sie gerettet, er war bei ihr gewesen, als sie im Koma lag. Und als sie endlich aufgewacht war, war sie wieder allein gewesen.

Auch Maja war nicht erschienen. Alex war sich nicht sicher, ob ihre Beziehung überhaupt noch existierte. Sie hatten nicht miteinander geredet, seit Alex ins Krankenhaus eingeliefert worden war. Aber sie hatten sich auch davor schon voneinander entfernt gehabt. Als gäbe es plötzlich keinen Platz mehr für den anderen. Dennoch waren Maja und Lepke noch immer die wichtigsten Personen in ihrem Leben. Die einzigen, an denen ihr etwas lag. Denen sie vertraute. Jetzt, nachdem es Ilse nicht mehr gab …

Vielleicht wäre es schön gewesen, wenn jemand ihre Hand gehalten hätte, als sie aus dem Koma aufgewacht war. Vielleicht wäre es auch jetzt schön. Gleichzeitig wusste sie, dass sie niemanden in ihrer Nähe ertragen konnte, wenn sie schwach war. Sie wollte nicht das Mädchen sein, das gerettet werden musste.

Sie hoffte, dass Lepke und Maja das auch wussten. Und dass sie nur deshalb nicht bei ihr waren, weil sie das akzeptierten.

*

Wie Skelette ragen die zerbombten Häuser in den Himmel. Nur Teile der Außenwände stehen noch. Die leeren Fensterlöcher starren wie Augenhöhlen auf die zerstörte Stadt. Der sandige Staub weht um die Ruinen und legt sich als dünne Schicht auf das Geröll. Ein Raubvogel kreist einsame Runden über der Zerstörung. Immer wieder stößt er seine Warnrufe aus. Obwohl da niemand mehr ist, der gewarnt werden müsste.

Aus dem Trümmerschutt ragen rostige Eisenstangen in die Luft. Ausgebrannte Fahrzeuge warten am Rand einer Straße, die nur noch aus Furchen und Löchern besteht. Eine Tür schwingt quietschend in den Angeln, das Haus dazu existiert nicht mehr. Als die Flugzeuge einen erneuten Angriff fliegen, duckt die Frau sich in den Schatten eines Schulbusses, der mit zerborstenen Fenstern auf die Seite gestürzt ist. Jetzt kann sie den beißenden Geruch von Chlorgas in der Luft riechen. Hastig bindet sie sich den Schal um den Mund, aber es ist schon zu spät. Sie hustet. Ihr Mund brennt, sie spürt, wie ihr Hals anschwillt. Gleich darauf setzen die Atemprobleme ein.

Als sie nach den Angriffen von Helfern gefunden wird, ist sie bereits tot.

Der zweite Mord

In Tegel tritt ein Mann einer Frau ohne Vorwarnung in den Rücken und ins Gesicht, nachdem sie sich über seine frauenfeindlichen Äußerungen beschwert hat. Er kann fliehen, noch bevor die Polizei eintrifft.

Neben stark befahrenen Gleisen sollen in Hohenschönhausen neue Container für 450 Flüchtlinge gebaut werden. Der Zuglärm auf dem Grundstück ist so laut, dass eine dauerhafte Wohnnutzung weiterhin untersagt bleibt; die Container sollen nach der Nutzung durch Flüchtlinge wieder entfernt werden.

Gegen einen »Reichsbürger« wird ein Haftbefehl wegen Mordes an einem Polizisten erlassen. Der Mann hatte sich bei einer Polizeikontrolle zunächst geweigert, seine Papiere zu zeigen, und darauf bestanden, Bürger des Freistaats Preußen zu sein, dann hat er eine Handfeuerwaffe gezogen und einen der Polizisten erschossen.

Der Dackel eines kürzlich verstorbenen Rentners winselt in seinem Zwinger im Tierheim in Berlin-Falkenberg.

Alex bekämpfte ihre Kopfschmerzen mit einer kalten Tasse Kaffee und drei weiteren Tabletten. Sie schaffte es zwar kaum noch, ihre wirren Gedanken in den Griff zu bekommen, geschweige denn ihre Einsamkeit zu besiegen, dennoch war ihr klar, dass sie so nicht weitermachen konnte. Sie hatte den sozialen Kontakt zu anderen immer als unwichtig abgetan, doch sie hatte sich viel zu lange versteckt. Zu lange hatte sie einfach nur zugesehen, wie die Welt sich draußen vor dem Fenster ohne sie drehte.

Sie wusste, was Ilse zu ihr gesagt hätte, wenn sie sich auf dem kleinen Balkon im Altenheim gegenübersitzen würden. Dass es in ihrem Leben noch andere Menschen gab. Menschen, die für sie da waren. Und für die sie da sein musste!

Es würde nicht leicht werden, wieder vor Maja zu stehen. Nicht für sie, nicht für Maja. Sie hatte es im Krankenhaus nicht geschafft, das Handy in die Hand zu nehmen, um Maja anzurufen. Vielleicht, dachte sie, ist auch Majas Leben draußen vor dem Fenster weitergegangen. Vielleicht hat sich Majas Welt auch ohne Alex gedreht.

Es war erst kurz vor acht, als Alex vor der schweren Eisentür zu Majas Wohnung stand. Wohnung und Kunstatelier in einem. In der Tasche ihrer Lederjacke tastete sie nach den Schlüsseln. Aber dann zögerte sie. Sie konnte nicht einfach die Tür aufschließen und so tun, als wäre nichts passiert. Kurz entschlossen drückte sie auf die Klingel und hielt unbewusst die Luft an. In der auf den altertümlich schrillen

Klingelton folgenden Stille konnte sie Rosa zur Tür rennen hören. Erst laufen und dann fauchen. Rosa Luxemburg, Majas kleine Katze, die glaubte, sie sei ein Wachhund.

Maja öffnete nicht. Also hatte sich ihre Welt tatsächlich weitergedreht, dachte Alex, während sie selbst nur durchs Fenster gesehen hatte. Vielleicht schlief Maja aber auch noch.

Ein weiteres Mal tastete sie nach dem Schlüssel, bevor sie über die Treppe nach unten ging. Der Briefkasten neben der Eingangstür war leer. Maja hatte einen neuen Aufkleber auf der verbogenen und zerkratzten Klappe angebracht. STILL NOT LOVING POLICE. Womit wir schon zu zweit wären, dachte Alex und verspürte für einen Moment so etwas wie gute Laune, während sie auf die Straße trat.

Aber es stimmt ja gar nicht, korrigierte sie sich gleich darauf. Oder jedenfalls nicht in dieser Ausschließlichkeit. *Still not loving police.* Für den hierarchisch strukturierten und auf dem rechten Auge blinden Polizeiapparat traf das zu, nicht aber für ihre Arbeit als Ermittlerin. Auch wenn das bedeutete, mit allen Widersprüchen leben zu müssen und oft genug am Sinn ihres Tuns zu zweifeln, war sie doch gerne bei der Mordkommission. Es war immer noch das, was sie am besten konnte. Vielleicht war es sogar das Einzige.

Während sie die schwere Kette aufschloss, mit der sie die BMW gesichert hatte, ließ sie ihren Blick noch einmal über die Fassade der früheren Kreuzberger Nähfabrik streifen. Die Fenster zu Majas Atelier waren lange nicht geputzt worden, und die Blumen auf der Feuertreppe ließen die Köpfe hängen. Aber beides hatte nichts zu bedeuten. Maja waren geputzte Fenster ebenso egal wie das regelmäßige Gießen der Blumen.

Alex fragte sich, wie lange es wohl noch dauern würde, bis die fortschreitende Gentrifizierung auch diesen Straßenzug erreicht hätte, mit dem grauen Rauputz, in dem Einschusslöcher aus dem Zweiten Weltkrieg zu sehen waren. Viel Zeit gab sie dieser Entwicklung nicht. Dann würde sicher Majas Fabrik entkernt und »luxussaniert« werden, bis nichts mehr daran erinnerte, dass hier mal die Fenster nicht geputzt gewesen waren und halb vertrocknete Blumen auf einer rostigen Feuertreppe gestanden hatten.

Alex setzte den Helm auf und klappte das Visier nach unten.

Zu Lepke konnte sie nicht fahren, das war nach dem Telefongespräch vor zwei Stunden unmöglich. Außerdem war er bestimmt schon längst auf dem Weg zur Arbeit. Ihr Wiedersehen würde auf neutralem Boden stattfinden müssen. Und damit blieb ihr nur der Weg zum Präsidium. Sie würde das tun, was sie immer getan hatte, wenn sie nicht mehr weiterwusste: alles andere ausblenden und sich auf die Arbeit konzentrieren. Es war höchste Zeit für diesen Entschluss.

Wagner saß an seinem überladenen Schreibtisch und las Zeitung. Vor ihm balancierte ein dampfender Kaffeebecher auf einem Stapel von Aktenordnern.

Die Tür zum Gang stand offen. Wagner wollte darüber informiert sein, wer zwischen den Büros hin und her lief.

Alex trat ein, ohne an den Türrahmen zu klopfen. Sie nickte zur Begrüßung, als wäre es ein Morgen wie jeder andere. Wortlos ließ sie sich auf einen der bequemen Besucherstühle vor dem Schreibtisch fallen. Im selben Moment stöhnte sie auf, die Wunde war bei der schnellen Bewegung deutlich zu spüren gewesen. Alex versuchte, sich den stechenden Schmerz, der nur langsam abebbte, nicht weiter anmerken zu lassen.

Wagner blickte irritiert zu ihr.

»Alex? Was machen Sie denn hier? Ich dachte … Seit wann sind Sie aus dem Krankenhaus raus? Warum haben Sie sich nicht gemeldet, wir hätten Sie doch …« In einer seiner typischen Gesten breitete er die Arme aus, ohne den Satz zu beenden.

Alex lächelte. »Ich freue mich auch, Sie zu sehen. Die Ärzte haben gesagt, ich bin jetzt wieder fit.«

Wagner blickte sie aufmerksam an. Er kannte sie gut genug, um zu wissen, dass das ganz sicher nicht der Wahrheit entsprach. Aber nach kurzem Zögern entschied er sich dazu, ihr Spiel mitzuspielen.

»Gut, Alex. Prima. Aber was … also, was machen wir jetzt mit dir? Ich meine, was erwartest du für deinen Wiedereinstieg?«

Alex registrierte, dass er wie selbstverständlich zum Du gewechselt hatte, war sich aber noch nicht klar über die Intention, die dahinterstand.

Sie lächelte erneut. »Ich dachte, ich könnte vielleicht meinen Job wiederhaben? Ist doch noch meiner, oder?«

Für einen kurzen Moment machte es ihr Spaß zu sehen, wie Wagner ins Stammeln geriet.

»Ja, natürlich …« Damit hatte er nicht gerechnet.

Aber Alex ahnte schon, dass es so leicht nicht werden würde.

»Musst du dich nicht noch ein bisschen ausruhen? Was ist mit Reha und … Ich brauche natürlich auch eine entsprechende Beurteilung, dass du wieder einsatzfähig bist. Ein ärztliches Gutachten, so was.«

Alex schaute ihn mit hochgezogenen Augenbrauen an, ohne etwas zu erwidern.

»Ich meine ja nur, Alex, du hast einiges abbekommen. Und ich kann dich nicht einfach einsetzen, ohne …« Er rieb sich mit Daumen und Zeigefinder über den Nasenrücken, bevor er ihr direkt in die Augen sah. »Ich kenne dich doch. Du hast dich selbst entlassen, richtig? Und es gibt auch keinen Wisch, der dich diensttauglich schreibt?«

Alex zuckte mit den Schultern, ohne seinem Blick auszuweichen.

»Also«, setzte Wagner abermals an, »ich würde vorschlagen, wir machen das mal brav nach Vorschrift. Du hast jede Zeit, die du brauchst, deine Stelle bleibt dir erhalten, das weißt du. Ich wäre ja schön blöd, auf dich zu verzichten, du bist meine beste Ermittlerin, das steht außer Frage. Aber …«

»Ich bin fit«, unterbrach ihn Alex. »Und ich würde gerne sofort wieder anfangen. Heute noch.«

Wagner schüttelte den Kopf. Irgendwie sah er so

aus, als hätte er ihre Antwort erwartet. Nur zu gut wusste er, dass er es ihr nicht würde ausreden können.

Er holte tief Luft.

»Okay, aber nur unter der Bedingung, dass du am Schreibtisch bleibst. Kein Außendienst, haben wir uns verstanden? Und du musst zum Psychologen. Ich kümmere mich darum.«

»Abgemacht.«

Alex stand auf.

»Willkommen zurück im Team«, sagte Wagner. »Lepke wird sich freuen, dich wieder dabei zu haben. Und brems ihn bitte ein bisschen, er verrennt sich gerade in etwas, da kann ein unvoreingenommener Blick nur hilfreich sein.« Er blickte auf seine Uhr. »Ich muss noch ein kurzes Telefonat führen. Vielleicht holen Sie sich solange unten einen Kaffee. In der Cafeteria. Sagen wir, in zehn Minuten wieder hier, ja? Dann möchte ich Sie persönlich bei den Kollegen abliefern.«

Er lachte, als hätte er einen guten Witz gemacht. Jetzt, wo der persönliche Teil des Gesprächs vorbei war, wechselte er wieder zum Sie. Alles wie immer. Alex war zurück.

*

Lepke war unausgeschlafen und verkatert. Das grelle Sonnenlicht schmerzte in seinen Augen und ließ ihn bunte Farbkreise sehen. Er verfluchte sich dafür, seine Sonnenbrille vergessen zu haben. Am Späti um die Ecke holte er sich einen Kaffee, der allerdings so heiß war, dass er sich augenblicklich die Zunge verbrannte und die schwarze Brühe über seine Lederjacke spuckte.

Eine Gruppe Touristen bemühte sich, einen Selfiestick so auszurichten, dass der Späti hinter ihnen auf dem Foto zu erkennen war. Lepke hätte ihnen am liebsten seinen Kaffeebecher ins Bild geschleudert. Der Gedanke an den zu schreibenden Bericht machte ihn wütend. Sein Kater und Alex' morgendlicher Anruf hatten ihr Übriges getan. Der Tag hatte mehr als beschissen angefangen. Irgendwie tat er sich selbst leid. Und er war wütend. Er haderte damit, dass Menschen wie Banu Sabia und ihre kleine Tochter in den Tod getrieben wurden, ohne dass er etwas dagegen tun konnte. Und mehr noch! Ohne dass es jemanden berührte oder dass es überhaupt jemand mitbekam.

Wenn er ehrlich zu sich selbst war, machte es ihn auch wütend, dass er Alex nicht aus seinem Kopf bekam. Dass sie ihn schon wieder mal mehr beschäftigte, als er es jemals zugeben würde.

Er wischte sich mit einem zerknitterten Einkaufszettel, den er in seiner Tasche fand, notdürftig den Kaffee vom Ärmel, zündete sich eine Zigarette an und machte sich auf den Weg ins Dezernat.

Das alte Steingemäuer der Mordkommission in der Keithstraße lag noch im Schatten, als Lepke die Eingangstür aufstieß. Es war so kalt im Gebäude, dass sich die Haare auf seinen Unterarmen aufstellten. Bevor er die imposante Treppe nach oben nahm, grüßte er den Pförtner mit einem kurzen Kopfnicken.

»Überraschung, Herr Hauptkommissar!«, rief ihm der Pförtner hinterher, ohne dass Lepke verstand, worauf sich der Satz beziehen sollte. Aber vielleicht sah er tatsächlich so schlimm aus, wie er sich fühlte. Und die Überraschung war, dass er sich überhaupt noch auf den Beinen halten konnte.

In dem Büro im zweiten Stock war es still. Die Schiebetür zum Großraumbüro war geschlossen. Außer Lina war niemand da.

Sie blickte von ihrem Bildschirm hoch.

»Du siehst aber scheiße aus heute«, begrüßte sie ihn, bevor sie weiter auf die Tastatur einhämmerte. Lepke fragte sich, ob ihr solche Kommentare eigentlich zustanden, beschloss dann aber, so zu tun, als hätte er ihren Satz überhört.

Er ließ sich auf seinen Stuhl fallen und gähnte.

Vor ihm auf dem Schreibtisch lagen die eher spärlichen Zeugenaussagen, die Lina gestern aufgenommen und bereits abgetippt und kopiert hatte. Die Mitarbeiter des Wachdiensts hatten ohne Ausnahme beteuert, dass niemand in die Hallen gelangen würde, der da nicht hingehörte. Die Aussage war durchaus doppeldeutig zu verstehen gewesen. Das Reichsadler-Tattoo des einen Wachmanns war weniger doppeldeutig. Die Flüchtlinge, die überhaupt mit ihnen gesprochen hatten, gaben ebenso wie die freiwilligen Helferinnen ein vernichtendes Urteil über den Wachdienst und die Mitarbeiter von B-Care ab. Zu der Toten hatte sich keiner von ihnen geäußert.

Lepke erhob sich mühsam und ging zu Linas Schreibtisch hinüber, um ihr über die Schulter zu blicken. Auf ihrem Bildschirm hatte sie einen Bericht über sexualisierte Übergriffe in den Notunterkünften geöffnet.

Noch bevor Lina etwas zu ihm sagte, griff sie in die Schreibtischschublade und schob ihm ein Päckchen Kaugummi hin.

»So schlimm?«, fragte Lepke.

»Schlimmer.«

»Entschuldigung.«

Lina zuckte mit den Schultern.

»Wir haben nichts! Keinerlei Parallelen zum Fall Hussein, keine brauchbaren Aussagen, die auf etwas anderes als Selbstmord schließen lassen oder uns irgendein Motiv geben würden, abgesehen von Kriegstrauma und Hoffnungslosigkeit. Das mit den sexualisierten Übergriffen bleibt zunächst nichts als ein Gerücht, da kriegen wir keine Verbindung gezogen.«

»Dann wird sich also nichts daran ändern: Mord an der eigenen Tochter und Selbstmord aus Verzweiflung.«

»Immerhin kann die Mutter nicht mehr ausgeliefert werden!«

Meyer stand in der Tür. Er musste ihre letzten Sätze gehört haben.

Lepke und Lina blickten ihn irritiert an.

»Habt ihr noch nicht gelesen, wer neuer Leitender Oberstaatsanwalt ist?« Meyer kam humpelnd näher und warf eine Zeitung auf Linas Schreibtisch. »Leiter der Abteilung Auslieferung ausländischer Straftäter/ Internationale Rechtshilfe.«

Auf der Zeitungsseite war das Foto eines vielleicht sechzigjährigen Mannes zu sehen, laut der Bildunterschrift Vorsitzender einer aufstrebenden rechtspopulistischen Partei und jetzt auch Leitender Oberstaatsanwalt bei der Generalstaatsanwaltschaft Berlin. Und das trotz seiner umstrittenen Äußerungen über ausländische Straftäter, die nach Angaben des Justizsenators »das bestehende Gesetz überdehnten«.

Lepke starrte Meyer an, als würde er ihn persönlich dafür verantwortlich machen wollen, dass der Tag trotz des ohnehin schon katastrophalen Beginns noch beschissener werden konnte. Er war nur froh, dass wenigstens Marcel und Ines nicht im Raum waren, um dumme Kommentare abzugeben. Marcels mehr als fragwürdige politische Ansichten wären so ziemlich das Letzte gewesen, was er jetzt gebrauchen konnte.

Lina schüttelte wie benommen den Kopf, als Wagner auftauchte. Seine breite Statur füllte den gesamten Türrahmen aus, zum ersten Mal bemerkte Lepke den Ansatz eines Bierbauchs, den der Komponist vor sich hertrug. Im Gegensatz zu seiner sonstigen Angewohnheit, seine schlechte Laune durch weit ausholende Gesten zu untermalen, hatte er die Hände tief in den Hosentaschen vergraben.

»Es ist mir jetzt völlig egal, was Sie sagen«, erklärte er mit einem durchdringenden Blick zu Lepke, »ich habe alles versucht, aber Sie wissen ja, keine Chance.«

Niemand im Büro wagte eine Erwiderung, obwohl völlig unklar war, worüber Wagner sprach.

»Schreibtischdienst. Das ist alles. Sie sind dafür verantwortlich, dass meine Anweisung eingehalten wird. Und der Staatsanwalt braucht den Bericht der beiden Toten aus dem Lager heute Abend auf seinem Schreibtisch.«

Ohne ein weiteres Wort drehte sich Wagner um und verschwand. Lepke sah erst zu Meyer und dann zu Lina, bevor er ihren Blicken folgte und Alex im Türrahmen entdeckte.

So als wäre sie nie fort gewesen. Enge schwarze Jeans, schwarze Motorradlederjacke, schwarzer Kajal, schwarze kurze Haare, durch die sie sich jetzt mit der Hand fuhr.

Ein leicht spöttisches Lächeln lag auf ihrem Gesicht, als sie sagte: »Ihr habt den Chef gehört. So sieht's aus.«

Meyer war der Erste, der aus seiner Erstarrung erwachte. Erstaunlich schnell hatte er humpelnd den Raum durchquert und Alex fest in die Arme geschlossen. Meyer war ganz sicher einer der wenigen, die sie umarmen durften. Die meisten trauten sich gar nicht, ihr so nah zu kommen. Alex lächelte noch immer. Aber jetzt war dieses Lächeln ohne jeden Spott, fast so, als hätte sie für einen Moment die undurchdringliche Fassade fallen lassen, hinter der sie sich sonst versteckte.

Lepke ertappte sich dabei, ebenfalls zu lächeln. Eigentlich sollte er wütend auf sie sein. Aber es gelang ihm nicht. Obwohl sie eindeutig wieder dabei war, etwas Dummes zu tun. Statt in der Reha zu sein oder bei einem Psychologen zu sitzen, war sie wie aus dem Nichts hier aufgetaucht. Ohne Vorwarnung.

Ohne dass er die Chance gehabt hätte, sich darauf einzustellen. Falsch! Er hätte es schon heute Morgen bei ihrem Anruf wissen müssen. Und er hatte augenblicklich ein schlechtes Gewissen, als er sich daran erinnerte, wie er sie abgekanzelt hatte.

Er nickte ihr kurz zu, als sie sich auf ihren alten Platz fallen ließ und provokativ die Füße auf die Tischplatte legte. Wobei ihre Bewegungen seltsam steif wirkten, als müsste sie sich zwingen, die Beine hochzubekommen.

»Ist das noch mein Platz? Oder …« Alex deutete mit dem Kinn auf die Papiere, die verstreut vor ihr lagen. Lina sprang hinter ihrem Computer auf und beeilte sich, Alex' Schreibtisch freizuräumen. Alex machte keine Anstalten, die Beine beiseitezunehmen, um es Lina leichter zu machen.

»Lina«, stellte sich Lina vor und streckte Alex die Hand hin.

Alex zuckte mit der Schulter und nickte.

»Wie früher«, grinste Meyer breit. »Ist doch gleich eine ganz andere Atmosphäre hier.« Er rieb sich die Hände. »Ich wusste gar nicht, wie ich das vermisst habe! Welcome back, Alex.«

Lepke räusperte sich.

»Lina ist unsere Beamtin auf Probe. Gerade fertig mit dem Studium.«

»Und jetzt muss sie immer schön brav hinter Lepke herrennen«, konnte Meyer es nicht lassen, grinsend hinzuzusetzen.

»Gut so«, erklärte Alex. »Da lernt sie ja alles, was sie wissen muss.«

Ihre Stimme war frei von jeder Ironie.

Lina zögerte noch einen Moment, bevor sie sich wieder hinter ihren Computer setzte und vorgab, beschäftigt zu sein.

Lepke sah, wie sie sich auf die Unterlippe biss.

*

»Wie hat es sich angefühlt, wieder am Schreibtisch zu sitzen?«

Der Mann ihr gegenüber hatte grau-blonde Haare, die ein klein wenig zu kurz waren. Mit dem lässigen Sakko und dem schlichten T-Shirt darunter sah er jünger aus, als er sein konnte. Sein markantes Gesicht wurde von blauen Augen dominiert, die Alex fixierten.

Sie hielt dem Blick stand, wippte entspannt mit dem Fuß und lehnte sich auf dem Sofa zurück. In ihrer Kindheit hatte sie genug Psychologen erlebt, um zu wissen, wie sie sich verhalten musste, damit diese Sitzungen erträglich blieben.

Für einen Moment ärgerte sie sich über Wagner. Schreibtischdienst und Psychogelaber. Aber sonst hätte sie nicht wieder mitspielen dürfen, und sie wusste, dass er sich Sorgen um sie machte. Es ging ihm nicht um die Vorschriften. Er wollte ihr tatsächlich helfen. Nach seinen Worten war der Mann mit den blauen Augen der beste, den er für sie hatte finden können. Dr. Tobias Pradzyk. Psychologe und Psychiater. Seine Diplome hingen gerahmt an der Wand hinter seinem Schreibtisch in seiner Praxis. Wie ein aus viel zu simplen Puzzleteilen zusammengesetzter Heiligenschein.

»Wie soll es sich schon angefühlt haben? Der Schreibtisch hat mich schließlich nicht überfallen und gefoltert. Mit dem Schreibtisch ist alles gut.«

Der Mann mit den blauen Augen lächelte.

»Es fühlte sich gut an. Sehr gut«, setzte Alex hinzu.

»Warum sind Sie nicht in die Reha gegangen, Alex?«

Weil ich nicht länger alleine in einem Zimmer sitzen wollte. Weil ich an der Welt teilhaben wollte. Weil ich einsam war. Alex schluckte alle Antworten hinunter und erwiderte das Lächeln.

»Weil in meiner Abteilung ohne mich nichts läuft. Ich bin die Beste.«

Der Mann mit den blauen Augen schüttelte leicht den Kopf. Seine Stimme hatte sich verändert, als er sich leicht vorbeugte und sagte: »Ich muss hier nicht mit Ihnen sitzen. Aber soweit ich weiß, müssen Sie mit mir reden, wenn Sie weiterhin mitmischen wollen. Wenn wir allerdings so weitermachen, zieht sich das hier ganz furchtbar in die Länge. Und am Ende werde ich dann wahrscheinlich sagen müssen, dass Sie alles andere als ... bereit für Ihren Job sind.«

Alex nickte.

»Weil mein Leben aus meinem Beruf besteht. Und wieder am Leben teilzunehmen hieß für mich, wieder zu arbeiten. Ich habe lange genug ausgesetzt.«

»Besser.«

»Schön. Aber was ist Ihr Interesse an meiner Person? Es gibt sicher spannendere Fälle als mich.«

Alex sah, wie er für einen Moment aus dem Konzept gebracht war.

»Weil Sie eine verdammt gute Ermittlerin sein sollen, nur leider ziemlich schweigsam, wenn es um Sie selbst geht. Das ist eine Herausforderung, die mich reizt.« Sein erneutes Lächeln schien jetzt vollkommen offen, ohne jede Taktik.

»Sie beschäftigen sich normalerweise mit denen von der anderen Seite, richtig?«, fragte Alex schnell.

»Richtig. Ich schau mir nur noch wenige kaputte Polizisten an, Mörder sind ... spannender. Mal sehen, ob Sie da mithalten können.« Er lachte kurz auf, ohne dass das Lächeln die blauen Augen erreichte.

»Was können Sie mir über den Fall Hussein sagen? Da haben Sie doch mitgearbeitet, oder? Und Sie sind auch an der Wiederaufnahme der Ermittlungen beteiligt.« Ihr letzter Satz war keine Frage mehr.

»Sie haben offensichtlich Ihre Hausaufgaben gemacht.«

»Berufskrankheit. Professionelle Deformation, nennen Sie es, wie Sie wollen. Aber Sie haben meine Frage noch nicht beantwortet. Stichwort Hussein.«

Irgendetwas passierte hinter den blauen Augen, ohne dass Alex es hätte benennen können. Die Stimme des Psychologen blieb ohne Regung, als er zurückfragte: »Täusche ich mich, oder sind Sie gerade dabei zu ermitteln?«

»Professionelle Deformation«, wiederholte Alex. »Aber Sie weichen mir aus.«

»Moment, verwechseln Sie nicht die Rollen?«

»Passiert Ihnen das öfter, dass Sie in einer Sitzung

plötzlich das Gefühl haben ...?« Alex breitete die Arme aus. »Vergessen Sie's. Sollte nur ein Witz sein. Aber Sie würden mir trotzdem einen großen Gefallen tun, indem Sie meine Frage einfach beantworten. Nicht die letzte. Die mit Hussein.«

Pradzyk zog die Augenbrauen hoch und schüttelte den Kopf.

»Ich muss zugeben, dass es schwer ist, Ihrem Ermittlungscharme zu widerstehen.« Er unternahm den Versuch, einen leicht belustigten Tonfall anzuschlagen, doch es gelang ihm nicht wirklich. »Gut, also der Fall Hussein. Wir sind noch nicht fertig mit den Vernehmungen des Tatverdächtigen, deshalb kann ich Ihnen keine Details zu der laufenden Ermittlung nennen. Aber ich kann Ihnen sagen, was auch schon im psychologischen Gutachten steht. Ich glaube nicht, dass es etwas mit Pädophilie zu tun hatte. Wahrscheinlicher sind deutliche Persönlichkeitsdefizite.«

Alex blickte ihn fragend an.

»Mario Lubitz zeigt eine so unsichere Persönlichkeit, dass ich überzeugt bin, er würde es gar nicht wagen, seine sexuellen Bedürfnisse an jemandem auszuleben, der in seinem Alter ist. Noch nicht einmal in Gedanken. Daher hat er sich eines Kindes bedient. Ein Kind kann man als Objekt betrachten, als etwas, das einem nichts entgegenzusetzen hat, das einen noch nicht einmal einschätzen, geschweige denn verurteilen kann. Und ein Kind, das kein Deutsch verstand, ohnehin schon verschüchtert, verängstigt und ohne jedes Selbstvertrauen war, konnte Lubitz noch weniger anhaben. Daher Hussein. Die Professionalität, mit der er vorgegangen ist, zeigt uns, dass diese Tat lange von ihm vorbereitet worden war.«

Er brach unvermittelt ab, als hätte er zu viel gesagt.

»Danke«, sagte Alex. »Das war interessant. Macht Spaß, mit Ihnen zu arbeiten.«

Diesmal veränderten die blauen Augen eindeutig ihre Farbe. Plötzlich waren sie um eine Schattierung dunkler geworden.

»Falls das ein Kompliment sein sollte – ebenfalls danke! Aber dann würde ich jetzt gerne wieder …«

»Ist schon okay«, sagte Alex und stand auf. »Machen Sie sich darüber keine Gedanken. Wir reden das nächste Mal über mich, versprochen.«

Pradzyk versuchte nicht, sie aufzuhalten.

Als Alex den Fahrstuhl nach unten nahm, schoss ihr eine Liedzeile durch den Kopf. Ein alter Song von den Who, später hatte Limp Bizkit ihn gecovert: *No one knows what it's like to be the bad man, to be the sad man behind blue eyes …*

Vor sich hin summend startete sie die BMW. Es gelang ihr, fast ohne Schmerzen auf den Sitz zu steigen.

Auf dem Weg zurück zum Präsidium besorgte sie chinesisches Essen beim Imbiss am Wittenbergplatz.

Minifrühlingsrollen.

Gebratene Nudeln mit Ei und Gemüse.

Tofu in Litschi-Sauce.

Gemüse Szechuan Art.

Und etwas Undefinierbares, das vage an Fischbällchen im Teigmantel erinnerte.

Meyer saß allein im Büro. Vor ihm lag noch immer die aufgeschlagene Zeitung vom Morgen.

»Du riechst nach leckerem Essen«, sagte er zur Begrüßung und schielte auf die Plastiktüten in ihrer Hand.

»Viel zu viel Essen für uns zwei, Meyer! Wo sind die anderen?«

Meyer ließ sich Zeit mit seiner Antwort. Zunächst förderte er die verschiedenen Styroporschälchen aus den Tüten zutage und entschied sich dann, mit den Frühlingsrollen zu beginnen, bevor er mit vollem Mund sagte: »Wir hatten gerade unseren Bericht abgeschickt, da kam der Anruf.« Er kaute zu Ende und schluckte. »Zwei Kinder diesmal. Beide tot. Womöglich Flüchtlingskinder. Genaueres weiß ich noch nicht. Lepke wollte sich melden.«

Er legte die angebissene Frühlingsrolle zurück auf die Serviette, als wäre ihm der Appetit vergangen.

Alex ließ sich auf den nächstbesten Stuhl sinken. Die Wunde schmerzte wieder.

Es dauerte eine Weile, bis Meyer das Schweigen brach. »Hör mal, Alex, manchmal ist es gar nicht verkehrt, nur im Büro zu sein. Es ist zwar idiotisch mit dem Ding am Fuß, das hat aber auch seine Vorteile. Ich brauch das nicht, mir die Leichen von zwei kleinen Kindern anzusehen. Ich habe genug mitgekriegt im Laufe der Zeit, da ist es mir lieber, wenn ich nachts schlafen kann, ohne dass mir die Leichenbilder vor den Augen rumtanzen.« Er griff nach den undefinierbaren Fischbällchen und hielt sie Alex hin. »Komm, es hilft ja nichts. Warten wir ab, bis wir mehr erfahren. Wie gesagt, Lepke wollte sich melden.«

Alex ignorierte die Fischbällchen. Sie hatte das Gefühl, dass ihr Magen sich allein von dem Geruch zusammenzog und zu einem Stein verklumpte.

»Und die Neue?«, fragte sie unvermittelt. Sie hoffte, dass ein bisschen Small Talk helfen würde, eine Art Normalität herzustellen. »Lina. Wie ist sie so?«

Meyer nahm den Köder dankbar auf. Er grinste.

Alex mochte es, wenn er grinste. Seine weißen Zähne glänzten. Außerdem zuckte sein linkes Ohr, wenn er die Lippen verzog. Er hatte mal erzählt, dass seine Kinder sich dann jedes Mal über ihn lustig machten.

»Warum? Eifersüchtig? Musst du nicht sein. Lepke bekommt kaum mit, dass sie überhaupt da ist. Aber sie ist okay. Jung halt und manchmal noch etwas unsicher, aber das wird schon. Ich fürchte allerdings, dass sie vor mir ein bisschen Angst hat. Du weißt schon: Angst vorm bösen schwarzen Mann!«

Alex musste unwillkürlich lächeln, obwohl ihr nicht danach zumute war. Aber Meyers Sprüche über seine Hautfarbe hatten sie schon immer zum Lachen gebracht. Es war gut, wieder hier zu sein. Und sie hatte ganz sicher nicht vor, sich an den von Wagner verordneten Schreibtischdienst zu halten.

*

Der Eingang zur Hasenheide war abgesperrt, Polizeiwagen flankierten den Columbiadamm. Zwischen den Bäumen leuchteten die neonroten Overalls der Rettungshundeführer. In einem mit geöffneter Klappe am Straßenrand geparkten Kombi kläfften zwei zurückgelassene Hunde hinter den Gitterstäben ihres Kennels. Aus einem Krankenwagen auf der gegenüberliegenden Seite waren die hysterischen Schreie einer Frau zu hören.

Der Streifenbeamte nickte, als sich Lepke unter dem Absperrband durchbückte. Hinter der Freilichtbühne hatte die Spurensicherung ein weißes Zelt aufgestellt. Meyer 2 war bereits da und hob kurz die Hand, als Lepke näher trat.

»Kleinen Moment noch, bin gleich so weit. Aber bleib bitte auf Abstand, sonst macht die Spusi uns die Hölle heiß.«

Der leblose Junge hatte die Arme im Krampf um den Körper geschlungen. Der Kopf war weit in den Nacken gerutscht, der Mund stand offen und gab den Blick auf die heraushängende Zunge frei. Vor den Lippen hatte sich schaumartiger Speichel gebildet.

Lepke wendete sich abrupt ab und konzentrierte sich auf die Kollegen der Spurensicherung in ihren weißen Anzügen mit den eng zusammengezogenen Kapuzen und den vom Mundschutz verdeckten Gesichtern. Sie strahlten etwas seltsam Beruhigendes aus, als wäre nichts von dem wahr, was hier passiert war. Meyer 2 klopfte sich umständlich den Schmutz von den Knien seines Schutzanzuges, bevor er zu Lepke trat.

»Kein schönes Bild«, sagte er zur Begrüßung, ohne Lepke die Hand hinzuhalten. »Willst du trotzdem …«

»Es bleibt mir kaum was anderes übrig, oder?«

Lepke ließ sich ebenfalls einen weißen Overall geben. Wie immer hatte er Mühe, die Plastiküberzüge über seine Lederschuhe zu zerren.

Er blieb lange vor dem kleinen Leichnam hocken, ohne ihn zu berühren. Bis Meyer 2 fragte: »Ist alles in Ordnung mit dir?«

»Nichts ist okay.«

Lepke erhob sich und trat ein paar Schritte zur Seite, er schwitzte, gleichzeitig war ihm kalt. Fröstelnd zog er die Schultern hoch.

Als er nickte, gab Meyer 2 ein Zeichen. Die Leiche des Jungen konnte abtransportiert werden.

Lepkes Atem kam stoßweise, als er sagte: »Da war ein bestimmter Geruch, der mir aufgefallen ist.«

»Bittermandel«, bestätigte Meyer 2. »Passt zu der verkrampften Haltung des Körpers. Außerdem lassen der Speichelfluss und der offene Mund auf Atemnot schließen. Allerdings ohne Zyanose, also ohne Unterversorgung des Bluts mit Sauerstoff, sonst würden wir eine bläuliche Färbung der Haut, der Lippen, Schleimhäute und Fingernägel sehen. Die hellrote Farbe der Haut verweist darauf, dass das Blut sehr wohl mit Sauerstoff gesättigt wurde, der aber aufgrund der inneren Atmungsblockade von den Zellen nicht verwertet werden konnte. Ich würde auf Herzstillstand aufgrund einer Cyanidvergiftung tippen. Die Dosis kann allerdings nicht sehr hoch gewesen sein, sonst hätten unsere Messgeräte eine Warnung gegeben.« Er nickte abschließend. »Andernfalls würde ich hier auch sicher nicht mit dir rumstehen. Cyanidvergiftungen, besser bekannt als Blausäurevergiftungen, können entstehen, wenn man Cyanid oral – wie bei dem kleinen Jungen –, über die Haut oder sogar über die Luft aufnimmt. Aber, wie schon gesagt, dazu ist die Dosis in der Luft hier nicht hoch genug.«

Lepkes Blick folgte den weißen Männern, die den kleinen leblosen Körper in einer Plastikwanne zu ihrem grauen Lieferwagen trugen.

»Wir sind noch nicht fertig«, sagte Meyer 2 leise.

»Ich weiß. Wo …?«

Meyer 2 wies mit dem Kopf auf die Baumgruppe, die in vielleicht hundert Metern Entfernung die Wiese begrenzte. Zwischen den Stämmen konnte Lepke undeutlich die weiße Plane eines weiteren Zelts der Spurensicherung ausmachen. Und die weißen Anzüge, die wie helle Flecken aus dem Schatten der Bäume hervorstachen.

»Ganz großes Kino für die Spusi«, murmelte Meyer 2 vor sich hin, während er seinen Koffer hochnahm.

Sie waren erst ein paar Meter über den vertrockneten Rasen gelaufen, als Lepke hörte, wie Lina nach ihm rief.

»Ich komme gleich nach, ich will nur kurz mit der Kollegin sprechen«, sagte Lepke zu dem Rechtsmediziner.

»Ein Mann muss tun, was ein Mann tun muss«, erklärte Meyer 2, ohne seine Schritte zu verlangsamen.

Lepke wartete, bis Lina ihn erreicht hatte.

»Am besten kommst du gleich mit. Erzähl mir im Gehen, was du herausgefunden hast. Bei dem Jungen tippt Meyer 2 auf eine Cyanidvergiftung. Mehr wissen wir noch nicht.«

»Vergiftet?«, fragte Lina nach. Zwischen ihren Augenbrauen bildete sich eine scharfe Falte.

»Und jetzt du!«, forderte Lepke sie auf, während sie hinter Meyer 2 hereilten.

»Die Mutter des toten Jungen sitzt bei den Sanitätern im Rettungswagen. Erst hat sie geschrien, aber jetzt redet sie gar nicht mehr. Sie hatte einen Ausweis dabei. Ihr Name ist Tahmineh Talib.« Lina hatte Mühe, genug Atem für ihre Sätze zu finden. Ihre Stimme klang leicht keuchend. »Ursprünglich stammt sie aus dem Irak. Nach Deutschland gelangte sie vor vier Monaten, zusammen mit dem Bruder ihres Mannes und den zwei Kindern, Lya und Laith, sieben und vier Jahre. Den Namen des Onkels habe ich vergessen. Aber jetzt rate mal, wo sie untergebracht waren.«

»Dort, wo du diese Informationen erhalten hast. Ich tippe auf einen jungen Mann in einem Bürocontainer, der trotz der deutlichen Anweisung seines Chefs nur zu gerne bereit war zu reden, als er deine Stimme am Telefon hörte. Tempelhof also.«

Lina nickte nur und sah ein wenig enttäuscht aus.

»Gut gemacht, Lina«, schob Lepke schnell nach.

Im Hintergrund bellte ein Hund. Ein anderer Hund gab Antwort.

Lepke zweifelte nicht daran, dass das zweite Kind,

zu dessen Leichnam sie unterwegs waren, die kleine Schwester des toten Jungen sein würde.

*

Der Geruch von frittiertem Fett hing in den schmalen Gängen zwischen den Trennwänden der Zelte. Das Quadrat, in dem Tahmineh Talib mit ihren Kindern gewohnt hatte, war verlassen. Die oberen Betten waren unbenutzt, vor den unteren hingen nicht bunt bedruckte Tücher, sondern einfache Laken als Sichtschutz. Auf dem Boden stand ein Kochtopf. In einer Ecke wartete ein alter Holzstuhl. Unter dem Bett ein Stoffhase.

Mehr gab es für den Moment nicht zu sehen, die Spurensicherung würde sich auch dieses Quadrat bis in den kleinsten Winkel vornehmen, sowie die Arbeit im Park abgeschlossen war.

Lepke und Lina vergeudeten den restlichen Tag damit, auf weitere Informationen vom Leiter der Notunterkunft zu hoffen, die aber ausblieben. Sie würden stattdessen eine offizielle Anfrage an die Behörde richten müssen. Auch der erwähnte Onkel der Kinder, Haias Talib, war nicht auffindbar. Die Mutter wurde im Krankenhaus betreut, sie befand sich in einem Schockzustand und hatte Probleme mit der Atmung. Ihr Zustand war nicht das, was man stabil nennen würde.

Als Lepke und Lina wieder in den Dienstwagen stiegen, dämmerte es bereits. Der Himmel war von einem stickigen Grau, das in jede Pore der Haut einzudringen schien. Sie hatten Hunger und waren müde.

Am Kottbusser Tor parkten sie mit einem Reifen auf dem Bordstein, Lina wollte eine Falafel von Maroush, Lepke ein Bier. Lina schickte ihn in die Möbel-Olfe, eine Bar für Schwule und Lesben. Der alte Schriftzug hing noch immer in großen Buchstaben über dem Wohnhaus, dessen Fenster betrübt auf die Dresdner Straße blickten. Die grauen Häuserschluchten hatten einen beruhigenden Effekt auf Lepke.

Er setzte sich, kurz nickend, neben zwei schwule Männer in Ledermontur. In seinem Kopf drehte sich die immer gleiche Frage: Konnte es ein Zufall sein, dass drei Kinder aus demselben Lager innerhalb von zwei Tagen starben?

Es war laut in der Bar. Stimmengewirr und Gläserklirren. Als Lina wieder auftauchte, gab sie dem Barkeeper einen Kuss auf die Wange, bevor sie sich zu Lepke setzte und ihm die Falafel hinstreckte.

Er lächelte dankend.

»Hier bist du also, wenn du nicht hinterm Schreibtisch hockst.« Es war mehr eine Feststellung als eine Frage.

Lina legte den Kopf zur Seite. »Hier war ich zumindest früher oft. Da war es aber noch nicht so laut und voll. Eine Weile hatte ich eine Affäre mit dem Türsteher, aber das hat sich recht schnell erledigt. Polizistin zu sein ist an diesem Ort nicht so willkommen.«

Lepke nickte. Alex hatte ihm einmal annähernd Gleiches erzählt. Allerdings ohne die Affäre mit dem

Türsteher. Vielleicht waren sich Lina und Alex ähnlicher, als er gedacht hatte. Nur ihr Verhalten war anders. Ihr Umgang mit der eigenen Vergangenheit. Lina besuchte noch immer die Kneipe, in der sie nicht mehr bedingungslos willkommen war, wohingegen Alex sich eine neue Kneipe gesucht hatte.

Eine Weile redeten sie über ihre Vergangenheit. Lepke erzählte eine Anekdote aus Hannover. Dann redete eigentlich nur noch Lina.

Sie hatte lange in einem besetzten Haus in Berlin gewohnt. Rigaer Straße 94. Lepke kannte das Gebäude, um das sich die Besetzer seit Monaten einen Privatkampf mit dem Innensenator lieferten. Irgendwann hatte Lina alles anders machen wollen, hatte ihr Geschichtsstudium abgebrochen und sich bei der Kripo beworben.

Lepke ertappte sich dabei, wie er mehr und mehr aus dem Gespräch ausstieg und nur noch vereinzelte Brocken von Linas Geschichte mitbekam. Sein Kopf schmerzte von der Anstrengung, bei dem Lärm ihren Worten zuhören zu wollen.

Er vermisste die unaufgeregte Atmosphäre in Alex' Stammkneipe. Ob sie wohl auch im Moment dort saß? Vielleicht vermisste er auch sie, jetzt, wo sie wieder da war. Aber etwas hatte sich zwischen ihnen verändert, es machte ihn plötzlich wütend, sie zu sehen. Wütend darüber, dass sie sich nie bei ihm dafür bedankt hatte, dass er ihr das Leben gerettet hatte. Wütend, dass sie so unnahbar war. Viel zu lange hoffte er auf etwas, das sich wohl nie erfüllen würde. Vielleicht hatte er das schon damals im Krankenhaus gespürt und sie deshalb allein gelassen. Sich nicht bei ihr gemeldet. Nicht gefragt, wie es ihr ging oder ob sie Hilfe brauchte. Er hatte Abstand schaffen wollen, um sich selbst zu schützen. Aber jetzt war sie wieder da. Und er wusste nicht weiter.

Als sie heute Morgen bei ihrem Anruf einen Schritt auf ihn zugemacht hatte, war er es gewesen, der sie zurückgestoßen hatte. Natürlich war nichts dran an der Geschichte mit ihrem Vater! Aber er hätte ihr wenigstens zuhören können. Sie ernst nehmen. Falsch, dachte er, das hätte es nur noch schwieriger gemacht. Offensichtlich konnte ja keiner von ihnen mit Nähe umgehen. Und sich bedingungslos auf den anderen einzulassen würde viel Nähe bedeuten. Zu viel.

Gleichzeitig wusste er, dass er einen Fehler gemacht hatte. Und dass er Alex unrecht tat.

Lina redete noch immer.

Lepke hatte längst den Faden verloren und fragte sich, ob es wieder um den Türsteher-Liebhaber ging oder einen ganz anderen Typen. Aber es interessierte ihn auch nicht.

*

Als Alex abermals auf das Gelände der alten Nähfabrik kam, glaubte sie, aus den Augenwinkeln einen Schatten zu sehen. An der Mauer zwischen den Müllcontainern. Sie verlangsamte ihre Schritte, die laut von den Hauswänden widerhallten, und spannte unbewusst die Muskeln an. Der Schatten war verschwunden. Oder es hatte ihn nie gegeben. Ein Phantom ihrer Überanstrengung. Mehr nicht.

Schon oft hatte sie Maja gefragt, ob es wirklich sicher war, auf dem verlassenen Fabrikgelände zu wohnen.

Maja hatte jedes Mal erwidert, dass sie doch Rosa zur Verteidigung hätte.

Wie immer war die Haustür unten nur angelehnt. Langsam stieg Alex die Stufen zur Atelierwohnung hoch. Vor der schweren Eisentür hielt sie kurz inne, die Treppen hatten ihr Mühe bereitet, tief in ihrem Bauch pochte der dumpfe Schmerz, den sie mittlerweile fast als normal ansah. Mehrmals atmete sie ein und aus, bevor sie auf die Klingel drückte und angespannt auf ein Geräusch aus der Wohnung wartete. Schritte, die sich der Tür näherten. Majas Stimme. Irgendetwas. Aber es blieb alles still.

Kurz entschlossen kramte sie Majas Wohnungsschlüssel aus ihrer Tasche. Diesmal würde sie nicht umdrehen und nach Hause gehen. Auch wenn Maja es womöglich nach der langen Zeit, in der sie nichts voneinander gehört hatten, als Eindringen in ihre Privatsphäre auffassen würde. Aber dann soll sie sich gefälligst ein Handy anschaffen, damit man sie erreichen kann, dachte Alex, während sie den Schlüssel ins Schloss schob.

Genau das würde sie Maja auch sagen: »Du kannst nicht erwarten, dass Leute blind darauf vertrauen, dass mit dir alles in Ordnung ist. Wenn du so viel Wert darauf legst, nicht überrascht zu werden, kauf dir gefälligst ein Handy, damit man dich erreichen kann.« Vielleicht würde sie das Wort »man« durch »ich« ersetzen ...

Wie üblich war der Kampf mit der Eisentür nur unter Einsatz aller Kräfte zu gewinnen.

»Maja?«, rief Alex, als sie in den Flur trat. »Ich bin's!«

Keine Antwort.

Nur der Kühlschrank aus der frei im Raum stehenden Küchenzeile brummte laut.

Rosa kam auf sie zugelaufen. Es schien nicht so, als würde sie Alex erkennen. Als Alex sich bückte, um ihr über den Kopf zu streichen, machte die Katze einen Buckel und kauerte sich dann verängstigt zwischen Majas Stiefel, die verlassen im Flur standen. Das Atelier war genauso chaotisch wie immer, in der Spüle neben dem Herd stapelte sich schmutziges Geschirr. Nur Maja war nicht da.

Alex ließ sich auf das Sofa in der Mitte des Raums fallen und wartete. Ihr Blick streifte über die Leinwände und die aus Draht und Holz gebauten Figuren. Sie kannte sie noch nicht. In einer Ecke stand eine lebensgroße Frau, die vollständig mit roter Farbe übergossen war. Nach einer Weile kam Rosa und rollte sich auf ihrem Bauch zusammen, sie war so leicht, dass Alex sie kaum bemerkte. Als die Katze sich später schüttelte und einen klagenden Ton von sich gab, fuhr Alex zusammen. Sie war tatsächlich eingeschlafen. Für einen kurzen Augenblick wusste sie nicht, wo sie war. Sie erinnerte sich auch nicht, ob sie etwas geträumt hatte. Aber sie fühlte sich merkwürdig ausgeruht.

Vorsichtig setzte sie Rosa auf ein Kissen und stand auf. Zwei Stunden hatte sie geschlafen. Maja war immer noch nicht aufgetaucht. Alex schrieb ihr eine kurze Nachricht: *Bitte melde dich, A.* Den Zettel legte sie auf die Arbeitsplatte neben die angebrochene Dose mit der roten Farbe.

Bevor sie die Wohnung verließ, gab sie Rosa frisches Futter und Wasser. Die Katze stürzte sich darauf, als hätte sie schon seit Tagen nichts mehr zu fressen bekommen. Alex lachte laut auf. Gleich darauf dachte sie: Wie lange ist Maja schon weg? Wo zum Teufel ist sie bloß? Warum hat sie sich so lange nicht mehr bei mir gemeldet? Was ist hier eigentlich los?

Alex wusste, dass ihre Beziehung mehr als ein paar Risse hatte. Dass sie selbst Maja vernachlässigt, sie außen vor gelassen, ihren Job über alles andere gestellt hatte. Trotzdem war es nicht Majas Art, sich stillschweigend aus der Affäre zu ziehen. Wörtlich genommen.

Auf einmal machte sie sich ernsthaft Sorgen. Nicht nur um ihre Beziehung, die wahrscheinlich unwiderruflich vorbei war, sondern um Maja!

Vorsichtig zog sie die Eisentür hinter sich zu. Sie würde noch einen Tag warten. Wenn Maja dann nicht aufgetaucht war, musste sie eine Entscheidung treffen.

*

An der Brücke am Halleschen Tor überfuhr Lepke eine Ratte. Aus den Augenwinkeln sah er, wie der graue Körper vom Radkasten abprallte und in den Rinnstein geschleudert wurde. Entweder war die Ratte bereits tot oder würde innerlich verbluten. Vielleicht war auch die Wirbelsäule verletzt. So oder so würde irgendein Köter sie über kurz oder lang erwischen.

Lepke entschuldigte sich leise bei dem Tier und drehte die Musik lauter, um das Knacken der Knochen aus seiner Fantasie zu verbannen.

I see rats in every direction / No time to catch your breath / Crazy people lost their heads …

Passend, dachte er. The Kinks. Eine schöne Ouvertüre für einen neuen Tag in Berlin.

Linas Motorroller stand auf dem Vorplatz des früheren Zentralflughafens mit dem Luftbrückendenkmal, als er eintraf. Er revidierte seine Überlegungen von letzter Nacht. Lina und Alex waren sich ganz und gar nicht ähnlich. Die pinkfarbene Vespa sagte eigentlich schon alles.

Lina wartete vor dem Bürocontainer auf ihn. Zur Begrüßung erzählte er ihr vom Rattenmord, den er gerade begangen hatte. Lina lachte. Es klang fast schmutzig, dachte er, und passte so gar nicht zu ihren blonden Locken, dem leichten Sommerkleid und den grell geschminkten Lippen. Er ertappte sich dabei, sie zum ersten Mal spannend zu finden.

Die Männer der Wachmannschaft warfen verstohlene Blicke in ihre Richtung, zu lange verharrten sie auf Linas nackten Beinen. Ihre Zigaretten hielten sie in der hohlen Hand.

Lepke und Lina verständigten sich kurz über die weitere Vorgehensweise, anschließend warf Lina ihren Kaffeebecher in den grünen Abfallbehälter an der nächsten Laterne und ging zu den Wachmännern hinüber. Lepke hätte schwören können, dass sie ihre Hüften mehr schwang als sonst. Er beobachtete, wie sie sich Zigarette und Feuer geben ließ. Er hatte sie bisher noch nie rauchen sehen. Als einer der Wachleute etwas sagte und Lina laut auflachte, drehte er sich um und machte sich auf den Weg in die Halle.

Haias Talib, der Onkel, nach dem sie schon gestern vergeblich gesucht hatten, war wieder nicht in seinem Quadrat. Lepke nahm sich den vereinsamten Stuhl aus der Ecke und setzte sich. Der Topf stand unverändert auf dem Boden, auch die Laken hingen wie am Tag zuvor vor den Betten. Tahmineh Talib hatte die Nacht im Krankenhaus verbracht, ihr Zustand hatte sich nur unwesentlich gebessert. Sie redete noch immer nicht. Niemand konnte sagen, ob ihr bewusst war, dass ihre beiden Kinder auf Tischen in der Rechtsmedizin lagen.

Lepke hatte am Morgen mit dem leitenden Stationsarzt gesprochen, aber der Onkel war auch im Krankenhaus nicht aufgetaucht. Seit gestern hatte ihn niemand mehr gesehen. Als er sich umblickte, bemerkte er auf dem Gang eine Frau, ihre Haltung gebückt. Sie starrte ihn regungslos an, machte aber nicht die geringsten Anstalten, sich ihm zu nähern. Erst als Lepke sich räusperte und leise »Hallo« sagte, tastete sie sich an der Wand entlang in seine Richtung. Aus der Nähe wirkten ihre Augen milchig, sie musste fast blind sein. Sie war alt, Lepke schätzte sie auf weit über achtzig, wusste aber, dass der Eindruck täuschen konnte. Krieg und Flucht ließen Menschen schneller altern. Sehr viel schneller. Das Sprechen schien ihr Mühe zu bereiten, aber ihr Deutsch war fast fehlerfrei.

»Manchmal bleiben sie über Nacht weg.«

Lepke stutzte. »Wer?«

»Die Frauen. Manchmal werden sie abgeholt und kommen erst am nächsten Tag wieder. Und irgendwann sind sie ganz weg. Auch die Kinder.«

Lepke blickte sie fragend an, bevor er sich erinnerte, dass sie womöglich so gut wie blind war. »Woher wissen Sie das?«

»Ich weiß fast alles.« Ihre Antwort klang müde. »Ich bin schon lange hier.«

Lepke schluckte.

»Wer holt sie ab?«

»Die Wachmänner.«

Lepke beugte sich vor und legte behutsam seine Hand auf ihren Arm. »Warum erzählen Sie mir das?«

»Weil ich zu alt bin, um Angst zu haben. Es wird nicht mehr besser werden für mich.«

Lepke dachte noch über ihre Antwort nach, als die alte Frau sich unerwartet behände abwandte und auf dem Gang verschwand.

»Warten Sie, ich würde gerne noch …«

Er zögerte, ihr hinterherzulaufen, es schien ihm zu sehr nach Verfolgung auszusehen. Als er sich schließlich doch dazu entschied, war es zu spät. Er konnte sie nirgends mehr entdecken.

Die Wachmänner brachten die Frauen über Nacht irgendwohin, rekapitulierte er ihre Sätze. Und irgendwann blieben die Frauen dann ganz weg. Verwirrt schüttelte er den Kopf, bevor er mit langen Schritten zum Bürocontainer lief, um zu fragen, wie viele Frauen und Kinder mittlerweile schon verschwunden waren.

Der junge Mann hinter dem Computerbildschirm blickte ihn ratlos an.

»Wie viele Frauen verschwunden sind?« Er betonte das Wort »verschwunden«, als hätte er es zum ersten Mal gehört.

»Ja, verschwunden«, erwiderte Lepke ungeduldig.

»Hier verschwinden keine Frauen. Hier verschwindet überhaupt niemand. Wo sollten die auch hin?«

»Denken Sie bitte noch mal nach, ob es nicht doch so sein kann. Eben hat mir eine Frau da drin erzählt, dass genau das passiert. Dass manchmal Frauen über Nacht wegbleiben und irgendwann überhaupt nicht mehr zurückkehren. Genauso wie ihre Kinder.«

Die alte Frau hatte nicht gesagt, dass die verschwundenen Kinder zu den Frauen gehörten, aber das spielte jetzt keine Rolle.

Der junge Mann lachte. Es klang nicht besonders freundlich, eher, als würde er Lepke aufgrund seiner Naivität bedauern.

»Ich würde Ihnen ja wirklich gern helfen, aber die denken sich sonst was aus da drin, wenn der Tag lang genug ist! Na ja, manchmal bleiben einige der Männer über Nacht weg, keine Ahnung, was die in der Zeit machen. Will ich auch gar nicht wissen. Am nächsten Tag kommen die auch immer zurück. Aber Frauen? Nee. Die Einzigen, die hier ganz verschwinden, sind die, die eine Wohnung irgendwo kriegen.«

Lepke stieß die Luft aus und nickte. Als er sich nach Haias Talib erkundigte, hatte der junge Mann keine Ahnung, von wem Lepke sprach.

»Und eine alte Frau, sehr alt, zumindest wirkt sie so, gebückt, fast blind?«

»Name?«

»Weiß ich ja nicht, aber vielleicht …«

»Keine Chance. Fünfhundert Leute sind da drin.«

»Ganz sicher keine fünfhundert alten Frauen«, beharrte Lepke. »Das würde die Suche in den Listen schon mal einschränken.« Er zeigte auf den Computer.

»Keine Chance«, wiederholte der junge Mann.

Lepke wollte gerade den Container verlassen, als ihn der Dajama-Mitarbeiter zurückhielt.

»Ist Ihnen doch noch was eingefallen?«

»Nee, aber zur Abwechslung habe ich mal eine Frage.«

»Nämlich?«

»Ihre Kollegin, die beim letzten Mal hier war … äh … wo ist die denn heute?«

»Meine Kollegin?« Diesmal lachte Lepke. »Als ich sie vorhin gesehen habe, war sie gerade dabei, sich mit den Wachleuten zu amüsieren.«

»Ach Quatsch …«

»Kein Quatsch. Aber sagen wir mal so, wenn ich ihr einen schönen Gruß von Ihnen bestelle, glauben Sie, dass es dann vielleicht doch möglich wäre …« Er zeigte auf den Computer.

Der junge Mann grinste.

»Alt, ja?«

»So um die achtzig. Und fast blind. Vielleicht gibt es ja einen Arztbericht oder etwas Ähnliches.«

»Ich tue mein Bestes und melde mich, falls ich was finde. Und Sie denken daran …«

»Mach ich«, versicherte Lepke.

Linas Vespa stand nicht mehr auf dem Vorplatz. Lepke fragte sich, ob sie mehr in Erfahrung gebracht hatte als er.

Im Büro hatte sich Meyer wie üblich hinter seinem Schreibtisch verschanzt und war gerade dabei, eine Orange zu schälen. Er benutzte ein schmales Taschenmesser mit Perlmuttgriff, und jedes Mal wenn die dünne Klinge in die Schale schnitt, spritzte ein feiner Nebel auf, der im schräg einfallenden Sonnenlicht deutlich zu sehen war.

Alex lehnte mit verschränkten Armen an einem der Aktenschränke und blickte nicht auf, als Lepke den Raum betrat.

Lina schaute ihn erleichtert an.

»Ich dachte, ich hätte länger gebraucht als du. Deshalb bin ich auch gleich zurückgefahren und habe nicht auf dich gewartet.«

»Kein Problem«, sagte Lepke. »Und?«

»Die Mitarbeiter der Security-Firma haben ausgesagt, dass Haias Talib schon häufiger über Nacht weggeblieben ist und dann morgens betrunken zurückgekehrt ist und für Unruhe gesorgt hat. Er soll überhaupt sehr aggressiv sein, oft Streit provozieren. Über Tahmineh Talib oder ihre Kinder haben sie nichts gewusst«, beendete Lina ihren kurzen Bericht.

Lepke erzählte ebenso knapp von der Begegnung mit der fast blinden Frau.

»Auf den Punkt gebracht: Die Refugees verdächtigen die Secus und die Secus die Refugees«, bemerkte Meyer. »Respekt! Da habt ihr ja mal was rausgekriegt.«

»Vielleicht …«, setzte Lina unsicher an. »Also, ich meine, angesichts der Tatsache, dass die überwiegende Mehrheit von Morden von männlichen Familienmitgliedern begangen wird – sollten wir da nicht alle Energie darauf verwenden, möglichst schnell diesen Onkel zu finden?«

»Ach ja?«, kam es nahezu unhörbar von Alex.

Lepke zog für einen Moment die Augenbrauen zusammen, bevor er Lina zustimmte.

»Dass der Typ weg ist, macht ihn nicht weniger verdächtig. Und in stark patriarchal organisierten Ländern haben die männlichen Familienmitglieder tatsächlich eine ganz andere Stellung.«

Meyer schüttelte den Kopf und schob seine Apfelsine zur Seite. »Wie meinst du das?«

»Es ist vollkommen richtig, was Lina sagt. Gewalt gegen Frauen und Kinder wird allgemein überprozentual von männlichen Familienmitgliedern begangen. Und in Gesellschaften, in denen Frauen dem Vater oder Ehemann oder stellvertretend dem Bruder des Mannes unterstehen, muss das noch gravierender sein. An wen sollen sie sich denn wenden, wenn sie in Schwierigkeiten stecken und sie sowieso keine

Entscheidung ohne das Familienoberhaupt treffen können?«

Meyer klappte sein Taschenmesser zusammen. Und wieder auf. Die Spitze der Klinge rammte er in einen auf seinem Schreibtisch liegenden Radiergummi.

»Im Irak herrschen also noch mittelalterliche Familienstrukturen, oder was?«, sagte er mit gepresster Stimme. »Und nicht nur im Irak wahrscheinlich, sondern in allen Ländern, die nicht zufällig zum glorreichen Westen gehören, ja? Die Gleichberechtigung, die übrigens in der Verfassung des Irak festgeschrieben ist, ist dann wohl nur eine Täuschung, oder wie? Makulatur? Fake News?«

Lepke stoppte ihn mit einer kurzen Handbewegung. »Warte, Meyer. Das Ganze hat doch viel mehr mit der Tradition als mit der Verfassung selbst zu tun. Aber ich nehme das zurück, kein Problem, ich wollte ganz sicher nicht alle Länder über einen Haufen werfen, mir ist auch vollkommen klar, dass du zum Beispiel wahrscheinlich ganz anders groß geworden bist. Okay?«

Meyer schnaubte. »Meinst du, weil alle Schwarzen bei ihren Großmüttern im Busch aufgewachsen sind, oder was? Ich komme aus Berlin, verdammt.«

»Weiß ich doch.« Lepke hob abwehrend die Hände. »Genauso wie du weißt, dass ich es ganz sicher nicht so gemeint habe! Ich hab wie du die Schnauze voll von dieser rassistischen Scheiße: Flüchtlinge vergewaltigen deutsche Frauen, weil sie das aus ihrer Kultur nicht anders kennen. Das ist Mist, da sind wir uns einig! Aber so kommen wir nicht weiter.«

Lepke war bei seinen letzten Sätzen sehr laut geworden. Zu laut.

Lina holte tief Luft und versuchte ein entschuldigendes Lächeln. »Es ging doch nur darum, dass bestimmte familiäre Strukturen mehr Anlass dazu geben anzunehmen, dass der Täter im Familienkreis zu finden und höchstwahrscheinlich männlich ist. Mehr wollte ich nicht sagen.«

»Na dann«, ließ sich Alex vernehmen. »Alles easy.« Sie stieß sich mit einer merkwürdig eckigen Bewegung vom Aktenschrank ab und verließ das Zimmer.

Lepke fand sie fünf Minuten später auf den Stufen vor der Eingangstür. Sie rauchte. Er stellte sich zu ihr und zündete sich ebenfalls eine Zigarette an.

Alex hatte dunkle Ringe unter den Augen und schien noch dünner zu sein als früher. Es ging ihr nicht gut, das war nicht zu übersehen. Und womöglich hatte er selbst durchaus einen Anteil daran. Aber er hatte aufhören wollen, sich Sorgen um sie zu machen. Er hatte nicht die Kraft, sich um sie zu kümmern, zumal sie es ohnehin nicht wollte. Er sah ihr zu, wie sie den Rauch ausstieß.

Seine Stimme klang gepresst, als er fragte: »Willst du reden?«

Sie gab mit keiner Reaktion zu verstehen, dass sie ihn überhaupt gehört hatte. Er hatte sie verloren. Sie hatte sich entschieden. Und er konnte es ihr noch nicht mal verdenken, nachdem er ihren Hilferuf am Telefon ignoriert und sie abgewürgt hatte.

Er nickte und zertrat seine Zigarette unter dem Absatz seines braunen Lederschuhs.

Fast gleichzeitig hörte er die Schreie. Er hatte den Mann in dem zerschlissenen schwarzen Anzug nicht bemerkt, der gerade an ihnen vorbeigekommen sein musste und sich jetzt lautstark wehrte, als der Pförtner und ein Streifenbeamter ihn daran hindern wollten, das Haus zu betreten. Sie hatten ihn bereits schon wieder zur Tür eskortiert, aber er trat um sich und versuchte, sich loszumachen, um erneut in die Eingangshalle zu gelangen.

Lepke konnte nicht alles verstehen, hörte aber deutlich die Namen, die der Mann immer wieder schrie: »Lya! Laith!«

Zehn Minuten später saßen sie im Vernehmungsraum. Haias Talibs Hemd war durchgeschwitzt, er war nur schwer zu beruhigen. Von seinem Körper ging ein stechender Geruch aus. Nach Angst.

Lepke war allein mit ihm. Den Streifenbeamten hatte er gebeten, den Raum zu verlassen. Lina und Meyer standen hinter dem Einwegspiegel, wo Alex war, wusste er nicht.

Er schaltete das kleine Aufnahmegerät ein und machte mit leiser Stimme die Angaben zu Datum und Uhrzeit. Haias Talib bestätigte seinen Namen mehrmals mit einem Nicken, bevor er zu verstehen schien, dass er für die Aufzeichnung zumindest »Ja« sagen musste.

Nachdem Lina ihm wortlos einen Becher Tee hingestellt hatte, beruhigte er sich immerhin so weit, dass er Lepkes Fragen beantworten konnte.

Die beiden Kinder hatte er vor drei Tagen das letzte Mal gesehen, und erst heute hatte er von ihrem Tod gehört. Er hatte gedacht, es wäre eine Lüge. Einer der Sozialarbeiter hatte ihm aber klargemacht, dass es die traurige Wahrheit war. Seine Schwägerin hatte er nicht erreichen können, also hatte er herausfinden wollen, wo die Kinder waren. Er wollte sie noch einmal sehen. Verstehen, was passiert war. Er hatte es als naheliegend empfunden, zur Polizei zu gehen.

»Wo waren Sie in den letzten drei Tagen?«, fragte Lepke.

Haias Talib gab keine Antwort. In seinen Augen standen Tränen, als er hochblickte. Lepke ließ ihm Zeit, er war längst überzeugt, dass der Mann nichts mit dem Tod der Kinder zu tun hatte. Talibs Geschichte war bruchstückhaft, ergab aber ein klares Bild.

Nachdem seine Frau gestorben war, hatte er bei seinem Bruder, dessen Frau Tahmineh und den Kindern gewohnt. Dann war der Bruder durch eine Splitterbombe getötet worden. Da hatten er und Tahmineh entschieden zu flüchten. Die Flucht hatte Monate gedauert, sie hatten die Hoffnung längst aufgegeben, dass sie oder die Kinder jemals wieder in Frieden leben würden. Als sie endlich in Deutschland eingetroffen und nach mehreren Zwischenstationen ins Lager am Tempelhof gekommen waren, hatte sich ihre Situation kaum gebessert. Sie waren noch am Leben. Aber viel mehr auch nicht. Lya brauchte Schlaftabletten, um überhaupt in der großen Halle Ruhe zu finden. Talib hatte angefangen schwarzzuarbeiten, um die Tabletten bezahlen zu können. Tahmineh war von Tag zu Tag verzweifelter gewesen.

Die Männer vom Wachdienst hatten gesagt, dass sie ihr eine eigene Wohnung besorgen könnten. Darauf hatte sie sehr gehofft, aber es war nie passiert.

Talib rieb sich erschöpft mit der Hand übers Gesicht.

»Und sie sind wirklich …«

Lepke nickte.

»Aber wer?«

»Wir wissen es noch nicht. Ich gebe Ihnen Bescheid, wenn die Untersuchungen abgeschlossen sind. Auch damit Sie die Kinder dann sehen können, um Abschied zu nehmen. Wenn Sie das wollen.«

Talibs Stimme war nur ein Flüstern. »Vielleicht ist es besser so für Lya und Laith.«

Lepke begleitete ihn nach draußen. Für einen kurzen Moment fragte er sich, ob nicht doch Haias Talib die Kinder umgebracht hatte. Er hatte kein Alibi für den mutmaßlichen Todeszeitpunkt außer der erwähnten Schwarzarbeit bei einer Transportfirma. Ganz sicher wäre dort niemand bereit, seine Angaben zu bestätigen.

Aber es ergibt keinen Sinn, überlegte Lepke. Warum die Kinder? Wenn überhaupt, dann wäre Tahmineh diejenige gewesen, die er von ihrem Elend hätte erlösen wollen. Falls sich da irgendwo ein mögliches Motiv verbarg …

Es muss da noch etwas anderes geben, dachte er. Etwas, was wir bislang nicht erkennen. Die Geschichte der alten Frau ließ ihn nicht los, aber er konnte die einzelnen Puzzlestücke nicht zusammenbringen.

Ohne Lina und Meyer zu verständigen, suchte er die Gerichtsmedizin auf. Die weitläufigen Räume der Pathologie waren im Keller des Präsidiums untergebracht, das hatte durchaus etwas Makabres, bot aber den Vorteil kurzer Wege.

Unten war es kalt, und der Geruch von verbranntem Fleisch stieg ihm in die Nase.

Meyer 2 nickte, als er Lepke sah. »Brandopfer. Gerade eben reingekommen.«

Auf einem der Tische hinter dem Rechtsmediziner konnte Lepke den verkohlten Arm eines Toten sehen. Der Ruß hatte sich bis zum Knochen durchgefressen, die Haut hing in schwarzen Lappen vom Arm. Wie bei geschmolzenem Plastik hatten sich die Wundränder nach oben gewölbt. Zu spät wandte er den Blick ab.

Meyer 2 hatte unterdessen angefangen zu reden, während er auf den toten Jungen vor ihm wies.

»Ich hatte recht, was meine Vermutung anging. Es war eine Vergiftung mit Cyanid. Bei dieser Blausäureverbindung handelte es sich aber um eine organische, sie befindet sich in allen cyanogenen Nahrungspflanzen. In Bittermandeln, Maniokknollen und so weiter. Im Magen des Kindes haben wir Reste von Bittermandeln gefunden. Die Menge hätte ausgereicht, um noch ein weiteres Kind zu töten. Bei Erwachsenen liegt die letale Dosis bei siebzig Bittermandeln, bei Kindern schon bei zehn Stück. Der Junge hatte mindestens zwanzig gegessen, vielleicht sogar mehr. Wird Cyanid oral aufgenommen, wird es im Magen durch die Säure zu HCN verwandelt, zu Cyanwasserstoff, zur Blausäure. Diese gelangt dann in die Zellen und führt zu einer inneren Erstickung, weil die Zellen den Sauerstoff nicht mehr verarbeiten können. Die Blockade erfolgt durch eine chemische Bindung des Cyanids an das Fe^{3+}-Ion des Enzyms Cytochrom-c-Oxidase im Mitochondrium …«

Lepke unterbrach ihn. »Nimm doch bitte für einen Moment rein hypothetisch an, dass es auf dieser Welt womöglich Leute gibt, die weder Medizin noch Biochemie studiert haben.«

Meyer 2 grinste. »Kaum vorstellbar. Aber okay, dann auf Deutsch: Da der Sauerstoff nicht verwertet wird, ist das venöse, das abfließende Blut weiterhin mit Sauerstoff angereichert, daher auch die hellrote Färbung der Haut und die sehr roten Leichenflecken, die sonst untypisch bei Atemnot sind.« Er zeigte auf die roten Verfärbungen.

Als er ein Geräusch hörte, sah er unwillig hoch. Lina stand im Türrahmen. Sie hielt sich die Hand vor die Nase und warf Lepke einen Blick zu, der bestenfalls als verärgert zu bezeichnen war.

»Gibt es irgendeine Möglichkeit, dass du mir demnächst wenigstens kurz mitteilst, wo du hingehst?«

»Du hast mich ja gefunden«, antwortete Lepke.

»Und? Können wir weitermachen?«, fragte Meyer 2.

Lina trat einen Schritt vor.

»Hat der Junge sehr gelitten?«

»Er hatte sicher Atemnot, Kopfschmerzen und Krämpfe gehabt. Ist aber wahrscheinlich ziemlich schnell in Ohnmacht gefallen, bald danach wird dann auch der Herzstillstand eingetreten sein.« Meyer 2 ging zum nächsten Tisch.

Das Mädchen hatte lange schwarze Haare mit einem nicht ganz exakt geschnittenen Pony, der ihr in die Stirn fiel. Sie hatte eindeutig das Gesicht ihrer Mutter, nur dass die Gesichtszüge kindlich weich waren. In ihren weit geöffneten Augen spiegelten sich Trauer und Verzweiflung. An den Wimpern hing ein einsamer Wassertropfen.

»Das Mädchen ist auf die gleiche Weise gestorben, muss jedoch noch versucht haben, sich zu übergeben. Und sie zeigt Abwehrspuren. Hier. Jemand hat ihre Handgelenke festgehalten.«

»Aber sie hat sich befreit«, überlegte Lepke laut. »Und ist weggelaufen.«

»Weshalb wir sie am Ende des Parks und nicht bei ihrem Bruder gefunden haben«, beendete Lina seine Gedanken.

»Irgendwelche DNA-Spuren?« Lepke.

»Nichts, was weiterhilft. Die meisten sind von der Mutter, ansonsten gibt es viele vollkommen unterschiedliche Spuren. Doch da die Kinder Secondhandklamotten trugen, ist das nichts Besonderes. Nicht weiter auffällig.« Meyer 2.

Lepkes Blick schweifte zu dem Brandopfer hinüber, er meinte, aus den Augenwinkeln eine Bewegung gesehen zu haben. Als hätte der Arm gezuckt. Irritiert schüttelte er den Kopf und beugte sich wieder über den Körper des Mädchens.

»Interessant ist noch, dass sie in den letzten Wochen eine ganze Menge an Schlafmitteln bekommen hat. Vielleicht könnt ihr damit etwas anfangen.« Meyer 2.

»Der Onkel, Talib, hat doch gesagt …« Lina.

»Jep.« Lepke.

»Jetzt bin ich es, der nicht mehr folgen kann.« Meyer 2.

»Da siehst du mal, wie das ist«, sagte Lepke, bevor er sich ohne weitere Erklärung für die Informationen bedankte und Lina zunickte, um ihr zu verstehen zu geben, dass sie ihm folgen solle.

Als sie nach oben gingen, berührte seine Hand zufällig Linas Arm. Es fühlte sich gut an. Einfach. Aber ihm war klar, dass er das nicht denken sollte. Es gab nur einen einzigen Grund, aus dem er sich plötzlich von Lina angezogen fühlte. Sie wäre nur ein Ersatz für etwas, das er nicht bekommen konnte.

*

Alex war nur ein paar Meter gefahren, bevor sie wieder angehalten hatte. Sie hatte den Helm abgesetzt und mit den Handschuhen auf den Tank gelegt, dann auch die Lederjacke ausgezogen. Die Sonne wärmte ihr wohltuend den Rücken und die bloßen Arme. Hinter ihr hupte ein Auto, doch die Aufforderung, Platz zu machen, galt nicht ihr, sondern dem Lieferwagen, der schräg auf der Straße vor dem Laden stand. Weshalb sie im Vorbeifahren auch unwillkürlich einen Blick auf das Schaufenster geworfen hat. Der Laden hieß »Hund und Katz«. Eine Tierfutterhandlung. Bereits am Morgen hatte Alex an Rosa gedacht, daran, wie gierig sie sich über den Futternapf hergemacht hatte. Irgendetwas stimmte nicht mit dem Bild, davon war sie überzeugt. Aber weiter reichten ihre Gedanken nicht.

Früher hatte Alex immer ihrer Intuition vertraut, jetzt schien sie so lange nicht mehr am wirklichen Leben teilgenommen zu haben, dass sie verunsichert war. Gern hätte sie mit Lepke darüber geredet, wusste aber nicht, ob das überhaupt noch möglich war. Lepke war bemüht, Distanz zu ihr zu halten. Fast war es, als wäre er wütend, dass sie wieder da war. Wie sollte sie ihm da erzählen, dass sie sich Sorgen um Maja machte? Um ihre Beziehung? Oder Exbeziehung? Noch nicht einmal das war ihr klar.

Als sich eine Wolke vor die Sonne schob, zog sie ihre Motorradsachen wieder an und startete die BMW, ohne überhaupt eine Ahnung zu haben, wohin sie fahren wollte. Erst nach einer Runde um den Block hatte sie eine Entscheidung getroffen. Am Bauhaus-Archiv in der Klingelhöferstraße überquerte sie den Landwehrkanal, danach fuhr sie weiter durch den Tiergarten. Kurz vor dem Kreisverkehr musste sie abrupt bremsen und einer Gruppe von Touristen ausweichen, die es für das Natürlichste auf der Welt zu halten schienen, auf die Straße zu rennen, um ein besonders tolles Foto von der Siegessäule aufzunehmen. Ein Foto, das es in tausend Varianten im Internet gibt, dachte Alex verärgert, und für das man ganz sicher nicht nach Berlin kommen muss. Schon gar nicht, um sich überfahren zu lassen. Genervt bog sie auf die Straße des 17. Juni ein. So wie damals, 1953, die Arbeiter ihre politischen Forderungen verteidigt hatten, verteidigten jetzt Touristen aus aller Welt ihre persönliche Freiheit, Selfies zu machen. Alex atmete erleichtert aus, als sie endlich den Bundestag passiert hatte und die Straßen wieder leerer wurden. Sie fand den Sommer in Berlin unerträglich.

Auch dieses Mal verfuhr sich Alex zwischen den roten Ziegelsteinhäusern der Charité. Sie brauchte eine Weile, bis sie das Gebäude fand, nach dem sie suchte. Tahmineh Talib saß auf einem Stuhl am Fenster eines Zweibettzimmers. Sie blickte erst auf, als Alex direkt neben ihr stand. Bemüht, es nicht allzu formell aussehen zu lassen, schob sie ihren Dienstausweis über den kleinen runden Tisch. Tahmineh Talib würdigte den Ausweis mit keinem Blick.

»Es tut mir leid, aber es muss sein«, sagte Alex leise, während sie sich den zweiten Stuhl heranzog. »Ich habe ein paar Fragen an Sie. Sie verstehen mich, oder?«

Das Nicken war fast unmerklich.

»Was ist passiert?«

Tahmineh Talib sah sie schweigend an. Ihre Augen waren so dunkel, dass Alex Angst hatte, sich in ihnen zu verlieren. Sie gab keine Antwort.

»Was ist mit Lya und Laith passiert? Bitte reden Sie mit mir.«

Ihre Stimme war heiser, als sie zu flüstern anfing. Aber sie formulierte ihre Sätze, ohne zu zögern oder nach den richtigen Worten zu suchen.

»Die Wüste war ... endlos. Endlos und so heiß. An der Grenze stand eine kleine Hütte, wir Frauen mussten aussteigen und hineingehen. Dann haben die Männer uns vergewaltigt. Ich hatte Angst, dass der Bus mit den Kindern ohne mich fährt. Aber er hat gewartet.«

So plötzlich sie angefangen hatte zu reden, so plötzlich hörte sie auch wieder auf.

Als Tahmineh den Blick abwandte und erneut das Fenster fixierte, wusste Alex, dass ihr Besuch beendet war. Behutsam strich sie Tahmineh über den Arm. Sie schien es gar nicht zu bemerken.

Auf dem Gang bat sie eine Krankenschwester, ihr ein paar Auskünfte zu geben, aber die Pflegerin war neu und nur zur Aushilfe da. Sie wusste nichts. Der Stationsarzt war zu einem Notfall gerufen worden. Die Schwester sagte, es würde sicher länger dauern, bis Alex mit ihm sprechen könnte.

Alex nickte und verließ das Gebäude. Sie wollte nicht warten. Sie hatte in dem Blick von Tahmineh Talib etwas gesehen, was sie lieber verdrängen würde. In diesem Blick, der vor Schmerz und Qual überzulaufen schien, hatte sie neben der Trauer auch Selbsthass gesehen. Die Trauer, etwas verloren zu haben, das man nie vergessen wird. Und der Selbsthass, etwas getan zu haben, das nicht mehr gutzumachen war. Alex kannte das nur zu genau.

Für sie bestand die Möglichkeit, dass diese Frau, die entschieden hatte zu schweigen, ihre Kinder selbst umgebracht hatte. Sie hatte sie im Arm gehalten und sie vergiftet. Aber warum? Was hatte sie zu diesem fürchterlichen Entschluss gebracht?

Alex zwang sich, langsam ein- und auszuatmen,

während sie sich mit dem Rücken an eine Mauer lehnte. Es war davon auszugehen, dass Tahmineh Talib jede Hoffnung aufgegeben hatte. Dass das, was sie erlebt hatte, was mit ihr geschehen war, sie nicht in Ruhe gelassen hatte. Aber warum hatte sie ihre Kinder getötet, nachdem sie sie bislang immer beschützt hatte? Was war der Grund? Und warum hatte sie dann nicht auch ihrem eigenen Leben ein Ende gesetzt?

An einfache Erklärungen glaubte Alex nicht. Dazu war sie schon zu lange bei der Mordkommission. Die einfachen Erklärungen waren selten die Lösung.

Alex wusste, dass sie ihren Verdacht melden müsste. Es wäre ihre Pflicht, aber Tahmineh Talib hatte schon viel zu viel durchgemacht. Und sie würde sicher auch niemandem mehr gefährlich werden. Wozu einer Frau, die im Inneren von ihrem eigenen Schmerz zerfressen wurde, noch mehr Leid zufügen? Außerdem hatte sie keinerlei Beweise, versuchte Alex, sich selbst zu überzeugen. Bislang wusste auch niemand, dass sie überhaupt mit der Frau geredet hatte. Eigentlich hatte sie ja Schreibtischdienst. »Wagners Entscheidung«, sagte sie halblaut. »Nicht meine.«

*

Meyer kam Lepke und Lina auf dem Flur entgegen, das Gestell an seinem Fuß verursachte ein merkwürdig schleifendes Geräusch auf dem Linoleum. Bevor er etwas sagen konnte, deutete Lepke mit dem Kopf zu Wagners Bürotür. Sie war geschlossen. Und es gab auch keinerlei Anzeichen, dass Wagner heute schon im Präsidium gewesen war.

»Wo ist er?«, fragte Lepke.

»Keine Ahnung«, erwiderte Meyer.

»Vielleicht ist er zu Hause und komponiert«, schlug Lina vor, wusste aber im selben Moment nicht, ob sie zu weit gegangen war, und hielt sich die Hand vor den Mund.

Meyer grinste.

»Nicht schlecht. Ich fange langsam an zu glauben, dass aus dir hier noch was werden kann.«

»Was hast du, Meyer?« Lepke stoppte das kleine Wortgeplänkel. Er wies auf den ausgedruckten DIN-A4-Bogen, den sein Kollege in der Hand hielt.

»Ich habe mir mal die genauen Daten von allen schicken lassen, die im Tempelhofer Lager registriert sind oder dort arbeiten, egal ob freiberuflich oder auf Angestelltenbasis.« Meyer war sofort ernst geworden. »Und dabei bin ich über eine Gemeinsamkeit gestolpert. Sowohl für Banu Sabia als auch für Tahmineh Talib gibt es einen Vermerk, dass sie eine Wohnung vermittelt bekommen haben. Sie sollten beide nächste Woche mit ihren Kindern umziehen. Vielleicht gibt es eine Verbindung zwischen den Morden!«

»Interessant«, murmelte Lepke.

»Der Onkel hat auch so was gesagt«, erinnerte sich Lina. »Dass die Wachleute Tahmineh eine Wohnung …«

Sie brach mitten im Satz ab, als Marcel auf dem Flur auftauchte. Mit rollenden Schultern kam er ihnen entgegen und blieb auf ihrer Höhe stehen. Er musterte seine drei Kollegen, als würde er eine Verschwörung mutmaßen.

»Ihr seid doch an diesem Fall mit den Kindern …?«

Lepke runzelte die Stirn. Es passte nicht zu Marcel, dass er sich für etwas anderes als für seine eigenen Sachen interessierte.

»Ja«, erwiderte er zögernd. »Aber wir stecken fest. Wie so oft.«

»Aber ihr habt damit zu tun, oder?«, beharrte Marcel. »Mit den toten Kindern aus dem Lager?«

»Wie gesagt, ja. Warum fragst du?«

»Nur so, man ist ja gerne informiert.«

Er zwinkerte Lina zu und ließ seinen Bizeps spielen. Dann nickte er und verschwand in der Männertoilette.

Meyer tippte sich an die Stirn.

»Kann es sein, dass er uns vermisst?«

»Das wäre mal was ganz Neues«, meinte Lepke. »Und ich bin mir nicht sicher, ob es mir gefallen würde.«

»Woher weiß er überhaupt, dass es inzwischen mehrere tote Kinder sind?«, fragte Lina. »Neulich, bei der Dienstbesprechung, ging es nur um das kleine Mädchen.«

Meyer zuckte mit den Schultern.

»Neuigkeiten verbreiten sich schnell. Die Wände haben hier Ohren. Wirst du auch noch merken.«

*

An der Grenze steht eine kleine Hütte, das Fenster zur Straße ist vergittert. Die blaue Farbe auf dem Holz ist rissig und teilweise abgeblättert.

Die Straße aus rotem Sand ist einspurig. Ein paar vertrocknete Bäume stehen in einiger Entfernung in der Dämmerung. Mit den kahlen Ästen wirken sie wie Skelette.

Die Luft im Bus ist stickig. Einige Menschen müssen stehen, weil es nicht genügend Sitzplätze gibt. Die Fahrt hatte viele Stunden gedauert, alle sind müde und erschöpft. Ein älterer Mann will aussteigen, um sich die Beine zu vertreten. Er wird vom Fahrer, der rauchend vor dem Bus steht, zurückgestoßen. Eine Frau sitzt im Schneidersitz auf dem Boden. Sie wiegt ihre kleine Tochter auf dem Schoß. Das Kind weint leise im Schlaf.

Zwei Soldaten kommen aus der Hütte. Sie wechseln ein paar Worte mit dem Fahrer. Dann zerren sie die Frau aus dem Bus. Das Mädchen bleibt allein zurück und weint jetzt laut. Noch andere Frauen werden mit Gewalt aus dem Bus geschleppt und in die Hütte gebracht.

Wenig später hallen ihre Schreie über die trostlose Ebene. Als sie zurück zum Bus kommen, können sie sich kaum auf den Beinen halten, ihre Gesichter sind vor Angst und Schmerzen verzerrt. Eine der Frauen fehlt. Der Fahrer wartet nicht auf sie.

Der dritte Mord

Im Wedding wird eine Schwangere von ihrem ehemaligen Liebhaber und dessen Frau überfallen und verprügelt. Sie hatten ihr in dem Treppenhaus zu ihrer Wohnung aufgelauert, ein Nachbar hatte den Lärm gehört und seine Tür verriegelt, ohne Hilfe zu holen.

Auf dem Gelände des besetzten Köpi-Gebäudes wird eine Leiche gefunden; die Hausbewohner rufen den Notarzt, die Polizei rückt mit einem Großaufgebot an. Am nächsten Tag titeln die Berliner Zeitungen: »Autonome verwehren Rettungssanitätern den Zutritt und töten damit unbekannte Frau.«

In einem Krankenhaus in Königs Wusterhausen versucht ein betrunkener Patient, eine Krankenpflegerin zu würgen, nachdem er sie zuvor verbal beleidigt hat. Später sagt er aus, sie habe ihn an seine Mutter erinnert.

Ein Mann wird von sechs maskierten Personen am U-Bahnhof Berlin-Hellersdorf angegriffen. Selbst als er bereits bewusstlos am Boden liegt, treten die Unbekannten weiter auf ihn ein.

Der Psychologe machte sich eine Notiz auf seinem Block. Dann erst blickte er zu Alex.

»Schön, Sie zu sehen. Ich hatte schon fast erwartet, dass Sie unseren Termin nicht einhalten würden.«

»Aber ich bin da.«

»Aber Sie sind da.«

Alex lächelte. Irgendetwas gefiel ihr an dem Mann mit den blauen Augen, er wirkte nicht unbedingt wie ein Psychologe, zumindest nicht wie die, zu denen man sie als Kind geschickt hatte. Vielleicht war es das, was sie für ihn einnahm. Und er erinnerte sie an jemanden, wenn sie auch nicht darauf kam, an wen.

An diesem Tag schien das Blau seiner Augen eine neue Schattierung aufzuweisen. Sein Blick wirkte offener als beim letzten Mal. Offen und ... aufrichtig interessiert. An ihr.

»Also«, eröffnete er das Gespräch. »Reden wir heute zur Abwechslung mal über Sie – oder brauchen Sie wieder meine Hilfe bei Ihren Ermittlungen? Es liegt ganz bei Ihnen.«

Sein Tonfall schien frei von jeder Ironie, wobei seine Wortwahl das Gegenteil vermuten ließ.

»Wenn Sie mich so fragen, dann ...« Alex zögerte. Schließlich machte sie eine Handbewegung, als würde sie alle Bedenken wegwischen wollen. »Warum bringen Eltern ihre Kinder um?«

»Upps!« Pradzyk konnte seine Verblüffung nicht verbergen. »Gut, dass wir gleich mit so leichten Themen anfangen heute.«

Er beugte sich leicht vor und stützte seine Ellbogen auf den Schreibtisch. Seine Hände waren gefaltet. Er trug keine Ringe, dafür ein Kupferarmband am rechten Handgelenk. Er wirkte nachdenklich, als wollte er sich ernsthaft bemühen, Alex' Frage nicht mit einer Standardantwort abzutun.

»Kennen Sie Chris Foster? Ein britischer Millionär, von seinem Geld kaufte er unter anderem eine große Anzahl an Luxusautos, Maserati, Lamborghini, Bugatti, so was, und ein schlossähnliches Anwesen am Fluss mitsamt ausgedehnten Ländereien irgendwo in Devon. Dort lebten seine Frau und seine Tochter, während er seinen nicht gerade geheim gehaltenen Affären nachging. Dieser Foster war ein Waffennarr, der sich nicht nur mit Tontaubenschießen begnügte. Aber Tontaubenschießen ist das Stichwort. Nachdem er eines Tages sein übliches Training absolviert hatte, fuhr er nach Hause, um seiner Frau und seiner Tochter in den Hinterkopf zu schießen. Warum? Weil er bankrott war?« Der Psychologe schüttelte den Kopf. »Kriminologen unterscheiden meist zwischen vier Typen von Männern, die solche Familientragödien zu verantworten haben, die Selbstgerechten, die Anomischen, also die gesellschaftlich völlig Desillusionierten, die Enttäuschten und die Paranoiden.«

Alex hatte das Gefühl, in einer Vorlesung zu sitzen. Und es war wohl kaum das erste Mal, dass Pradzyk seine Ausführungen vortrug, er strahlte eine selbstverständliche Sicherheit aus, die fast arrogant zu nennen war. Allein sein Blick, eher nach innen gewandt, milderte den Eindruck, dass er dabei war, Alex zu belehren.

»Die Selbstgerechten beschuldigen andere, oftmals

die eigene Frau oder Exfrau, an ihrem … nennen wir es Verfall. Die Anomischen fühlen sich durch diesen Verfall, meistens bedingt durch finanziellen Ruin, gedemütigt. Die Enttäuschten wiederum sehen sich von der Familie, von ihrem gesamten persönlichen Umfeld im Stich gelassen, und die Paranoiden schließlich sind der Auffassung, dass jemand von außen die eigene Familie bedroht, ihre Tat gleicht somit einer Rettung der Angehörigen. Diese vier Männertypen haben allerdings eines gemeinsam: Sie glauben an ein traditionelles Rollenbild, sind davon überzeugt, als Väter für die Familie sorgen zu müssen. Kurz: Entweder sie scheitern an ihrem eigenen Bild, denken, ihre Frau sieht sie nicht in dieser Rolle. Oder sie haben Angst, jemand anderes will ihnen alles nehmen. Dass sich manche häufig sogar nach dem Mord selbst umbringen, liegt dann auch daran, dass sie nun kein Publikum mehr haben für ihre maskuline Show. Das, wofür sie gelebt haben, ist unwiderruflich weg. Und glauben Sie mir, Alex, diese Männer sind gar nicht so selten. Ungefähr einmal pro Woche erschießt ein Mann erst seine ganze Familie und dann sich selbst. Im Durchschnitt. Weltweit.«

Alex merkte irritiert, dass er sie mit einem Blick fixierte, der ihr unangenehm war. Als hätte er bemerkt, dass seine Sätze etwas in ihr ausgelöst hatten, was sie unwillkürlich hatte erstarren und die Lippen aufeinanderpressen lassen. Sie hatte vermeiden wollen, sich durch ein unüberlegtes Wort zu verraten. Aber er konnte unmöglich wissen, dass sie gerade an ihren Vater gedacht hatte.

»Und bei Müttern?«, fragte sie viel zu hastig. »Wie ist es da?«

»Alex!« In gespielter Frustration hob er die Hände, der leichte Tadel in seiner Stimme war dennoch nicht zu überhören. »Da hätten Sie mich ruhig stoppen können, bevor ich Ihnen hier einen Vortrag halte, warum Väter ihre Familien umbringen. Es geht Ihnen gar nicht um ... Männer, um Väter, sondern ... gut, also Mütter. Tatsächlich werden Neugeborene häufiger von ihren Müttern als von den Vätern umgebracht, das ändert sich erst, wenn die Kinder älter sind. Mütter reagieren meistens aus Überforderung oder aufgrund einer Schwangerschaftspsychose, zum Beispiel einer Kindbettdepression. Das sogenannte Medea-Motiv taucht eher selten auf ...«

»Das Medea-Motiv?«, unterbrach ihn Alex.

»Frauen töten ihr Kind, um sich am Vater zu rächen.«

Alex nickte. Und schüttelte gleich darauf den Kopf.

»Noch mal zurück zu dieser Überforderung, von der Sie gesprochen haben. Könnte die auch nach einer langen Stressphase auftreten?«

»Alex, wie wäre es, wenn Sie mir einfach den Fall schildern, an dem Sie gerade arbeiten? Ich versuche dann, Ihnen auf dieser Grundlage weiterzuhelfen.«

Alex zögerte. Was sie hier machte, war nicht in Ordnung. Pradzyk war nicht an der Ermittlung beteiligt. Sie konnte ihm nicht einfach Informationen geben, die nicht für Außenstehende bestimmt waren. Andererseits hatte sie das deutliche Gefühl, ihm vertrauen zu können. Was sie selbst irritierte.

Es war nicht ihr Ding, überhaupt jemandem zu vertrauen.

Als sie aufsah, war sein Blick an die Decke gerichtet. Als wollte er sie zu nichts drängen, was sie nicht von sich aus entschied. Zum ersten Mal bemerkte sie die Muskelstränge an seinem Hals. Er war durchtrainiert, er musste irgendeinen Sport machen, um sich fit zu halten. Oder er gehörte zu denen, die mit aller Macht gegen die Tatsache ankämpften, dass sie älter wurden. Dazu passte auch das Kupferarmband. Körper und Geist in vollständiger Balance. Alex hätte wetten können, dass er nicht rauchte. Sich wahrscheinlich nur zu besonderen Gelegenheiten ein Glas teuren Bordeaux gönnte. Womöglich war er Vegetarier, aber sicher nicht aus ethischen oder politischen Gründen, sondern eher aus gesundheitlichen. Alex wusste nicht, ob ihr der Gedanke gefiel. Sie fürchtete, dass er auf ihrer persönlichen Werteskala gerade ein paar Punkte verloren hatte.

Als Pradzyk mit immer noch an die Decke gewandtem Blick anfing zu reden, musste sie sich zwingen, sich auf seine Sätze zu konzentrieren.

»Was Sie hier sagen, Alex, das bleibt selbstverständlich zwischen uns. Ich unterliege der Schweigepflicht, egal ob Sie über sich erzählen oder über etwas anderes.« Mit einem Ruck setzte er sich aufrecht hin. »Es sei denn, Sie wollen Ihre Kinder umbringen, das müsste ich dann schon melden.«

Alex lachte kurz auf. Sein trockener Humor gefiel ihr. Vielleicht hatte sie ihm gerade unrecht getan. Manchmal war sie zu schnell in ihren Einschätzungen. Das hatte ihr auch Maja häufiger vorgeworfen …

Sie atmete laut aus, sie war bereit, sein Angebot anzunehmen.

»Wir untersuchen den Fall von zwei toten Kindern. Alles deutet darauf hin, dass die Mutter sie selbst umgebracht hat. Die Mutter lebt noch, redet aber nicht. Zumindest nicht mit uns. Sie ist mit den Kindern vor ein paar Monaten als Geflüchtete hierhergekommen. Mit allem Elend, das dazugehört. Kann diese Flucht und … die Zeit davor, der Krieg, so eine Tat auslösen?«

Seine Antwort kam prompt. »Natürlich. Langjährige und häufig verborgene Überforderungssituationen können eine psychische Erkrankung auslösen, diese wiederum führt dann zu einem Wahn, aus dem heraus eine Mutter ihre Kinder töten kann. Unter anderem kann Kindesmissbrauch eine solche Überforderungssituation darstellen, die sogar bis zur Schizophrenie führt. Aber solche Fälle sind selten. Könnte es nicht eher sein, dass die Mutter einfach überfordert war? Keine Kraft mehr hatte? Keinen Ausweg aus ihrem persönlichen Schicksal mehr wusste?«

»Aber sie hatte die furchtbare Flucht überstanden! Warum dann danach diese Tat?«

»Personen, die suizidgefährdet sind, begehen häufig erst dann Selbstmord, wenn der Stress nachlässt; selten, solange sie noch unter Stress stehen.«

»Und warum hat sie sich dann nicht auch selbst umgebracht, sondern nur ihre Kinder?«

Der Psychologe sah auf die Armbanduhr, die vor ihm auf dem Schreibtisch lag.

»Es tut mir leid, Alex, aber unsere Zeit ist um. Machen wir beim nächsten Mal weiter. Zumindest kann ich feststellen, dass wir auf einem guten Weg sind. Sie interagieren vollkommen …«

»Normal?«, half ihm Alex aus, als er für eine Sekunde zu zögern schien.

»Normal!« Er lachte und streckte ihr zum Abschied die Hand hin. »Ich werde das entsprechend in meinem Bericht vermerken.«

Erst als Alex im Treppenhaus war, kam ihr in den Sinn, dass das Ende ihres Gesprächs seltsam abrupt ausgefallen war. Wahrscheinlich war das aber nur der zeitlich engen Taktung von Pradzyks Terminen geschuldet. Allerdings hatte sich etwas von dem, was er erwähnt hatte, in Alex' Kopf eingebrannt, ohne dass sie es im Moment schaffte, es genau zu benennen. Aber sie vertraute darauf, dass alle Puzzleteile an ihren Platz rücken würden, wenn sie den richtigen Moment abwartete.

*

Die Sonne hatte den frischen Asphalt schmelzen lassen. Der süßliche Geruch von Teer lag in der Luft. Die Arbeiter standen noch auf ihre Schaufeln gestützt neben dem Bauwagen. Das Landesamt für Flüchtlingsangelegenheiten lag mitten in Charlottenburg. Es hatte eine Weile gedauert, bis Lepke und Lina die Dienststelle in der Darwinstraße überhaupt ausfindig gemacht hatten. Zunächst waren sie zur Turmstraße ins Amt für Gesundheit und Soziales gefahren, dort wurde ihnen mitgeteilt, dass Flüchtlingsangelegenheiten mittlerweile in einem eigenen Amt bearbeitet wurden.

Die Kaiserin-Augusta-Allee war in beide Richtungen gesperrt. Im Tiergarten staute sich der Verkehr. Eine Gruppe von Berlin-Besuchern auf Mietfahrrädern hatte eine Massenkarambolage verursacht. Der noch sehr junge und mit der Situation überforderte Touristenführer rannte gestikulierend zwischen den auf und unter ihren Fahrrädern liegenden Touristen und den erzürnten Autofahrern hin und her. Als Lepke sah, wie Lina nach dem Türgriff fasste, um auszusteigen und zu helfen, schüttelte er den Kopf.

»Nicht unser Problem.«

Hinter ihnen hupte es. Lepke drehte die Musik lauter. Regina Spektor. Eine CD, die Alex viel gehört hatte. Als der erste Refrain vorüber war, setzte Lepke kurz entschlossen das Blaulicht aufs Dach und lenkte den Wagen auf den Fußweg, um die Unfallstelle zu umfahren.

Das Flachdachgebäude in der Darwinstraße wirkte verschlossen. Die Rollläden vor den Fenstern waren heruntergelassen, die Sparkasse im ersten Stock hatte bereits im Jahr zuvor dichtgemacht, wie ein handgemaltes Schild in der Eingangstür mitteilte. Lepke erinnerte sich an den alten Standort der Behörde in der Bundesallee. Mitten in Wilmersdorf. Das Dröhnen von Automotoren schien jedes andere Geräusch zu verschlucken. Das Landesamt für Flüchtlingsangelegenheiten war von einer sechsspurigen Hochstraße flankiert, außer einer Sozialbausiedlung gab es auch auf der gegenüberliegenden Straßenseite nichts zu sehen, was einen zweiten Blick wert gewesen wäre. Lepke hatte sich damals gefragt, wo die Mitarbeiter des Amts wohl zu Mittag aßen. Oder hatten sie ein Abonnement bei einem Pizzaservice? Oder bei einem dieser vielen neuen Internet-Bestelldienste, deren Auslieferer sich auf ihren Fahrrädern wie eine Horde Ameisen über Berlin ergossen. Er konnte sich beim besten Willen nicht daran erinnern, zu welchem Anlass er dort hingemusst hatte.

Die Leiterin in der Darwinstraße bemühte sich nach Kräften, freundlich zu sein, konnte ihnen aber keine weiteren Auskünfte geben. Sie hatte den Posten gerade erst übernommen und musste sich noch einarbeiten. Ihre Vorgängerin hatte nach nur einem halben Jahr ihre Sachen gepackt und war nicht mehr wiedergekommen. Die neue Leiterin wirkte so, als ob sie selbst auch nicht lange bleiben würde. Der Stress hatte tiefe Furchen in ihre Mundwinkel gezogen.

Sie schickte Lepke und Lina zur »Abteilung II«, dort würde man sich mit Unterkünften auskennen.

Die Abteilung II befand sich in der Martin-Hoffmann-Straße. Am anderen Ende von Berlin, wie das Navi sie informierte. Lina tippte sich flüchtig an die Stirn.

»Versuchen die eigentlich, uns zu verarschen? Wir haben gerade eine halbe Stunde vom LaGeSo in Moabit nach Charlottenburg gebraucht, und jetzt sollen wir nach Alt-Treptow?«

Lepke rieb sich genervt über die Wangen.

»Ein bisschen scheint es wie bei Asterix und dem Passierschein A 38 zu sein.«

»Das *Haus, das Verrückte macht,* ich erinnere mich.« Lina lachte.

»Nicht witzig«, sagte Lepke. »Überhaupt nicht.«

Am Spanndauer Damm fuhren sie auf den Ring, kurz vor der Ausfahrt standen sie erneut im Stau. Beginnender Feierabendverkehr. Es ging nur eine Wagenlänge nach der anderen voran. Lepke wechselte die CD. Latin Quarter sangen »Bringing Rosa Home«.

»Aber ganz sicher nicht um diese Uhrzeit in Berlin«, murmelte Lepke abwesend. Vor dem Plänterwald bog er nach links ab. Von Weitem konnten sie für einen kurzen Moment die Spitze des Riesenrads zwischen den Bäumen aufragen sehen.

»Ein Jammer«, sagte Lina leise.

Lepke wusste, was sie meinte.

Der ehemalige Vergnügungspark war schon seit mehreren Jahren geschlossen. Im Unterholz, eingerahmt von einem erst kürzlich aufgestellten Metallzaun, standen noch die Reste der alten Karussells, der Miniatureisenbahn, der lebensgroßen Dinosaurierfiguren. Seit die Stadt Berlin das Gelände übernommen hat, kontrollieren nachts Security-Mitarbeiter mit ihren Hunden das Gelände. Der ehemalige Besitzer war bankrott. Sein Sohn saß wegen Drogenhandels im Gefängnis.

»Du kennst die Geschichte, oder?«, fragte Lepke.

Lina schüttelte den Kopf.

»Der Typ, dem das Ganze mal gehörte, hat seinen Sohn mit einem Frachter nach Südamerika geschickt, um irgendwelche besonderen Karussellteile zu besorgen. Aber als das Schiff auf dem Rückweg kurz vorm Ablegen von der Hafenpolizei kontrolliert wurde, fand man in diesen Karussellteilen jede Menge Kokain, im Wert von mehreren Millionen. Der Sohn kam in Südamerika ins Gefängnis, und der Vater, der das offensichtlich organisiert hatte, wollte von alledem nichts gewusst haben.« Lepke grinste. »So viel zu Vätern und Söhnen.«

»Schöne Geschichte«, bestätigte Lina. »Unglaublich, oder?«

»Aber wahr.«

Lina streckte den Arm aus und deutete zum Treptower Park hinüber, den sie gerade passierten.

»Kennst du das Sowjetische Ehrenmal? Ist einer meiner Lieblingsorte in Berlin. War es schon, als ich noch ein Kind war. Der russische Soldat und die Dinos im Plänterwald.«

Lepke nickte. Auch er war jedes Mal beeindruckt von dem gewaltigen Ehrenmal mit der dreißig Meter hohen Statue des sowjetischen Soldaten, der ein vom Faschismus befreites deutsches Kind auf dem Arm trägt, während er ein Hakenkreuz unter seinen Stiefeln zertritt. Zweifellos ein martialisches Denkmal, der in Stein gemeißelte Sieg der Sowjetunion über Nazideutschland. Aber bei aller nahezu unerträglichen Machtdemonstration war es auch die Erinnerung an die über 7000 in Berlin gefallenen Rotarmisten, die unter dem Monument begraben lagen.

»Ewiger Ruhm den Kämpfern der Sowjetarmee, die ihr Leben hingegeben haben im Kampfe für die Befreiung der Menschheit von faschistischer Knechtschaft«, zitierte Lepke aus dem Kopf die Inschrift der Gedenktafel, während er kurz vorm Ufer der Spree zwischen einem verbeulten Mercedes-Laster mit bunter Hippie-Bemalung und einem hellblauen Trabant-Kombi einparkte.

Abteilung II lag neben dem Badeschiff. Anscheinend hatte es keine Büroräume der Stadtverwaltung mehr gegeben, als die Entscheidung gefallen war, dass eine eigene Abteilung für Flüchtlingsangelegenheiten benötigt wurde, weshalb deren Büros jetzt über die Stadt verteilt waren und Abteilung II sich den Uferstreifen mit Bikini oder Badehose tragendem Partyvolk teilen musste.

Allerdings bestand die Abteilung II nur aus drei Mitarbeitern. Einer mürrischen Sekretärin, einem momentan nicht anwesenden Abteilungsleiter und Frau Merkel!

»Bitte wie?«, fragte Lepke.

»Merkel. Wie die Kanzlerin.«

Die Mitarbeiterin kniff die Lippen zusammen, als wäre es eine Zumutung, dass ein unrasierter Hauptkommissar mit Lederjacke Nachhilfe in Staatsbürgerkunde brauchte.

Lepke zwinkerte Lina zu, während er lautlos das Wort »Merkel« wiederholte. Gleichzeitig fragte er sich, wie eine einzelne Mitarbeiterin es überhaupt bewältigen konnte, für die fast 200000 neu angekommenen Flüchtlinge etwas anderes als Notunterkünfte zu finden. Aber vielleicht interessierte es auch ganz einfach niemanden, dass diese Aufgabe von vornherein zum Scheitern verurteilt war.

Frau Merkel sah tatsächlich ein bisschen aus wie – Frau Merkel. Sie trug sogar einen Hosenanzug, dessen großflächiges Muster allerdings stark an die Tarnanzüge der Bundeswehr erinnerte.

Lina stellte sich und Lepke kurz vor, danach setzte sie sich auf den einzigen Stuhl vor Frau Merkels Schreibtisch. Lepke trat ans Fenster und blickte auf die Wasserfläche, die in der Sonne schimmerte. »Wir ermitteln im Todesfall von Banu und Djamila Sabia sowie Lya und Laith Talib«, setzte Lina an. »Alle vier Personen waren in der Notunterkunft am Tempelhofer Feld untergebracht, und …«

Frau Merkel unterbrach sie. »Dann sind Sie bei mir falsch. Wir kümmern uns nicht um die Notunterkünfte, da müssen Sie zum LKF.«

»Zum was?« Jetzt drehte sich auch Lepke zum Schreibtisch.

»Landesweiter Koordinierungsstab Flüchtlingsmanagement.« Frau Merkel wandte sich wieder ihrem Bildschirm zu. »Oder ins LaGeSo.«

»Entschuldigung, aber da waren wir gerade erst. Dort wurden wir zu Ihnen geschickt.« Linas anfängliche Freundlichkeit hatte einen zischenden Unterton bekommen.

Lepke breitete die Hände aus, die Innenseiten zum Schreibtisch gewendet. »Frau Merkel, soweit wir informiert wurden, sind Sie dafür zuständig, Wohnraum für die Flüchtlinge aus den Notunterkünften zu finden. Sowohl Banu Sabia als auch Tahmineh Talib hatten eine Wohnung zugewiesen bekommen. Können Sie uns dazu nicht vielleicht doch etwas sagen?«

»Wie waren die Namen?«

»Banu Sabia und Tahmineh Talib.«

»Moment.«

Ohne einen weiteren Kommentar gab die Sachbearbeiterin die beiden Namen in ihren Computer ein. Kurz darauf erwachte der Drucker zum Leben. Frau Merkel schob, ohne ihre Miene zu verändern, Lina zwei ausgedruckte Kopien über den Tisch.

»Da steht alles, was es zu wissen gibt. Sogar die Adressen, aber das ist jetzt ja wohl hinfällig.«

Lina blickte auf. »Wie meinen Sie das?«

»Na ja, die sind jetzt tot, und tot werden sie wohl kaum noch umziehen.«

»Banu Sabia ist nicht mehr am Leben«, mischte sich Lepke ein. »Tahmineh Talib ist es aber.«

»Die hat ohne die Kinder jedoch kein Anrecht mehr auf eine Wohnung. Was glauben Sie, wie viele Flüchtlinge wir hier haben? Alle warten auf Wohnungen. Da sind erst einmal die mit den Kindern dran, deshalb wurde Frau Talib eine Wohnung zugewiesen, wegen der Kinder. Also hat sie mit dem Tod der Kinder auch die Berechtigung für diese verloren.«

Lepke bekam völlig unvermittelt einen Wutanfall. Mit einem schnellen Schritt war er an Frau Merkels Schreibtisch und umklammerte mit beiden Händen die Kante. Frau Merkel stieß einen spitzen Schrei aus.

Lina konnte Lepke gerade noch zurückziehen und mit einem Griff, der härter war, als er erwartet hatte, durch die Tür schieben, wo er sich schwer atmend gegen die Wand lehnte.

»Kann ich loslassen?«, fragte Lina.

Lepke nickte.

»Und was war das eben? Wolltest du ihren Schreibtisch umstoßen?«

»Klar, und sie samt Tarnanzug darunter begraben.«

»Gute Idee«, meinte Lina. »Damit hätte sie, wenn ich das richtig überblicke, wohl die Berechtigung verloren, weiterhin Menschen zu schikanieren.«

Lepke erwiderte ihr leicht schiefes Lächeln, bevor er leise sagte: »Entschuldigung. Das war jetzt sicher nicht das, was du von einem Ausbilder erwarten solltest.«

»Ich habe keine Ahnung, wovon du sprichst.«

Zwei Schwäne flogen laut kreischend und mit weit vorgereckten Hälsen dicht über die Wasserfläche. In der Ferne gellte ein Martinshorn.

*

Meyers Angaben waren knapp und präzise. In einer Privatwohnung in Mahlsdorf war eine Kinderleiche gefunden worden. Der hinzugerufene Notarzt hatte die Polizei verständigt. Lepke und Lina waren noch in Alt-Treptow und würden eine Weile brauchen, um zum Tatort zu gelangen.

»Ich habe Schreibtischdienst«, erinnerte ihn Alex.

»Eben«, erwiderte Meyer, »deshalb dachte ich, dass du vielleicht ...«

»Bin schon unterwegs.«

Die traurige Melodie eines zu langen Sommertags hing in der Luft, als Alex wenig später neben zwei Streifenwagen vor der Tür eines dreistöckigen Wohnhauses ihr Motorrad aufbockte. Ein plötzlicher Windstoß biss sich durch Staub und aufwirbelndes Papier. Für einen kurzen Moment verharrte sie leicht gebückt über der BMW. Sie wollte vorbereitet sein, wenn das Pochen wieder einsetzte. Aber die Wunde blieb still. Auch als sie das Kreuz durchdrückte und mit schnellen Schritten auf die Haustür zuging.

Eine Nachbarin öffnete ihr und brachte sie schweigend in den zweiten Stock. Die Wohnungstür stand offen, im Flur hingen Kinderzeichnungen. Wachsmalstiftsonnen und blaue Himmel über schiefen Hexenhäusern. Möbel gab es so gut wie keine. In der kleinen Wohnküche saßen zwei Frauen auf einem verschlissenen Sofa. Die ältere vergrub ihr Gesicht in den Händen, die jüngere hatte den Arm um sie gelegt. Eine Polizistin kochte Tee.

Das Schlafzimmer diente zugleich als Wohnraum. Der Notarzt kniete auf dem Boden, seine Hand lag auf dem Arm des toten Kindes. Ein Polizist mit Schnauzbart war dabei, die Spurensicherung zu informieren, ein weiterer Kollege starrte abwesend aus dem Fenster. Vielleicht ist es seine erste Leiche, dachte Alex, vielleicht ist es aber auch einfach nur das erste tote Kind. Alex kannte die typische Reaktion, es war der verzweifelte Versuch, das Bild aus dem Kopf zu bekommen, das ihn von nun an nicht mehr verlassen würde.

Sie tippte dem Mann vorsichtig auf den Arm. »Können Sie sich unten vor die Tür stellen? Es wäre gut, wenn hier nicht jeder reinkäme.«

Dankbar nickte der noch junge Kollege und verließ eilig das Zimmer. Alex wandte sich an den Notarzt, der seine Haltung nicht verändert hatte, seit sie gekommen war.

»Alex Gode«, sagte sie leise. »Ich bin vom LKA, Mordkommission.«

»Ich konnte nichts mehr tun. Die Kleine ist eindeutig tot. Eventuell ist sie erstickt worden, aber ich bin mir nicht sicher. Auf jeden Fall ist es kein natürlicher Tod, deshalb habe ich Sie gerufen.«

»Und seitdem hocken Sie hier auf dem Boden?« Alex musterte den älteren Mann, als er sich schließlich leicht mühsam erhob. Seine Augen schimmerten, als hätte er Mühe, die Tränen zurückzuhalten. Er musste längst im Rentenalter sein. Alex fragte sich, wieso er überhaupt noch zu Rettungseinsätzen eingeteilt wurde.

Er antwortete, bevor Alex ihre Frage formulieren konnte, als könnte er Gedanken lesen.

»Ich mach die Einsätze nur noch, um mich nicht so nutzlos zu fühlen. Aber vielleicht sollte ich endlich begreifen, dass ich zu alt dafür bin. Es ist alles so sinnlos!« Er schüttelte langsam den Kopf, bevor er auf das Kind deutete. »Halten Sie mich ruhig für seltsam, aber kein Kind sollte in diesem Alter allein sein. Erst recht nicht, wenn es tot ist. Hier zu hocken ist das Einzige, was ich noch tun kann.«

Alex nickte. Sie verstand.

»Es kann eine Weile dauern, bis die Spurensicherung hier eintrifft.«

Der Arzt kniete sich wieder hin. Als wäre das Antwort genug.

Das Kind war ein Mädchen. Drei oder vier Jahre alt, schätzte Alex. Der Kopf lag seitwärts auf einem Kissen, eine rosafarbene Decke war über den Körper ausgebreitet. Am unteren Ende guckte ein kleiner Fuß heraus. In einem gelb-grün-pink gestreiften Söckchen. In dem dunklen Haar glitzerte eine Haarspange.

Das Bild wirkte friedlich. Aber um vollständig zu sein, hätte zu dem Kopfkissen und der Bettdecke eine Unterlage gehört, eine Matratze, eine Isomatte, irgendetwas. Nur nicht das billige Laminat des Fußbodens.

»Haben Sie etwas verändert? Haben Sie das Kind zugedeckt?«

»Nein, sie lag genauso da, als ich eintraf. Ich habe nur den Puls gemessen und die Pupillen kontrolliert.«

Alex verließ den Raum. Das tote Mädchen war in guten Händen.

In der Küche versuchte die jüngere Frau der älteren ein wenig Tee einzuflößen, während die Polizistin ihr behutsam über den Rücken strich. Als sie Alex im Türrahmen bemerkte, wisperte sie fast tonlos: »Mutter und Schwester der Kleinen.«

Aus dem Treppenhaus waren Schritte zu hören,

die sich der offenen Wohnungstür näherten. Alex erkannte den harten Klang der Ledersohlen, noch bevor Lepke eintrat und sich räusperte.

»Das Kind liegt im Wohnraum«, informierte sie Lepke leise. »Ein Notarzt ist bei ihm. Er meinte, es wäre nicht gut, ein Kind alleine zu lassen, erst recht nicht, wenn es tot ist. Klingt merkwürdig, aber ich glaube, ich weiß, was er damit sagen wollte.«

Lepke nickte.

Hinter ihm tauchten Linas blonde Locken auf.

»Was machst du hier überhaupt?«, fragte sie erstaunt. »Du hast doch Schreibtischdienst!«

»Alles eine Frage der Interpretation«, erwiderte Lepke an Alex' Stelle.

Sie konnte den Blick, den er ihr zuwarf, nicht deuten. Eine Mischung aus Wut und Trauer, von der Alex nicht wusste, worauf sie sich bezog. Aber das spielte in diesem Moment keine Rolle.

Sie drückte sich an die Wand, um Lepke und Lina vorbeizulassen.

»Wir sehen uns später«, sagte Lepke.

Bevor Alex zurück ins Präsidium fuhr, rauchte sie auf dem Gehweg eine Zigarette. Bei dem Blick auf das trostlose Haus und die ebenso trostlose Nachbarschaft lief ihr ein Schauer über den Rücken. Berliner Spießigkeit ist spätestens in den Randbezirken nicht mehr zu überbieten, dachte sie und zertrat den Rest ihrer Kippe in den Fugen der Waschbetonplatten.

Plötzlich spürte sie ihre Wunde wieder. Wie ein

weit entfernter Schmerz, der nicht zu ihr gehörte, der sie aber auch nicht freigeben wollte.

*

Es war schon spät, weit nach Feierabend, als Lepke und Lina das Büro betraten. Alex kniete auf dem Boden, umgeben von Kopien und Notizzetteln. Jedes Mal, wenn sie sich nach vorn beugte, verzog sich ihr Gesicht zu einer Grimasse. Meyer hatte nach einer halbherzigen Ermahnung, sie sollte sich zwischendurch ausruhen, entschieden, sie zu ignorieren. Stattdessen starrte er auf seinen Bildschirm.

Lepke und Lina ließen sich ohne Begrüßung auf ihre Plätze fallen. Beide schienen in Gedanken noch am Tatort zu sein.

Alex blickte auf. »Und?«

Lepke zog sein Smartphone aus der Jackentasche.

»Das tote Kind heißt Sara Midani, ist vier Jahre alt und wahrscheinlich erstickt. Mutter und Schwester sind Dilan Saleh und Jasmina Midani.« Lepke bemühte sich, die Namen, die er vom Display ablas, möglichst korrekt auszusprechen. »Beide werden jetzt psychologisch betreut. Die Töchter haben den Nachnamen des verstorbenen Vaters. 2015 sind sie aus Syrien nach Berlin gekommen, und seit einem Monat leben sie nicht mehr in einer Notunterkunft, sondern in der Wohnung in Mahlsdorf.«

Meyer tippte auf seinen Bildschirm. »Und wo waren sie vorher untergekommen? Auf dem Tempelhofer Feld.« Nach einer kurzen Pause fügte er hinzu, wobei er auf die Zettel wies, die Alex vor sich ausgebreitet hatte: »Wir haben hier inzwischen auch unsere Arbeit gemacht.«

»Wir denken, dass drei Zufälle wirklich zu viele sind«, nahm Alex den Faden auf, während sie sich vom Boden erhob. »Wir haben alles noch mal zusammengesucht, was wir über die drei Fälle haben. Ich hänge das später so an die Wand, dass wir damit arbeiten können. Für den Moment müsst ihr mit dem auskommen, was wir aus dem Kopf wiedergeben können.«

»Kein Ding«, ließ sich Lina vernehmen, als wollte sie ihre letzte Bemerkung Alex gegenüber wiedergutmachen.

Meyer rollte seinen Stuhl zurück, bis er mit der Lehne an die Heizung stieß, und streckte das Bein mit dem lädierten Fuß von sich.

»Zunächst einmal haben wir Banu Sabia und ihre Tochter Djamila, beide tot. Wir gehen davon aus, dass die Mutter ihre Tochter erstickt und dann sich selbst erhängt hat. Tatort und Fundort waren identisch, eines der Wohnquadrate in der Notunterkunft auf dem Tempelhofer Feld.« Er blickte zu Alex. »Machst du weiter?«

»Lya und Laith, die beiden Kinder von Tahmineh Talib, alle drei wohnhaft in derselben Notunterkunft. Aber Lya und Laith wurden vergiftet in der Hasenheide aufgefunden. Die Mutter schweigt. Und jetzt kommt noch die kleine Sara Midani dazu. Wieder ein Kind! Wieder aus derselben Unterkunft, bis vor Kurzem jedenfalls, genauso wie ihre fast erwachsene

Schwester und ihre Mutter. Lepke hat die Namen ja gerade gesagt.«

Lina meldete sich mit erhobener Hand. Meyer blickte zu ihr, als wüsste er nicht, was das sollte.

»Lina!«, sagte Lepke leicht genervt.

»Interessanterweise haben alle erst vor Kurzem eine private Wohnung erhalten«, referierte Lina. »Alle drei! Als Meyer uns angerufen hat, waren wir noch bei dieser Sachbearbeiterin, die dafür zuständig ist, Wohnraum für die Flüchtlinge aus den Notunterkünften zu besorgen …«

»Eine Sachbearbeiterin?«, fragte Meyer verständnislos mit der Betonung auf dem Wort »eine«.

»Eine.« Lepke nickte bestätigend. »Frau Merkel – so heißt sie tatsächlich, ich kann auch nichts dafür. Weiter, Lina …«

»Also, diese Frau Merkel hatte uns gerade die Infos für die ersten zwei Frauen gegeben, aber als Meyer angerufen hat …«

»Schon klar«, unterbrach Alex sie. »Ihr habt dann auch nach Sara Midani beziehungsweise deren Mutter gefragt. Und siehe da: Bingo! Alle drei von derselben Sachbearbeiterin vermittelt. Was immer das jetzt zu bedeuten hat.«

»Okay, nehmen wir es als das, was es ist. Eine Information, von der wir bislang nicht wissen, ob sie irgendeine Bedeutung hat.« Lepke stand auf und fing an, im Raum auf und ab zu gehen. Immer exakt sechs Schritte, von der Tür bis zum Fenster und zurück. Dann hielt er plötzlich inne und sagte: »Sara Midani wurde wahrscheinlich erstickt. Es gibt keine Einbruchsspuren oder sonstige Hinweise darauf, dass ein Fremder in der Wohnung gewesen wäre. Mutter und Schwester haben ausgesagt, dass sie nur kurz im Hof hinter dem Haus waren. Als sie zurückkamen, haben sie das Kind tot im Schlafzimmer gefunden.«

»Allerdings ordentlich zugedeckt. Nach einem Gewaltverbrechen sah das nicht aus«, warf Lina ein. »Wobei es komisch war, dass sie auf dem Fußboden lag, ohne Decke drunter, ohne Matratze oder so was.«

Alex nickte unwillkürlich. Lina war offensichtlich gut im Beobachten. Oder es war ein Hinweis von Lepke gewesen, auch das war natürlich möglich.

Meyer rollte sich wieder an seinen Schreibtisch und stützte die Ellbogen auf die Tischplatte.

»Mich erinnert das irgendwie an den letzten Fall, ihr wisst schon.« Er warf Alex einen entschuldigenden Blick zu, bevor er weitersprach. »Die diversen Ehemänner, von denen wir dachten, dass sie ihre Frauen getötet hätten. Jetzt die diversen Mütter, die ihre Kinder umbringen. Sieht alles wieder nach individuellen Taten aus. Aber damals war es dann doch eine Serienmörderin gewesen.« Er lachte kurz auf, als wollte er nochmals deutlich machen, wie unfassbar die Lösung für sie alle war. »Nur stellt sich jetzt die Frage, wer aus welchem Grund Flüchtlingskinder umbringen sollte! Und dann auch noch so: ersticken! Vergiften! Das ergibt kein Motiv.«

»Was für mögliche andere Spuren haben wir, also andere mögliche Täter, meine ich, abgesehen von den Müttern?« Alex blickte in die Runde.

Lepke begann. »Da war diese alte, fast blinde Frau, die mir in der Unterkunft erzählt hat, dass die Security-Männer manchmal Frauen über Nacht mitnehmen, von denen manche angeblich nicht mehr wieder auftauchen. Allerdings versichert der Typ im Büro von B-Care, dass keine Frauen vermisst werden. Die Einzigen, die verschwinden, sind die, die eine feste Wohnung zugesprochen bekommen haben.« Lepke war ratlos.

»Einige der freiwilligen Helferinnen haben ja erzählt, dass es vonseiten der Security-Mannschaft sexualisierte Übergriffe gab oder gibt. Was natürlich offiziell verschwiegen wird.« Lina.

»Wobei die Security-Männer aussagen, dass sie immer mal wieder Probleme mit gewalttätigen und übergriffigen männlichen Flüchtlingen haben. Und dass zum Beispiel Haias Talib einer von denen ist, die Stress machen.« Lepke.

»Würde ich an ihrer Stelle wohl auch behaupten.« Alex.

»So kommen wir nicht weiter«, stellte Meyer fest. »Noch mal von vorne, Leute. Entweder sind die Kinder jeweils von ihren Müttern getötet worden, im Fall von Lya und Laith möglicherweise auch vom Onkel. Oder irgendwas anderes läuft da gerade aus dem Ruder! Zum Beispiel beim Security-Personal, das ist sicher etwas, wo wir dranbleiben müssen. Aber zurück zur ersten Theorie: Warum sollten die Mütter überhaupt ihre Kinder umbringen? Warum ausgerechnet jetzt? Und dazu noch in so kurzen zeitlichen Abständen? Aber wenn es nicht die Mütter waren, wer dann? Lepkes blinde Informantin behauptet, dass Frauen verschwinden, aber das ergibt keinen Zusammenhang zu den getöteten Kindern – oder sieht jemand einen? Und auch sexualisierte Übergriffe passen nicht wirklich ins Bild.«

Lepke rieb sich über die Bartstoppeln. »Wartet mal, vergewaltigte oder missbrauchte Frauen haben es in vielen muslimischen Ländern oft noch schwerer als hier. Was, wenn die Scham der Mütter sie dazu gebracht hat, ihre Kinder umzubringen?«

»Meyer hat recht«, sagte Lina. »Das geht nicht auf. Warum sollten sie denn ihre Kinder umbringen? Die Scham würde sie doch viel eher zum Selbstmord treiben. Selbst wenn in der Notunterkunft Frauen tatsächlich sexuell missbraucht wurden oder werden, gibt uns das weder für die Mütter noch für die Security-Mannschaft ein Motiv.«

Alex beugte sich vor. »Also was? Kümmern wir uns nicht drum? Scheiß doch auf das bisschen sexualisierte Gewalt?«

Ihre Augen waren dunkel geworden, fast schwarz, ihre Augenringe traten deutlich hervor.

Lina hob abwehrend die Hände. »Das hab ich so nicht gesagt.«

»Dann denk vorher nach, was du von dir gibst, verdammt. Deine private Meinung ist mir nämlich scheißegal, ist das klar?«

»He, he«, sagte Meyer beschwichtigend. »Ich hatte gerade deutlich gemacht, dass wir an der Security dranbleiben sollten. Und apropos private Meinung: Da ist jetzt Lina nicht unbedingt die Einzige, die sich hier immer mal wieder aus dem Fenster hängt.«

»Entschuldigung«, sagte Alex. »Vergiss es. Ich hab kein Problem mit dir, alles klar.«

Lina erwiderte nichts.

Lepke verdrehte die Augen und stand auf. »Es war ein langer Tag, ich kann nicht mehr. Lasst uns für heute Schluss machen.«

Er nahm seine Jacke von der Stuhllehne und war zur Tür raus, bevor jemand reagierte.

*

Nachdem auch Meyer und Lina das Büro verlassen hatten, rauchte Alex zwei Zigaretten am offenen Fenster. Dann hatte sie ihre Notizen und sämtliche Informationen, die sie bislang besaßen, an der Plexiglaswand fixiert, die ursprünglich als Raumteiler gedacht war, aber von allen zweckentfremdet wurde. Zumindest nach Wagners Meinung, die er auch nicht müde wurde, immer aufs Neue mit empörten Gesten zu verkünden. Fast hatte Alex damit gerechnet, dass er plötzlich hinter ihr stehen würde, aber tatsächlich schien er den ganzen Tag über nicht im Präsidium gewesen zu sein.

Ein Muster ließ sich aus ihren Aufzeichnungen nach wie vor nicht erkennen.

Sie hatte noch einmal versucht, Tahmineh Talib im Krankenhaus zu erreichen, um sich nach ihrem Zustand zu erkundigen. Aber die Frau war in die Psychiatrie verlegt worden und nicht ansprechbar. Nach Aussage ihres Arztes litt sie an einer schizoaffektiven Störung durch belastende Erfahrungen in der Vergangenheit. Mit dem Begriff »Angstpsychose« konnte Alex mehr anfangen. Tahmineh Talib hatte sich nahezu vollständig von der Außenwelt abgekapselt, sie würde womöglich nie wieder sprechen. Eine Vernehmung war ausgeschlossen, zumal sie auch unter starken Beruhigungsmitteln stand, die die mögliche Gefahr eines Suizids verringern sollten. Der Arzt lehnte jeden Besuch kategorisch ab, vor allem wenn es sich bei den Besuchern um Polizisten handeln sollte.

Als Alex endlich das Gebäude verließ, fing es bereits an zu dämmern. Sie wollte die BMW gerade starten, als sie sah, dass der Hinterreifen platt war. Jemand hatte das Ventil herausgedreht und offensichtlich weggeworfen. Alex beschloss, am nächsten Tag den Leiter der Fahrbereitschaft zu bitten, sich darum zu kümmern.

Sie deponierte Helm und Handschuhe beim Pförtner und machte sich auf den Weg zur U-Bahn. Eigentlich hatte sie Hunger, sie hatte den halben Tag über nichts mehr gegessen. Aber vorher musste sie noch etwas erledigen. Sie hoffte, dass Maja diesmal zu Hause sein würde.

Als sie am Kottbusser Tor die U-Bahn verließ, dachte sie nicht zum ersten Mal, dass sie die Station nicht mochte. Zu viele nervige Anmache. Zu viele aggressive Männer, die jeden Frauenkörper als Allgemeingut betrachteten. Und nicht zuletzt auch zu viele Halbstarke, die sich vor ihren Freunden beweisen mussten.

Alex nahm den vorderen Ausgang, stieg die Treppenstufen hinunter und folgte der Skalitzer Straße bis zur Mariannenstraße, wo sie nach links abbog. Wie immer im Sommer schien der Heinrichplatz vor Leben zu pulsieren. Die Kneipen hatten ihre Tische draußen aufgestellt. Vor dem Goldenen Hahn standen rauchend ein paar Linksradikale mit den üblichen Trinkern zusammen. Früher war das hier fast so etwas wie Alex' zweites Zuhause gewesen, im Goldenen Hahn hatte sie unzählige Abende und Nächte verbracht, aber als Polizistin war sie da nicht mehr willkommen.

Ein paar Meter weiter, am Ende der Straße, lag das Georg-von-Rauch-Haus fast vollständig im Dunklen. Das ehemalige Schwesternwohnheim des Bethanien-Krankenhauses hatte eine wechselvolle Geschichte zu erzählen. Lange bevor das Haus besetzt und nach dem von der Polizei erschossenen Anarchisten Georg von Rauch benannt wurde, hatte dort ausgerechnet Theodor Fontane als Apotheker gearbeitet. Und 2011 wäre das Gebäude nach einem Brandanschlag fast vom Feuer zerstört worden. Alex hatte auf einer Solidaritätsveranstaltung mit einem der Leute vom dahinterliegenden Bauwagenplatz gesprochen, der erstaunlich viel wusste und ihr schließlich auch noch ein Gedicht von Fontane vortrug, das ihr gut gefallen hatte.

Während sie über den Mariannenplatz zur Köpenicker Straße lief, versuchte sie sich vergeblich daran zu erinnern, wovon das Gedicht gehandelt hatte, stattdessen bekam sie die Anfangszeilen des Ton-Steine-Scherben-Songs über das Rauch-Haus nicht mehr aus dem Kopf: *Der Mariannenplatz war blau, so viel Bullen waren da …*

Das Licht in Majas Treppenhaus funktionierte abermals nicht. Alex tastete sich im Dunkeln die Stufen hoch. Sie klingelte, wieder machte niemand die Tür auf.

Diesmal zögerte Alex nicht. Das Erste, was ihr auffiel, als sie die schwere Eisentür überwunden hatte und die Wohnung betrat, war, dass Rosa sich nicht rührte. Ihr weder entgegenkam noch irgendwo in einer Ecke hockte.

Alex schaltete die beiden Fluter im Atelier ein. Sie wusste nicht unbedingt, wie man eine Katze zu sich lockte, versuchte es aber mit einem halbherzigen »Miez! Miez«. Sie kam sich selbst lächerlich vor. Dann sah sie die tote Maus auf dem Fußboden vor der Küchenzeile. Sie folgte den klebrigen Pfotenabdrücken bis zu der Tür, die auf die Feuertreppe hinausführte. Irritiert zog sie die Augenbrauen zusammen. Sie war überzeugt, dass die Katzenklappe im unteren Teil der Tür neu sein musste. Sie hatte sie nur bei ihrem letzten Besuch nicht bemerkt.

Erleichtert atmete sie aus. Maja hatte die Katze also nicht vergessen. Oder war nicht nach Hause gekommen, weil ihr etwas passiert war. Alles war in bester Ordnung, versuchte Alex sich einzureden. Rosa konnte gehen und kommen, wie es ihr gerade passte. Und Maja würde über kurz oder lang wieder auftauchen. Aus einer spontanen Entscheidung heraus nahm sie den Zettel mit der Nachricht, die sie für Maja geschrieben hatte, von der Arbeitsplatte und warf ihn in den metallenen Papierkorb. Maja musste nicht wissen, dass sie in der Wohnung gewesen war. Nein, falsch, vielleicht würde sie es ihr sogar erzählen. Aber dann sollte Maja es direkt von ihr erfahren und nicht aufgrund eines gelben Notizzettels. Sie vermisste Maja. Das war das Letzte, was sie dachte, bevor sie die Wohnung verließ.

*

Lepke hatte fast zwei Stunden im Auto gewartet, den Blick auf die Einfahrt zum Hof des Präsidiums gerichtet. Aber dann war Alex die Stufen zum Haupteingang heruntergekommen und zu Fuß zur U-Bahn gelaufen. Hastig hatte er den Wagen abgeschlossen, um hinter ihr herzulaufen. Er machte sich Sorgen um sie. Deshalb hatte er gehofft, ihr mit dem Wagen unauffällig folgen zu können, bis er wusste, wo sie hinwollte. Und er dann wie zufällig auftauchen konnte. In welcher Kneipe auch immer sie sitzen würde. Er wollte mit ihr reden. Endlich. Und an seinem Plan hatte sich inzwischen nichts geändert, außer dass er jetzt laufen musste.

Alex machte es ihm einfach, sie warf keinen Blick hinter sich. Aber in der Nähe vom Mariannenplatz hatte Lepke plötzlich das Gefühl, dass er nicht der Einzige war, der Alex folgte. Die letzte Straßenlampe hatte deutlich einen Schatten an die Wand gespielt, der nicht sein eigener war. Als er sich in den nächsten Hauseingang drückte und von dort die Straße überblickte, lag sie vollkommen verlassen da. Vielleicht war er einfach zu müde und zu erschöpft. Keine guten Voraussetzungen, um auf Alex aufzupassen.

Als sie in der ehemaligen Nähfabrik verschwand, lehnte er sich an die Mauerecke und zündete sich eine Zigarette an. Nach einem Moment flammten die grellen Scheinwerfer im Atelier auf. Mehrmals nahm Lepke einen Schatten auf der weiß getünchten Wand hinter den bodentiefen Fenstern wahr, konnte aber nicht entscheiden, ob es nur Alex war, die sich dort oben bewegte, oder auch Maja. Das letzte Mal, als er mit Maja geredet hatte, hatte Alex schon im Krankenhaus gelegen. Er hatte Maja erzählen wollen, was passiert war – und sich dann aber dagegen entschieden. Für einen Moment überkam ihn das schlechte Gewissen. Es war nicht seine Entscheidung gewesen, Maja nichts zu sagen, und doch hatte er sie gemacht. Das war jetzt ein halbes Jahr her.

Als er fünf Minuten später entschied, sich auf den Nachhauseweg zu machen, und gerade seine Zigarette austreten wollte, löste sich eine Gestalt aus der Dunkelheit hinter dem Müllcontainer auf der anderen Seite der Einfahrt. Ein Mann. Breitschultrig. Groß.

Lepkes Hand fuhr automatisch unter seine Jacke und öffnete das Schulterhalfter.

Der Mann kam direkt auf ihn zu. Lepke konnte sehen, dass er eine altmodische schwarze Lederjacke trug, die ihm fast bis über die Oberschenkel reichte. Und Handschuhe. Und eine schwarze Wollmütze, die er weit in die Stirn gezogen hatte.

Kurz bevor der Mann ihn erreichte, machte er auf einmal einen Schlenker Richtung Straße, als hätte er sich im letzten Moment anders entschieden. Er musste viel älter sein, als Lepke zuerst angenommen hatte. Seine Haare, die unter der Mütze hervorsahen, waren grau. Das Gesicht so abgemagert, dass es fast an einen Totenschädel erinnerte. Aber der Ausdruck in den Augen, die Lepke nur für eine Sekunde streiften, hatte ihn an jemanden erinnert, den er kannte. Ohne dass er sagen konnte, an wen.

Er beobachtete den Mann, bis er hinter der nächsten Ecke verschwunden war. Als das Licht im Atelier ausgeschaltet wurde, versteckte er sich jetzt selbst hinter dem Müllcontainer.

Alex lief an ihm vorbei, ohne ihn zu bemerken. Mit zwei Schritten war sie auf der Fahrbahn und winkte ein Taxi heran, das sich vom Ende der Straße her näherte.

Lepke fragte sich, ob Maja überhaupt zu Hause gewesen war. Es schien nicht der Fall zu sein. Oder Alex hatte mit ihr telefoniert. Und Maja hatte sie irgendwohin bestellt. In einen Club. Zu einer Party. Allerdings meinte er sich zu erinnern, dass Maja nicht in Clubs ging. Und auch gar kein Handy hatte. Leise fluchend entschied er, sich nicht länger über Alex' Leben zu wundern. Es war ein Fehler gewesen, ihr überhaupt zu folgen. Ein Fehler, sich wieder auf ihr Leben einzulassen. Sich Hoffnungen zu machen, dass sie vielleicht mehr sein könnten als nur Partner. Mehr sogar als nur Freunde. Er wusste selbst, dass sich diese Fantasien niemals erfüllen würden.

*

In ihrem Zimmer war es heiß. Als Alex aufwachte, waren die Laken klatschnass geschwitzt. Aber sie fror trotzdem so sehr, dass ihre Zähne klapperten.

Sie war wieder in dem Keller gewesen. Gefesselt. Und im selben Moment, in dem der Mann die Nägel in ihren Körper rammte, hatte sich sein Gesicht verändert. Plötzlich waren es die Augen ihres Vaters gewesen, die sie beobachteten, als er die Nagelpistole hob. Dann wechselte das Bild. Jetzt war jemand anderes auf dem Stuhl gefesselt. Ilse!

»Wenn du die Augen aufmachst, wird sie sterben«, flüsterte ihr Vater. Wieder und wieder. Und sie wusste, dass sie gemeint war.

Wenn du die Augen aufmachst, wird sie sterben.

Wenn du die Augen aufmachst, wird sie sterben.

Wenn du die Augen aufmachst, wird sie sterben.

Langsam setzte sie sich im Bett auf. Ihre nackten Füße berührten den Holzboden.

Wenn du die Augen aufmachst, wird sie sterben.

Alex atmete tief aus. Dann öffnete sie die Augen.

Im Zimmer war es dunkel, nur in dem schmalen Spalt zwischen den Vorhängen zeichnete sich das diffuse Licht der Morgendämmerung ab. Alex nahm einen Schluck Wasser aus der Flasche neben ihrem Bett. Dann zog sie die Vorhänge auf und setzte sich aufs Fensterbrett. Mit zittrigen Händen tastete sie nach den Zigaretten. Der Rauch brannte in ihrer Kehle. Sie lehnte den Kopf zurück und beobachtete die leere Straße. Langsam verdrängte ihr Kopf die Bilder aus dem Traum.

Aber ein Gedanke blieb hängen. Wenn ihr Vater

wirklich zurück war, wenn er etwas mit Ilses Tod zu tun hatte, konnte er dann auch … Maja aufgespürt haben? War sie deshalb verschwunden? Hatte ihr Vater sie entführt? Sie schlug sich mit der flachen Hand vor die Stirn.

»Hör auf«, sagte sie laut.

Hör auf.

Hör auf.

Lepke hatte recht. Es konnte nicht sein. Ihr Vater war nicht zurück. Er suchte wahrscheinlich noch nicht mal nach ihr. Und Ilse war gestorben, weil sie alt war. Das war alles. Maja war auch nicht verschwunden, sie hatte nur ihr Leben ohne Alex weitergeführt. Weil sie keine Lust mehr auf Alex hatte.

Sie fragte sich, ob sie dem Psychologen von ihren Träumen erzählen sollte. Vielleicht war es an der Zeit, endlich Hilfe anzunehmen.

Was hatte er bei ihrem letzten Gespräch gesagt? Traumatische Erfahrungen können auch viel später noch zu Verzweiflungstaten führen. Alex holte tief Luft. Sie sollte besser auf sich aufpassen. Sie musste diesen Kreislauf endlich durchbrechen. Die Träume loswerden, die sie jedes Mal in neue Abgründe stürzten.

Plötzlich stutzte sie in ihren Gedanken. Könnten die Mütter tatsächlich ihre Kinder umgebracht haben, weil sie mit ihren Erinnerungen nicht leben konnten? Weil die Kinder sie an etwas erinnerten, was nicht … sein sollte. Bei Banu Sabia war das vorstellbar, dass sie sich dann selbst getötet hatte. Aber bei Tahmineh? Wieso nur die Kinder? Und ebenso bei der Mutter des kleinen Mädchens aus Mahlsdorf? Wieso nur das Kind?

Alex dachte an ihre eigene Mutter. Lange hatte sie nicht verstanden, warum die Mutter sich nicht das Leben genommen hatte, um ihrem Elend zu entkommen. Mehr als nur einmal hatte der Vater sie fast umgebracht. Aber sie hatte sich nicht gewehrt, sie war nicht gegangen, sie hatte sich nicht die Pulsadern aufgeschnitten. Alex war sich inzwischen sicher, dass es dabei einzig und allein um sie gegangen war. Das kleine Kind, das die Mutter nicht allein zurücklassen konnte. Wollte. Durfte …

Alex fragte sich, wie viele Mütter überhaupt Selbstmord begingen, solange ihre Kinder noch klein waren. Und wie viele Mütter brachten sich und ihre Kinder gemeinsam um?

Sie rutschte von der Fensterbank und holte ihren Laptop. Es dauerte nicht lange, bis sie gefunden hatte, wonach sie suchte. Fünfundsechzig Prozent aller Mütter, die ihre eigenen Kinder umbrachten, fielen unter den Begriff »altruistische Kindstötung«. Die Mütter hatten ihre Kinder vor realem oder imaginärem Leid schützen wollen. Aber Alex erinnerte sich deutlich daran, dass der Psychologe ausschließlich von Wahnvorstellungen gesprochen hatte. Männer töteten ihre Frauen und Kinder aus der Wahnvorstellung heraus, dass ihnen etwas passieren könnte. Das war seine Formulierung gewesen, das hatte er gesagt. Und auf ihre Frage nach Frauen, nach Müttern, hatte er dieselbe Erklärung angeboten, die Tötung der Kinder aufgrund von Wahnvorstellungen. Bei seinen Ausführungen hatte es nur einen Unterschied gegeben: Mütter entwickelten Wahnvorstellungen aufgrund traumatischer Erlebnisse, und Väter hatten sie aufgrund eines gesteigerten traditionellen Bildes von Familie, von Maskulinität. Warum hatte er verschwiegen, dass es sich bei Müttern in den meisten Fällen durchaus um reales Leid handeln konnte? Was, wenn jemand die Kinder bedroht hatte? Wenn es tatsächlich etwas gab, wovor die Mütter ihre Kinder schützen wollten? Sie mussten nach den Gemeinsamkeiten der Mütter suchen! Das Lager, die Security-Mannschaft, die Wohnungsvermittlung. Vielleicht gab es dort etwas, vor dem sich alle gleichermaßen gefürchtet hatten.

Alex war jetzt hellwach. Sie hatte endlich einen Ansatzpunkt.

Erst als sie auf die Straße trat, fiel ihr ein, dass ihr Motorrad noch im Hof des Präsidiums stand, weil ihr irgendein Arschloch das Ventil herausgedreht hatte.

Sie lief die paar Schritte durch den Flur des Vorderhauses zurück in den auch im Sommer kalten und feuchten Innenhof. Sie hatte sich nicht getäuscht, das Fahrrad ihres früheren Mitbewohners war noch da, eingekeilt zwischen anderen Rädern und mit zu wenig Luft auf den Reifen. Es war nur mit einem Zahlenschloss gesichert, dessen Kombination sie im Kopf hatte. 0704, Jans Geburtsdatum. Wahrscheinlich hatte er das Rad in der Hektik des Umzugs vergessen. Oder er wollte es später holen.

Alex borgte sich die Luftpumpe eines City Cruisers aus und zerrte das alte Motobecane-Rennrad aus dem Gewirr verbogener Felgen und klappernder Schutzbleche.

Später konnte sie nicht mehr sagen, warum sie von der Skalitzer Straße kurzentschlossen nach rechts abgebogen war. Sie hoffte nur, dass Maja nie von ihrem lächerlichen Überwachungsversuch oder dem kurzen Gespräch mit dem Hipster erfahren würde, der am Hintereingang des neu eröffneten Restaurants leere Bierkästen stapelte. Als Alex auf den Hof fuhr und das Rad an die Mauer lehnte, kratzte er sich den sorgfältig gestutzten Vollbart und rief ihr zu: »Die ist bestimmt nicht da, falls du sie besuchen willst.«

»Wen meinst du?«, fragte Alex irritiert, obwohl er eindeutig zu den Fenstern des Ateliers hinaufzeigte.

»Die Künstlerin. Coole Sachen, die sie so macht. Ziemlich angesagt. Hat sogar schon mal in Schweden ausgestellt! Und jetzt irgendwo anders, schätze ich mal. Ich hab den Lieferwagen gesehen, mit dem sie ihre Sachen abtransportiert hat.«

»Wann?«

»Paar Tage her. Genau weiß ich's nicht mehr.«

»Ein Lieferwagen? Was für ein Lieferwagen?«

»Mercedes Sprinter. Robben & Wientjes.«

»Und hast du sie selbst auch gesehen? Habt ihr geredet?«

»Nee. Aber ist doch eindeutig. Künstlerin. Mietlaster. Ausstellung.«

»Eindeutig«, bestätigte Alex und merkte, wie sich ein erleichtertes Lächeln auf ihrem Gesicht ausbreitete. Es gab also eine Erklärung dafür, dass Maja nicht zu Hause war.

*

Als Alex eine halbe Stunde später verschwitzt das Büro betrat, saßen Meyer und Lepke schon an ihren Plätzen.

Lepke gähnte, auch Meyer sah noch reichlich verschlafen aus.

Alex warf einen flüchtigen Blick auf die Plexiglaswand mit den Notizen, die bislang so gar keinen Sinn ergeben hatten, bevor sie mitten im Raum stehen blieb und sagte: »Ich hab noch mal nachgedacht. Habt ihr schon mal von altruistischer Kindstötung gehört?«

»Ich auch. Nachgedacht, meine ich. Aber du zuerst. Lass hören.« Lepke lehnte sich mit verschränkten Armen zurück.

Zum ersten Mal, seit Alex wieder im Dienst war, schaute er sie direkt an.

»Psychologen sprechen von altruistischer Kindstötung, wenn Mütter oder auch Väter ihr Kind töten, um es vor imaginiertem oder durchaus realem Leid zu retten.«

Meyer nickte. »Kapiert. Und?«

»Traumatische Erlebnisse können so was wie Wahnvorstellungen auslösen. Das wäre dann die imaginierte Bedrohung. Aber …«

»Falls du von unseren toten Kindern sprichst, gäbe es da eine solche Gemeinsamkeit«, sagte Meyer.

»Ohne Frage hatten alle drei Mütter ähnliche traumatische Erlebnisse.«

»Stimmt. Aber was, wenn es darüber hinaus tatsächlich eine reale Bedrohung gab oder gibt? Eine, die alle drei gefürchtet haben? Immerhin haben sie einmal am selben Ort gelebt, mit denselben Leuten.«

Lepke beugte sich vor. »Vielleicht passt das mit meinen Überlegungen zusammen. Mir geht diese Sache mit der Security-Mannschaft nicht aus dem Kopf. Und was die alte Frau erzählt hat.«

Bevor er weiterreden konnte, stand plötzlich Wagner in der Tür. Hinter ihm drückte sich Lina vorbei an ihren Tisch und setzte sich. Wagner knetete nervös seine Hände.

»Tut mir leid, wenn ich in den letzten beiden Tagen nicht so präsent war«, setzte er an. »Lästige Verpflichtungen auf höherer Dienstebene, wenn ich das mal so formulieren darf.«

Meyer grinste.

»Ich wusste doch, dass da was war. Kein Chef im Haus! Dann war das wahrscheinlich auch der Grund, warum ich plötzlich mit guter Laune morgens hierhergekommen bin. Und ich hab mich schon gewundert und gedacht, irgendwas stimmt nicht mit mir.«

Alex zwinkerte Meyer zu und trat ans Fenster, damit Wagner nicht sah, dass sie Mühe hatte, nicht laut loszulachen.

»Ja, ja, ist ja gut jetzt, Meyer. Wir kennen Ihre Witzchen. Aber ich bin selbstverständlich über alles informiert, was gelaufen ist.«

Alex sah, wie Lepkes Blick zu Lina hinüberging.

Auf Linas Hals bildeten sich zwei rote Flecken, die sich schnell vergrößerten.

»Wie auch immer«, fuhr Wagner fort. »Fakt ist jedenfalls ...« Er zögerte kurz, als wäre ihm klar, dass das, was er gleich zu sagen hatte, auf Ablehnung stoßen würde. Oder als ob er es selbst nicht glauben würde, dachte Alex.

»Also, Sie können den Fall dann abschließen.«

»Äh ... welchen Fall jetzt genau?«, fragte Meyer vorsichtig.

»Alle.« Wagner trat von einem Fuß auf den anderen. Sein Blick irrte zur Plexiglaswand und dann zu seinen Schuhspitzen. »Die Kinder von vorgestern und das Mädchen gestern sind von zwei Flüchtlingen aus der Notunterkunft am Tempelhofer Feld getötet worden. Die Typen sind uns bekannt.«

»Was?«, stieß Lepke hervor. »Wer sagt das?«

»Der Polizeipräsident hat mich gerade darüber informiert. Die Spurensicherung ist fertig mit ihrer Auswertung, sowohl bei den beiden Geschwistern als auch bei dem Mädchen ist dieselbe DNA gefunden worden. Eindeutig ist die den beiden Männern zuzuordnen, von denen ich eben sprach. Die zwei befinden sich gerade in der Einrichtung, die Leitung der Notunterkunft und die Wachmannschaft sind informiert. Sie selbst brauchen nur noch hinzufahren und sie einzukassieren. Das ist doch mal was! Ich meine, so schnell sollten wir immer mit der Aufklärung sein!«

Er nickte, um das Resultat zu unterstreichen. Oder um sich selbst von dem Ergebnis zu überzeugen.

»Wer sollen diese Männer sein?« Alex.

»Wieso der Polizeipräsident?« Lepke.

Wagner schüttelte den Kopf. Er wollte jede Diskussion noch im Keim ersticken.

»Und was ist mit Banu Sabia und ihrer Tochter?« Meyer.

»Ich dachte, das wäre nun wirklich längst geklärt.« Die letzte Frage brachte Wagner für einen Moment aus dem Konzept. »In diesem Fall ging es doch um Kindstötung durch die Mutter mit anschließendem Suizid derselben, was wohl eindeutig einem Schuldeingeständnis gleichkommt. Darüber muss ja jetzt wohl nicht mehr diskutiert werden. Das eine hat mit dem anderen nichts zu tun. Deckel drauf und fertig.«

Wagner war fast auf dem Gang, als er sich umdrehte. »Ach, noch was. Ich muss Sie darüber informieren, dass die Dienstwaffen ausgetauscht werden sollen. Hab da gerade eine Eilmeldung von oben auf den Tisch bekommen. Bei der Walther soll es immer mal wieder Probleme mit dem Magazin und der Abzugseinheit gegeben haben, bis hin zur Ladehemmung …«

»Ich hatte nie Probleme«, unterbrach ihn Meyer irritiert. »Ihr?« Er wandte sich zu seinen Kollegen.

Sie schüttelten die Köpfe.

»Ich auch nicht«, ließ sich Wagner vernehmen. »Aber egal, die Waffen werden in den nächsten Tagen ausgetauscht. Nur dass Sie schon Bescheid wissen. Und jetzt aber Tempo, verhaften Sie mir die Männer im Tempelhofer Lager.«

Die Tür quietschte in den Scharnieren, als er sie schloss. Dann verhallten seine Schritte im Flur.

Lepke fand als Erster seine Sprache wieder. »Was zum Teufel läuft hier? Wieso weiß der Polizeipräsident vor uns von den Ergebnissen der Spurensicherung? Wozu machen wir den Job überhaupt?« Seine Stimme zitterte vor Wut.

»Das wüsste ich auch gerne. Und jetzt?« Alex biss die Lippen zusammen.

Lina schluckte mehrmals, bevor sie einen Ton herausbrachte.

»Vielleicht, also, ich meine, wenn wir jetzt dahinfahren, können wir die Täter ja selbst befragen. Die angeblichen Täter«, verbesserte sie sich schnell. »Ich hab übrigens nicht gequatscht, falls ihr das denken solltet.«

Niemand reagierte auf ihre Bemerkung.

»Ihr fahrt nach Tempelhof«, sagte Meyer. »Ich organisier uns solange den Bericht der Spurensicherung.«

Lepke und Lina nahmen ihre Jacken vom Stuhl. In der Tür drehte sich Lepke zu Alex. »Kommst du? Ich brauche dich.«

*

Die Sonne schien auf die weißen Plastikzelte, die noch immer vor dem Gebäude aufgebaut waren. Inzwischen hatten sie erfahren, dass die Zelte für die Kinderbetreuung gedacht waren, sich aber in diesem Sommer so stark aufheizten, dass eine Benutzung unmöglich war. Die Kinder spielten stattdessen auf dem Betonvorplatz.

Seit sie zum ersten Mal hier waren, hatte sich nicht viel verändert. Der Tod von fünf Flüchtlingen schien spurlos an der Notunterkunft vorbeigegangen zu sein.

Ein paar Männer der Security standen rauchend in der Sonne. Das Gelächter über ihre durchweg rassistischen Witze hallte laut von den grauen Betonwänden des ehemaligen Flughafengebäudes wider.

Lepke ballte die Fäuste. Schließlich klopfte er an den Bürocontainer. Diesmal war es Fuchs, der ihnen öffnete. Bevor Lepke etwas sagen konnte, stieß der Leiter der Notunterkunft hervor: »Ich wurde schon unterrichtet. Kommen Sie. Kommen Sie.« Vor lauter Aufregung verschluckte er sich und bekam einen Hustenanfall. Während er die Gitterroststufen hinunterstolperte, zog er ein Funkgerät aus der Tasche. »Wir sind im Anmarsch. Fünf Minuten!«

Sie folgten Fuchs durch die erste Halle. Lina hielt sich dicht hinter Lepke und Alex. Als sie die zweite Halle betraten, stockte Alex der Atem. Das war keine Unterkunft, noch nicht mal eine Notunterkunft. Hier waren Menschen wie Tiere zusammengepfercht.

Lepke beugte sich im Gehen zu ihr. »Von wem genau wurde der Typ jetzt eigentlich informiert? Von Wagner? Oder vom Polizeipräsidenten persönlich? Mann, Mann, was läuft hier?«

Sie zuckte die Schultern. Ihr war klar, dass Lepke ohnehin keine Antwort erwartete. Sie ließ ihre Augen weiter durch die Halle wandern. Was sie sah, machte sie wütend.

Das gleißende Neonlicht lieferte sich einen Wettkampf mit der hoch am Himmel stehenden Sonne, die die verschmutzten Oberlichter als Weg in die Halle nutzte. Entfernt waren plötzlich laute Rufe und Geschrei zu hören. Als sie eilig näher kamen, beobachteten sie, wie einer von mehreren Security-Männern einen bärtigen Flüchtling im Schwitzkasten hielt und ihm gewaltsam die Luft abdrückte, während seine Kollegen mit gezückten Elektroschockern einen zweiten Flüchtling gegen die Wand drängten. Nach ein paar schnellen Schritten zog Alex dem verblüfften Wachmann mit einem schmerzhaften Griff in die Schulter den Arm auf, fast gleichzeitig rammte der jetzt befreite Flüchtling ihr seinen Ellbogen in den Unterleib und spurtete vorwärts. Als Lepke sein Bein vorstreckte, schlug er der Länge nach hin. Keuchend blieb er liegen und hob die Arme über den Kopf, um sich vor möglichen Schlägen zu schützen.

Lina war zwischen die anderen Security-Männer getreten und hielt sie von dem Flüchtling an der Wand zurück, dessen Augen vor Panik flackerten.

Alex kniete auf dem Boden.

»Scheiße«, brachte sie zwischen zwei Atemstößen hervor, als Lepke sich besorgt zu ihr beugte.

»Bist du verletzt? Musst du ins Krankenhaus?«

»Ganz sicher nicht.« Alex ließ sich von Lepke aufhelfen. Sie brauchte einen Moment, bis sie ihr Gleichgewicht gefunden hatte. Vor ihren Augen flimmerten grelle Lichtkreise.

»Deine Operation ist noch nicht so lange her …«, setzte Lepke an, brach aber mitten im Satz ab, als Alex ihn zur Seite schob und Fuchs am Arm packte.

»Was zum Teufel ist hier eigentlich los? Sind Ihre Leute vollkommen bescheuert?« Empört starrte Fuchs sie an.

»Jetzt hören Sie mal, wir erledigen nur unsere Arbeit. Und uns wurde gesagt, dass Sie die beiden hier verhaften wollen.« Er zeigte auf die Männer, die sich angesichts der viel zu nah vor ihnen stehenden Wachleute kaum zu rühren wagten. »Sie sehen ja wohl selbst, dass das nicht mit guten Worten zu schaffen ist. Wie man in den Wald hineinruft, so schallt es heraus. So ist das nämlich, da brauchen Sie sich gar nicht aufzuspielen.«

»Ruhe!«, brüllte Lepke so unvermittelt, dass Fuchs mit offenem Mund zurückwich und die Hände hob.

»Vielleicht lassen Sie uns jetzt alleine weitermachen«, sagte Lina ruhig, während sie sich zu den Security-Männern drehte. »Danke, das war's dann. Wir brauchen Sie nicht mehr. Und es tut uns auch nicht leid, wenn wir Ihnen gerade den Spaß verdorben haben. Vielleicht können Sie sich zur Abwechslung mal untereinander prügeln. Aber draußen bitte, ja?«

Fuchs und die Wachleute wichen langsam zurück. Sie wirkten nicht gerade amüsiert. Lepke gab dem am Boden liegenden Mann seine Hand. Der zweite Flüchtling ließ sich wie in Zeitlupe an der Stellwand nach unten auf den Boden sinken. Im selben Augenblick, in dem Lepke zu dem Versuch ansetzte, den völlig verwirrten Flüchtlingen eine Erklärung zu geben, starrte er Alex an.

»Was ist das?«

Alex folgte seinem Blick, auf ihrem weißen T-Shirt breitete sich ein Blutfleck aus. An der Stelle, an der die Wunde unter dem Verband war.

»Scheiße.« Alex schüttelte benommen den Kopf. Lepke hatte sein Handy bereits in der Hand.

*

Das sterile Weiß im Flur der Notaufnahme wurde von einem angetrockneten Blutfleck auf der Schwelle zum Behandlungszimmer zunichtegemacht. Im Wartebereich wurden sie vom trockenen Husten einer Frau empfangen, die auf den blutigen Schleim in ihrem Taschentuch starrte. Alex und Lina wandten gleichzeitig den Blick ab und setzten sich möglichst weit von der Frau entfernt ans offene Fenster. Eine Taube gurrte mit dem Husten der Frau um die Wette. Husten. Gurren. Husten. Gurren.

Alex' Blick blieb an einem Mann hängen, der breitbeinig neben der Tür lehnte, den Rücken gegen die Wand gepresst. Er trug einen Jogginganzug mit der Aufschrift eines Boxclubs. ODIN. Die Arme hatte er über der muskulösen Brust verschränkt, der fleischige Nacken und die Glatze vervollständigten das Bild. Seine wässrigen Augen starrten Alex an. Irgendwo hatte sie ihn schon einmal gesehen. Auch Lina hatte den Blick des Mannes bemerkt, Alex spürte, wie sie sich neben ihr verspannte. Sie legte die Hände über den Blutfleck auf ihrem T-Shirt. Der Mann beobachtete ihre Bewegung, ohne seine Haltung zu verändern.

Als Alex aufgerufen wurde, drehte er sich abrupt um und verschwand. Ihr fiel es schwer, den Fragen des Arztes zu folgen. Auch während der Untersuchung waren ihre Gedanken noch mit dem Mann im Wartezimmer beschäftigt. War er bereits vorher da gewesen? War er mit ihnen zusammen gekommen? Im Fahrstuhl waren sie allein gewesen. Aber dann, auf dem Gang? Alex wusste es nicht. Genauso wenig wie sie sich erinnerte, woher sie sein Gesicht kannte.

Der Arzt legte ihr einen neuen Verband an. Er hatte eine kleine Narbe am Kinn, die ihm einen kindlichen Anschein verlieh. Nur die dunklen Augenringe ließen erahnen, dass seine sorglose Kindheit endgültig vorbei war.

»Zum Glück ist nicht die Narbe aufgeplatzt, hier sieht alles gut aus. Das Blut kam von einer der Schnittverletzungen oberhalb der Narbe, da hat sich durch den Schlag, den Sie bekommen haben, der Schorf gelöst. Aber das wird schnell wieder heilen.« Er tätschelte ihren Arm. »Trotzdem, Frau Gode, nehmen Sie das bitte nicht auf die leichte Schulter. Ich …«

Sein Handy klingelte. Er warf einen kurzen Blick auf das Display. »Entschuldigung, aber das muss ich annehmen. Und …« Er stand auf und griff nach einer Krankenakte auf dem Schreibtisch. »Es ist vertraulich, tut mir leid, aber wenn Sie kurz draußen warten könnten? Ich bin gleich wieder bei Ihnen.«

Kaum dass Alex auf den Flur getreten war, kam Lina zu ihr.

»Und? Was ist?«

»Nicht weiter schlimm, meint der Arzt. Glück gehabt! Aber er will mir noch irgendwas sagen, es ist nur ein Telefongespräch dazwischengekommen. Hör mal, Lina, der Typ mit der Glatze vorhin …«

»Ist mir auch aufgefallen. Fast bin ich mir sicher, dass er zu der Security-Mannschaft vom Tempelhofer Lager gehört. Ich hab ihn vorher schon mal dort gesehen.«

»Warte! Du meinst, das war einer der Typen …«

»… mit den Elektroschockern.«

»Das heißt, er hat sich nur schnell was anderes angezogen und ist uns gefolgt? Aber warum? Was sollte das?«

»Eine Drohung vielleicht. Dass die Typen durch unser Verhalten angepisst waren, ist ja wohl klar. Vielleicht wollte die Glatze uns zu verstehen geben, dass sie noch nicht fertig mit uns sind.« Lina zeigte mit zwei Fingern auf ihre Augen und strich sich dann mit der flachen Hand über den Hals. Zu ihrem bunten T-Shirt und den blonden Locken wirkte die Geste seltsam unpassend.

Der Arzt trat aus der Tür. Er hatte die Krankenakte noch in der Hand und schien es eilig zu haben. Ohne Lina weiter zu beachten, wandte er sich an Alex.

»Es bleibt bei dem, was ich gesagt habe. Sie haben Glück gehabt, zumindest nach meiner derzeitigen Einschätzung. Aber ich möchte trotzdem noch ein paar Tests machen. Die Operation, die Sie hinter sich haben, war ernst, das dürfen Sie nicht vergessen. Und wenn ich ehrlich sein soll, würde ich Sie am liebsten über Nacht hierbehalten. Es sind genug Betten frei, und dann könnten wir auch diese Tests gleich … Was? Was ist?«

»Das geht nicht«, sagte Alex. »Das ist nicht verhandelbar.«

Er zog die Augenbrauen hoch. »Wie Sie meinen. Ihre Entscheidung. Ich kann Sie leider nicht zwingen. Ich möchte Sie aber bitten, unbedingt diese Tests zu machen. Lassen Sie sich im Schwesternzimmer einen Termin geben. Ich will Ihnen nichts vormachen, Ihr Allgemeinzustand ist nicht der beste. In psychologischer Betreuung sind Sie aber, oder? Ich meine, wegen der Konsequenzen, mit denen Sie nach Ihrer OP leben müssen.« Er zuckte mit der Schulter, als wollte er Alex zu verstehen geben, dass es durchaus naheliegend wäre, wenn sie Probleme hätte. »Keine Kinder bekommen zu können ist schon sehr einschneidend.«

»Ich weiß«, sagte Alex.

Im Fahrstuhl drehte sie sich zu Lina.

»Ruf du bitte Lepke an. Sag ihm, dass es mir gut geht. Und kein Wort von dem, was du gerade gehört hast, das geht niemanden etwas an.«

»Und du? Was machst du jetzt?«

Alex gab keine Antwort.

Auf dem Weg zum Parkplatz holte Lina ihr Smartphone aus der Tasche, um mit Lepke zu telefonieren.

Als Alex die Wiese vor dem Urban-Krankenhaus betrachtete, war alles wie immer. Hunde bellten. Eine Frau fütterte die Schwäne. Ein Mann lag rücklings auf einer Parkbank und brüllte seine Botschaften in den blauen Himmel. Der Wind strich seufzend über das Wasser des Landwehrkanals.

*

Lepke hatte entschieden, die beiden Flüchtlinge nicht festzunehmen. Lina hatte die Information kommentarlos zur Kenntnis genommen, war aber irgendwie komisch gewesen. Er hoffte, dass sie nicht gelogen hatte, als es um Alex' Gesundheitszustand ging.

Als er gleich darauf mit Meyer telefonierte, konnte er Ines und Marcel im Hintergrund reden hören.

»Du hast Besuch?«

»Nicht wirklich.«

Lepke bemühte sich, sich kurzzufassen.

Meyers Reaktion ließ ihn kurz auflachen.

»Ich bin stolz auf dich.«

Keine fünf Minuten später meldete sich Meyer erneut.

»Sie sind weg.«

»Was wollten sie?«

»Keine Ahnung. Nur dasselbe dämliche Gelaber wie eh und je. Aber was du wissen solltest: Mein Namensvetter aus der Rechtsmedizin ist nicht zu erreichen. Und seine Vertretung weiß angeblich von nichts. Was immer uns das sagen soll.«

»Danke. Ich melde mich wieder.«

Beide Verdächtige hatten durchaus überzeugende Alibis. Lepke hatte sie bei einem der Sozialarbeiter zurückgelassen, um zu vermeiden, dass es einen weiteren Kontakt mit den Wachleuten gab. Fluchtgefahr bestand seiner Meinung nach keine. Die Männer hatten weder Ausweise noch Geld. Zur Sicherheit ließ er einen Streifenwagen vor der Tür zurück.

»Kein Zutritt für die Security, achtet bitte darauf«, instruierte er die uniformierten Kollegen, bevor er das Gebäude verließ.

Seine Entscheidung würde ihm Ärger einbringen, so viel war ihm klar. Aber zunächst wollte er die Alibis der beiden Männer überprüfen, und zwar persönlich. Dann würde er weitersehen.

Der Stadtteiltreff mit dem selbstverwalteten Café für Flüchtlinge war in der Weisestraße in Neukölln. Die Männer hatten ausgesagt, dass sie in den letzten Tagen jeden Nachmittag in dem Café gewesen waren, um eine für die kommende Woche angekündigte Demo gegen die schlechten Lagerbedingungen mit zu organisieren. Der hintere Raum des Treffpunkts war in dichten Rauch gehüllt. Zigaretten. An einem der Resopaltische saßen junge Männer und diskutierten auf Arabisch. Zwei Frauen waren dabei, ein bislang noch unbeschriebenes Transparent an der Wand zu befestigen. Am hinteren Ende des Raumes hing ein Plakat. In großen Lettern war »ACAB« zu lesen. All Cops Are Bastards. Es würde nicht leicht werden, hier eine Zeugenaussage zu bekommen. Als Lepke den Raum betrat, wirbelte eine der beiden Frauen herum und blockierte ihm den Weg.

»Das ist kein öffentliches Café.« Ihre Stimme klang gereizt. Wahrscheinlich musste sie diesen Satz häufiger sagen.

»Ich weiß, ich habe nur ein paar Fragen.«

Jetzt kam die zweite Frau dazu. »Was willst du?«

Sie musterte ihn mit zusammengezogenen Augenbrauen, ihr Blick blieb an der Designerjeans und seinen handgenähten Lederschuhen hängen.

Lepke trat einen Schritt zurück. Er war sich unsicher, ob er seinen Ausweis zeigen sollte oder nicht – als Polizist würde er hier nicht gerade auf Wohlwollen stoßen. Wenn er allerdings die Aussagen der Frauen aufnehmen wollte, führte kein Weg daran vorbei, sich zu erkennen zu geben. Zögernd zog er den Ausweis aus der Tasche.

»Ich wusste es«, sagte die Frau, der seine Lederschuhe aufgefallen waren.

Die andere baute sich vor ihm auf. »Was soll das?«, blaffte sie Lepke an. »Wir haben nichts gemacht, und ihr seid hier nicht willkommen. Also bitte …« Sie wies zur Tür.

Lepke hob abwehrend die Hände.

»Ich bin hier, weil ich Ihre Hilfe brauche. Und ich bin allein. Lassen Sie mich wenigstens kurz erklären, was ich von Ihnen wissen möchte. Wenn Sie mich dann immer noch rausschmeißen wollen, gehe ich sogar freiwillig.«

Die Männer am Tisch waren verstummt und starrten ihn regungslos an. Die zwei Frauen schienen unschlüssig, was sie tun sollten. Die eine von ihnen hatte flammend rote Haare, wie Lepke erst jetzt registrierte. Die andere trug ein Kopftuch. An der Lippe trug sie ein Piercing. Einen dünnen grünen Ring. Fast gleichzeitig zuckten sie mit den Schultern.

»Wir ermitteln zurzeit in zwei Mordfällen, die Verdächtigen sind zwei Flüchtlinge, die in der Notunterkunft am Tempelhofer Feld untergebracht sind.«

»Klar«, erwiderte die Rothaarige zynisch. »Wie könnte es auch anders sein! Und jetzt sollen wir euch helfen, die beiden zu finden, oder was?«

Wieder hob Lepke die Hände. »Nein, überhaupt nicht, darum geht es nicht. Ich habe gerade mit beiden gesprochen, und sie haben mir dieses Café als Alibi genannt. Sie haben angegeben, dass sie beide jeden Nachmittag der letzten Woche hier waren, was auch die fraglichen Zeitpunkte der Taten abdecken würde. Aber ich brauche jemanden, der mir das bestätigen kann.«

Er zog sein Handy aus der Tasche und rief die Fotos auf, die er von den beiden Männern gemacht hatte.

»Es geht um Ashraf Abdo und Omar Khalil.«

Die Namen kamen ihm ein wenig stockend über die Lippen, aber nach einem Blick auf das Foto nickte die Rothaarige.

»Ashraf und Omar kennen wir.«

»Und Sie würden mir bestätigen, dass beide …«

»Außer heute. Sonst die ganze Woche über. Jeden Tag, immer so ab zwei Uhr mittags. Meistens haben sie hier bei uns Suppe gegessen und dann an der Planung …«

Sie brach mitten im Satz ab. Lepke verstand auch so. Die Planung für die Demonstration.

»Und sie waren die ganze Zeit über im Café? Sie sind nicht zwischendurch mal weg gewesen? Keiner von ihnen?«

Beide Frauen schüttelten die Köpfe.

Lepke merkte, wie ihm eine Gänsehaut über den Rücken kroch. Er hatte richtiggelegen, etwas war faul an der ganzen Sache. Die ohnehin fragwürdige Beschuldigung der beiden Flüchtlinge schien sich jedenfalls in Luft aufzulösen. Aber was er jetzt noch brauchte, würde den Frauen bestimmt nicht gefallen.

»Gut, das reicht mir, um das Alibi zu bestätigen. Ich benötige allerdings noch Ihre Namen und Anschriften, damit die Aussage offiziell ist. Auch muss ich Sie darauf hinweisen, dass eine Falschaussage eine Straftat ist. Ich will Ihnen da nichts unterstellen, es ist eine reine Formalität.«

Die Frau mit dem Kopftuch blickte ihm direkt in die Augen.

»Ist das mit den Namen unbedingt nötig?«

»Ja. Sonst kann ich Ihre Aussage nicht verwenden. Und es ist wichtig, glauben Sie mir. Eine laufende Ermittlung gegen Omar Halil und …«

»Khalil. Omar Khalil und Ashraf Abdo.«

Lepke nickte entschuldigend. »Ein solches Verfahren ist eine schwere Belastung. Wenn Sie die Alibis offiziell bestätigen, hilft das den beiden gewaltig. Wenn nicht …«

Er brauchte nicht weiterzureden, die Frauen kramten ihre Persos hervor. Es war ihnen deutlich anzusehen, dass sie nach wie vor skeptisch waren. Gegenüber der Polizei. Mit der sie zweifellos ihre eigenen Erfahrungen gemacht hatten. Lepke fotografierte die Ausweise mit seinem Handy.

»Vielen Dank für Ihre Hilfe.«

Die Frauen nickten, ohne noch etwas zu sagen. Als sie sich erneut dem Transparent an der Wand widmeten, nahmen auch die Männer am Tisch ihr Gespräch wieder auf.

Lepke trat auf die Straße und zündete sich eine Zigarette an. Seine Entscheidung, Ashraf Abdo und Omar Khalil nicht festzunehmen, war richtig gewesen. Auch wenn sie damit kein Stück weitergekommen waren, so waren zumindest keine Unschuldigen verhaftet worden. Die Befriedigung, die er für einen Moment verspürt hatte, löste sich mit jedem Zug aus der Zigarette mehr und mehr in Rauch auf. Irgendetwas passierte hier, was sie nicht verstanden und worauf sie keinen Einfluss hatten. Sie mussten sich treffen. Jetzt. Nur ihr Team und außerhalb des Präsidiums.

Während Lepke das Display in seinem Handy aufrief, stürmte ein Sondereinsatzkommando die Notunterkunft am Tempelhofer Feld und verhaftete Ashraf Abdo und Omar Khalil.

*

Alex und Lina saßen mit Meyer vor dem kleinen griechischen Restaurant am Landwehrkanal. Auf der anderen Uferseite spiegelten sich die weißen Umrisse des Bauhaus-Archivs im Wasser. Lepke hatte nichts weiter gesagt, außer dass sie reden müssten. Der Grieche war sein Vorschlag gewesen. Meyer schien der Einzige von ihnen zu sein, der die Abendsonne genoss, während sie auf Lepke warteten.

Lepke flankte über die niedrige Umzäunung. Lina

stieß einen gespielt überraschten Schrei aus. Noch bevor er sich setzen konnte, klingelte sein Telefon.

Wagner, formten lautlos seine Lippen. Was allerdings vollkommen überflüssig war, so laut wie Wagner schrie, konnten sie seine Stimme ohne Weiteres verstehen. Lepke hielt das Handy ein Stück von seinem Ohr entfernt und ging aus Rücksicht auf die anderen Gäste auf den Fußweg. Als er anfing, auf und ab zu laufen, verzog sich sein Gesicht zu einer versteinerten Fratze, die ihn alt und erschöpft aussehen ließ.

Das Gespräch dauerte fast fünf Minuten. Als er wieder an ihren Tisch trat, nahm er Alex' Weinglas und trank es in einem Zug aus. Dann zündete er sich mit zittrigen Händen eine Zigarette an.

»Zuerst die guten oder zuerst die schlechten Nachrichten?« Er versuchte, einen leichten Tonfall anzuschlagen, es gelang ihm nicht. Seine Stimme war heiser, als er sagte: »Die beiden Verdächtigen, Ashraf Abdo und Omar Khalil, haben ein Alibi. Das SEK hat sie trotzdem eben verhaftet. Ihr habt richtig gehört, Wagner höchstpersönlich hat das veranlasst.«

»Was? Ich verstehe überhaupt nichts mehr. Das kann doch nicht sein! Von vorne bitte, Lepke.« Alex.

»Nachdem ihr mit dem Notarzt ins Krankenhaus gefahren seid ...« Lepke stutzte und warf Alex einen forschenden Blick zu. »Ist wirklich alles in Ordnung mit dir?«

Alex machte eine ungeduldige Handbewegung.

»Ich hab Glück gehabt. Ansonsten nur das übliche Blabla, Ärzte eben.«

Lepke sah zu Lina hinüber, als wollte er eine Bestätigung.

»Sie hat Glück gehabt.«

»Mich brauchst du gar nicht erst ansehen«, warf Meyer ein. »Ich war nicht dabei.«

»Okay«, sagte Lepke. »Fürs Protokoll: Beide Flüchtlinge haben mir ein Alibi genannt, deshalb habe ich sie nicht festgenommen. Ich habe es selbstverständlich überprüft, und es gibt mindestens zwei Personen, die offiziell bezeugen, dass die Verdächtigen zu den in Frage kommenden Zeiten in einem Refugee-Café waren. Stadtteiltreff Weisestraße in Neukölln.«

»Und wieso dann jetzt das SEK?«, fragte Lina.

»Angeblich weil die Beweise wasserdicht sind.«

»Was für Beweise?«, regte sich Meyer auf. »Und wieso wasserdicht? Nichts da von wegen wasserdicht! Alles großer Mist. Ich bin selbst noch mal runtergegangen, nachdem Meyer 2 ja angeblich nicht da war. War er aber doch! Und er kapiert überhaupt nicht, was wir wollen, weil er uns längst alles erzählt hat. Es stimmt zwar, dass es von beiden Verdächtigen Spuren auf der Kleidung der Geschwister und ebenso auf der Decke des letzten Opfers gibt, aber auch jede Menge anderer. Das liegt höchstwahrscheinlich daran, dass sowohl die Kleider als auch die Decke aus dem Lager kommen. Aus dem Tempelhof-Lager, in dem die Verdächtigen wohnen. Da kriegen die Flüchtlinge Secondhandklamotten, sodass diese Spuren zunächst einmal nichts zu bedeuten haben, weil sie ebenso gut vom Durchwühlen der Sachen kommen können, lange bevor die Opfer sich diese dann ausgesucht haben. Und so hat er es auch in seinem Bericht geschrieben. Meyer 2, meine ich. Da stimmt doch vorne und hinten was nicht.«

Lina nickte. »Das heißt, die Verdächtigen haben ein Alibi, und die angeblichen Beweise sind hinfällig oder jedenfalls nicht ausreichend für eine Verhaftung. Aber dennoch …«

»Was genau hat Wagner noch gesagt?«, fragte Alex.

»Du meinst, außer dass er mich dafür zusammengeschissen hat, weil ich die beiden Männer nicht verhaftet habe?« Lepke lachte kurz auf. »Dass das noch Konsequenzen für mich haben wird. Und dass er keine Lust mehr hat, immer wieder den Kopf für uns hinzuhalten. Das Alibi hat ihn überhaupt nicht interessiert.«

Alex schüttelte den Kopf. »Er muss das SEK angefordert haben, kaum dass du aus der Halle raus warst. Aber woher hatte er überhaupt so schnell die Information, dass du die beiden Flüchtlinge nicht verhaftet hast?«

Lepke nickte. »Das frage ich mich auch. Doch nicht nur Wagner hat es gewusst, sondern auch wieder der Polizeipräsident, der sich laut unserem Chef nämlich erneut eingeschaltet und für die sofortige Festnahme starkgemacht hat. Wieso?«

»Das ist einfach«, meinte Meyer. »Es war wahrscheinlich andersrum: Wagner hat sich beim Polizeipräsidenten abgesichert, bevor er den Einsatz angeordnet hat.«

»Möglich. Nur dass sich da angeblich noch jemand eingemischt hat. Und zwar von ganz oben.«

»Hä?« Meyer blickte irritiert.

»Der Innensenator«, sagte Alex leise.

Lepke bejahte. »Ich zitiere Wagner: ›Der Innensenator macht uns die Hölle heiß. Er will die Typen weggesperrt sehen und fertig. Da bin ich machtlos. Und ein gewisser Herr Hauptkommissar kann sich schon mal nach einem anderen Job umsehen, wenn ihm das nicht passt.‹ Wie gesagt, O-Ton Wagner.«

*

Der herbe Weißwein war Alex zu Kopf gestiegen, obwohl sie sich zurückgehalten hatte. Aber sie hatte lange keinen Alkohol mehr getrunken, und die Schmerzmittel, die der Arzt im Urban ihr mitgegeben hatte, taten ihr Übriges. Vielleicht war es auch die haarsträubende Entwicklung, die die Fälle mit den toten Kindern gerade nahmen. Lepke hatte sich in kürzester Zeit so hoffnungslos betrunken, dass aus ihm kein vernünftiges Wort mehr herauszukriegen war. Lina und Meyer hatten ihn schließlich untergehakt, um ihn ins nächste Taxi zu setzen.

Alex wollte ein paar Bahnstationen zu Fuß laufen, um den Kopf wieder halbwegs klar zu bekommen. Sie nahm den Weg am Kanal entlang. Die Laternen warfen ihren Schatten als schmale Lichtstreifen an die noch warmen Häuserwände. Auch wenn Alex den Sommer und die stickige Hitze in Berlin nicht mochte, musste sie zugeben, dass die

Nächte tatsächlich etwas Besonderes waren. Langsam kühlte die Stadt ab, beruhigte sich für ein paar tiefe Atemzüge und schickte das Lachen entspannter Menschen in den dunkelblauen Nachthimmel. Sie legte den Kopf in den Nacken und sog die Luft ein. Eine Mischung aus geschmolzenem Asphalt, Autoabgasen, stickigen Hinterhöfen, Müll und Kanalwasser. Berlin. Und durchaus liebenswert. Wenn ihre Gedanken nur nicht ständig um die Kinder gekreist wären. Die Mütter. Die Kinder. Die beiden Flüchtlinge. Der Einsatz des SEK. Von Wagner angeordnet. Im Auftrag des Polizeipräsidenten. Des Innensenators …

»Wie sollen die beiden Flüchtlinge überhaupt in die Wohnung gekommen sein, um das Mädchen zu ermorden? Das macht doch alles keinen Sinn!«

Alex musste laut vor sich hin geredet haben, eine Ratte verharrte irritiert auf einem Müllsack und blickte sie mit glänzenden Augen an. Der lange Schwanz schien im Dämmerlicht hell zu leuchten.

Als am Gleisdreieck die Straßenlaternen ihre Begleitung aufgaben und Alex den dunklen Park betrat, hatte sie das Gefühl, dass ihr jemand folgen würde. Unter den Sohlen ihrer Lederstiefel knirschte der Split. Sie versuchte, vorsichtiger aufzutreten, jedes fremde Geräusch herauszufiltern. Aber da war nichts, nur ihr eigener Atem und das Blut, das in ihren Ohren rauschte. Dennoch ließ sie das Gefühl nicht los, dass sie nicht allein war. Sie zwang sich, nicht schneller zu gehen.

Neben ihr raschelte ein Müllsack. Kurz vor ihr

huschten wieder zwei Ratten über den Weg. Als wären sie verärgert über die ungebetene Störung.

Als Alex den Park verließ, stand plötzlich der Mann an der Litfaßsäule. Als hätte er auf sie gewartet.

Der Mann mit den blauen Augen. Ihr Psychologe. Heute trug er eine dünne goldene Halskette zu dem Kupferarmband. Sein Jackett hatte er lässig über die Schulter geworfen.

»Ich war gerade stehen geblieben, um nach einem Feuerzeug zu suchen, und da kommen Sie aus der Dunkelheit! Das nenne ich Zufall. Oder meine Rettung!« Er hielt ihr eine Zigarettenschachtel hin. »Sie haben Feuer, oder?«

Er raucht also doch, dachte Alex. Lucky Strike. Ohne Filter.

Sie nahm eine Zigarette und reichte ihm ihr Zippo, das er mehrmals auf- und zuklappen ließ, bevor er die Flamme zündete.

Was macht er hier?, überlegte Alex. War das wirklich ein Zufall? Oder war er ihr gefolgt? Hatte er sie beobachtet, wie sie den Park betrat, und dann eine Abkürzung genommen, um ihr den Weg abzuschneiden? Sie musste aufhören, so paranoid zu sein. Sie hatte keinen Grund, ihm zu misstrauen.

Er stieß den Rauch aus und gab ihr das Feuerzeug zurück. »Auch zu viel Wein gehabt und entschieden zu laufen?«

»Sieht ganz so aus.«

»Was macht der Fall?«

»Wenn ich ehrlich sein soll, keine Ahnung. Wir

stecken fest. Es scheint nichts so richtig ins Bild zu passen.«

Irgendetwas hielt sie davon ab, über die letzte Entwicklung zu reden. Aber ihre Antwort schien ihm zu reichen.

Er nickte. »Das passiert. Aber viel wichtiger, wie geht es dir?« Er stutzte. »Darf ich du sagen? Ist nicht unbedingt professionell, aber ich denke, hier, unter einer Straßenlaterne, ist ein Du angebrachter. Und manchmal muss man auch die üblichen Verhaltensregeln außer Acht lassen.«

»Du ist okay«, sagte Alex, ein wenig irritiert über seine lange Erklärung. »Alex. Aber das weißt du ja.«

»Tobias. Aber das weißt du ebenfalls.«

»Steht ja an der Tür. Und auf dem Diplom hinterm Schreibtisch.«

Er lachte. »Lass dich nie mit einer Polizistin ein …«

Alex mochte seinen Blick und die lässige Ruhe, die er ausstrahlte, war sich allerdings nicht sicher, ob er gerade mit ihr flirtete. Sie entschied, nicht darauf einzugehen. Er war ihr Psychologe, nicht mehr und nicht weniger. Sie wollte nichts von ihm. Und sie hoffte, er würde keine Erwartungen an sie haben, egal wie viel oder wie wenig sie ihm von sich erzählte.

Er kam ihr plötzlich sehr nah. Ganz schwach konnte sie den Alkohol in seinem Atem riechen. Als er ihr die Hand auf den Arm legte, wich sie nicht zurück. Stattdessen fixierte sie seine blauen Augen. Und bevor es ihr bewusst wurde, fing sie leise an zu reden.

»Ich weiß nicht wirklich, wie es mir geht. Ich kann

Maja nicht erreichen, aber ich muss unbedingt mit ihr reden. Es sieht ihr nicht ähnlich, sich überhaupt nicht zu melden und auch nicht zu Hause zu sein. Ich habe Angst. Ich mache mir Sorgen um sie. Und ich werde das dämliche Gefühl nicht los, dass mein Vater zurück ist. Aber das ist … Quatsch. Jetzt weißt du es. Frag mich also lieber was anderes.«

Er trat ein kleines Stück zurück, als wollte er den Bann zwischen ihnen brechen.

»Wer ist Maja?«

Seine Stimme hatte wieder den Klang eines Psychologen.

»Meine Beziehung. Oder besser Exbeziehung. Wir haben uns nicht mehr gesehen, seit ich im Krankenhaus war.«

»Sie hat dich nicht besucht?«

»Wir hatten uns vorher gestritten. Aber sie kennt mich besser, als ich mich selbst kenne, und sie wird gewusst haben, dass ich ohnehin keinen Besuch wollte.«

»Aber jetzt würdest du gerne mit ihr reden?«

»Wir müssen das irgendwie zwischen uns in Ordnung bringen, denke ich. Ich war ein paarmal bei ihr, aber sie ist nicht in ihrer Wohnung gewesen. Vielleicht hat sich ihr Leben nur ohne mich weitergedreht. Vielleicht ist sie deshalb verschwunden. Ich bin mir noch nicht mal sicher, ob das nicht das Beste wäre.«

Alex wusste nicht, warum sie die Information über den Lieferwagen, die sie von dem bärtigen Hipster hatte, zurückhielt. Womöglich wollte sie, dass der

Psychologe keinen Anhaltspunkt bekam, um ihre Bedenken zu zerstreuen.

»Du machst dir Sorgen, weil du Angst hast, dass ihr etwas passiert sein könnte?«

»Es sieht ihr nicht ähnlich, einfach abzuhauen.«

Er runzelte die Stirn. »Manchmal ist ein traumatisches Erlebnis nicht nur für die Betroffenen schwierig, sondern auch für die direkten Angehörigen. Mag sein, sie ... deine Partnerin braucht ein bisschen Zeit für sich, bevor sie wieder für dich da sein kann. Gib ihr diese.«

Alex legte den Kopf in den Nacken und blickte zum Himmel hinauf. Sie hatte keine Ahnung, warum ihr plötzlich Tränen in die Augen stiegen.

»Die andere Sache, die du gerade erwähnt hast ...«

»Welche?«

»Du hast von deinem Vater gesprochen.«

»Nicht so wichtig.«

»Eventuell doch. Ich würde gerne bei der nächsten Sitzung darüber reden. Am besten, wir verlegen den Termin auf abends, nach ein paar Gläsern Wein erfahre ich wenigstens mal was.«

Alex versuchte, in der Dunkelheit seine Augen zu erkennen. Aber er stand jetzt zu weit entfernt von ihr. Trotzdem war sie sich sicher, dass sich gerade etwas verändert hatte. Seine letzte Äußerung hatte einen merkwürdigen Unterton gehabt.

Sie reichten sich zum Abschied die Hand. Sein Händedruck war fest und fühlte sich gut an. Vielleicht war sie nur müde, dachte Alex.

»Viel Glück mit dem Fall der kleinen Sara. Ich

wünsche euch wirklich, dass ihr da bald weiterkommt. – Ich nehme den Weg zurück durch den Park. Und du?«

»Geh zur nächsten U-Bahn. Danke fürs Reden.«

Alex blickte ihm hinterher, bis er zwischen den Bäumen verschwunden war. Sie wünschte sich, jetzt mit der BMW nach Hause fahren zu können, statt in die stickige U-Bahn zu steigen.

*

Die See schimmert schwarz, gischtende Schaumkronen werden über die Wellen getragen und verschwinden im Dunkel. Niemand sagt etwas, während sie auf das Meer starren und darauf warten, dass das Bild sich ändert. Dass etwas passiert. Eine junge Frau umklammert die Hand ihres Mannes. Sie hat Angst. Sie kann nicht schwimmen.

Das Fischerboot mit dem rostigen Rumpf und dem Dieselgestank, der ihnen den Atem nimmt, ist zu klein für alle. Sie drängen sich so dicht aneinander, dass ihre Körper sich berühren. Viele von ihnen müssen unter Deck kriechen. Es ist stockdunkel. Es riecht nach brackigem Wasser und Fäulnis. Nach Urin. Scheiße. Kotze. Sie können die Wellen gegen die Schiffswände schlagen hören. Manchmal, wenn eine Welle stärker gegen das Boot anrennt, ächzen die Nieten. Einige beten, andere weinen leise. Vier Tage harren sie so im Schiffsbauch aus.

Die junge Frau sitzt mit untergeschlagenen Beinen an Deck. Sie zittert. Ab und an spülen Wellen über die niedrige Reling. Das kalte Wasser durchtränkt ihre Klamotten. Eine schon ältere Frau bittet sie, auf ihr Baby aufzupassen, wenn ihr etwas zustößt. Sie weiß, dass sie die Fahrt nicht überleben wird. Niemand hier glaubt noch daran zu überleben.

Am fünften Tag dringt Wasser in den Rumpf des Fischerboots. Die Menschen unter Deck geraten in Panik. Das Schiff kentert innerhalb von wenigen Sekunden. Die Menschen, die im Bauch des Bootes sind, können sich nicht mehr nach draußen retten. Die junge Frau versucht im Wasser den Kopf oben zu halten. Ihr Mann gibt ihr eine der wenigen Rettungswesten. Das Baby hält sie fest in ihrem Arm umklammert.

Überall im Wasser treiben Leichen. Nach einer Stunde verliert ihr Mann die Kraft; er kann nicht mehr schwimmen und ertrinkt. Für sich hatte er keine Rettungsweste gefunden. Nur eine alte Kiste, die zu klein war, um ihn zu halten.

Zwischenspiel

Das Bild wackelt und wird unscharf. Alle Konturen verschwimmen.

Ein kurzes Aufblitzen. Dann ändert sich das Licht.

Die Schärfe wird justiert.

In der Mitte des Raumes steht ein Bett. Der Metallrahmen spiegelt das Licht, das von irgendwoher ins Zimmer fällt. Der Hintergrund liegt im Dunkeln. Vor den Fenstern sind schwere Vorhänge. Zugezogen.

An der Wand ist eine Frisierkommode mit einem großen Spiegel zu erkennen. Auch an der Decke über dem Bett hängt ein Spiegel. In einem goldenen Rahmen. Der dicke Teppich ist hell und flauschig. Irgendwo steht ein Stuhl. Ein weißer Stuhl. Mit einem roten Sitzbezug. Das Kissen auf dem Boden ist ebenfalls aus rotem Samt.

Die Frau, die das Zimmer betritt, hat lange schwarze Haare. Ihre nackte Haut schimmert im Licht. Sie zögert. Für ein paar Sekunden sieht sie den Betrachter unmittelbar an. Ihre Augen sind erschöpft. Stumpf und willenlos. Dann wendet sie den Blick ab. Sie bückt sich und knipst eine kleine Nachttischlampe neben dem Bett an. Das Licht gräbt sich in die Falten ihrer Haut. Sie ist noch nicht alt, aber ihr Körper ist gekennzeichnet von einem harten Leben. Quer über dem Bauch hat sie eine schlecht verheilte Narbe. Der gezackte Strich ist rot geschwollen. Als sie sich auf das Bett setzt, hält sie die Knie aneinandergepresst. Der Kopf ist gesenkt. Sie wartet mit der zitternden Ruhe eines Menschen, der längst aufgegeben hat.

Das Bild wirkt wie eingefroren.

Für eine Weile ist alles still.

Zu still.

Ein Stillleben mit nackter Frau.

Die zweite Frau wird von einem Mann in dunkler Kleidung an den Haaren ins Zimmer geschleift. Sie wehrt sich. Sie weint. Ihre Füße trommeln auf den Boden. Sie versucht, seine Arme zu packen. Sein Griff ist zu fest für sie. Selbst als sie um sich schlägt. Dann schreit sie. Auch sie hat lange schwarze Haare. Und ist ebenfalls nackt. Auf der rechten Seite ihres Körpers ziehen sich blutige Striemen vom Schulterknochen bis zur Taille. Die Striemen leuchten rot auf der blassen Haut. Ihre dunklen Augen irren durch den Raum. Haltlos. Gefangen. Ihr Gesicht ist jünger als das der ersten Frau. Sie ist noch fast ein Kind. Ein Kind, das zu schnell zur Frau hatte werden müssen.

Als der Mann ihre Hände an den metallenen Bettpfosten bindet, wimmert sie. Das Seil schneidet tief in ihre Handgelenke und hinterlässt blutige Risse in der Haut. Ihre Schreie werden heiser. Den letzten Schrei erstickt der Mann mit einem Knebel.

Die Frau, die zuerst gekommen ist, blickt nicht auf. Nur ihr Körper zittert, und ihre Hände graben sich in das Bettlaken.

Der Mann trägt schwarze Cargohosen und einen dunkelblauen Armeepullover. Auf der Schulter ist ein

Logo zu erkennen. Die Ärmel sind hochgeschoben, auf seinen Unterarmen spielen die Muskeln ein perverses Spiel mit den Tattoos. Ohne sich noch einmal umzublicken, verlässt er den Raum. Seine Arbeit ist getan.

Die jüngere der beiden Frauen sackt schluchzend neben dem Bett zusammen. Ihre Handgelenke sind noch immer an das Bettgestell gefesselt, sie muss ihren Körper verdrehen, um sitzen zu können. Ihre Schultern werfen einen zuckenden Schatten auf den hellen Teppich. Sie weint jetzt lautlos. Müde. Erschöpft.

Im Flur sind Stimmen zu hören. Männerstimmen.

Die Männer, die den Raum betraten, sind nackt. Um ihre Hüften haben sie weiße Handtücher geschlungen. Fast so als wären sie bei ihrem wöchentlichen Saunabesuch. Sie tragen Badelatschen aus Frottee, haben graue Haare und Halbglatzen. Ihre Bäuche sind dick von zu viel schwerem Essen. Die Haut ist schlaff und bleich von dem Leben zwischen Bürostuhl und Golfplatz.

Sie positionieren sich wie Schachfiguren in einem sich endlos wiederholenden Spiel. Ihre Züge sind routiniert. Geplant. Sie sind nicht zum ersten Mal hier. Und es wird auch nicht das letzte Mal sein.

Das Spiel dauert mehrere Stunden. Das Anfassen der Frauen, das Lecken, das Sabbern, das Stöhnen. Das Greifen und Zerren, Reißen und Schlagen. Unterbrochen vom Schluchzen und Wimmern ihrer Opfer. Die Männer halten ihre Schwänze in den Händen, zwingen und pressen sie an die nackten Körper und in die Öffnungen. Wie wilde Tiere, die sich in einem Käfig auf die Beute stürzen, die ihnen nicht entkommen kann. Die Beute, die sich tot stellt, weil es keinen Ort zum Flüchten gibt. Die Beute, deren Herzschlag in den Ohren saust und doch nicht zu hören ist. Über die Schenkel der jüngeren Frau läuft Blut, ihr Kopf hängt wie leblos vom Bett, während die Männer noch immer über ihr sind. Ihre Augen sind weit aufgerissen. Sie will aufwachen aus diesem Alptraum. Sie verflucht sich selbst dafür, dass ihr Herz nicht aufhört zu schlagen.

Was mit der anderen Frau ist, weiß sie nicht. Sie hat sie schon eine Weile nicht mehr schreien hören.

Der vierte Mord

Ein Mann stößt nachts am Hermannplatz eine Frau die Treppen zur U-Bahn hinunter, während seine Kumpels dabei zusehen, wie sie stürzt. Erst nachdem eine Berliner Zeitung über den Vorfall berichtet, entschließt sich die Polizei, mit Hilfe der Bilder aus den Überwachungskameras nach den drei Männern zu fahnden.

Die Stadt hält 70 Millionen Euro für die Sanierung maroder Schießstände in den kommenden Jahren bereit, solange muss die Polizei auf Schießstände in Brandenburg ausweichen. Bei den Berliner Schießständen wurden Asbestrückstände in den Dächern gefunden.

Der Vorsitzende einer rechtspopulistischen Partei hält eine nationalistische Rede über die glorreiche Vergangenheit Deutschlands und die notwendige Verhinderung einer bevorstehenden Islamisierung. Der eigens von ihm organisierte Saalschutz verbietet »ausländisch aussehenden« Journalisten den Zugang zum Saal.

Auf dem Tempelhofer Feld ignoriert ein Kind das Leinenverbot und lässt sein Kaninchen frei über die Wiese hoppeln.

Als Alex aufwachte, hatte sie wieder das Bild des Psychologen vor Augen. Wie er im Schatten der Litfaßsäule stand und angeblich kein Feuerzeug hatte, um sich eine Zigarette anzuzünden. Aber wie wahrscheinlich war es, dass sein Nachhauseweg sich ausgerechnet mit ihrem gekreuzt hatte? An einer Stelle, die sie rein zufällig an diesem Abend passierte? Wie wahrscheinlich war es überhaupt, dass ein Raucher – und er war ein Raucher – kein Feuer dabeihatte?

Sie nahm ihr Handy und gab Pradzyks Namen in die Suchmaschine ein. Es existierte kein Eintrag mit seiner Privatadresse.

Alex blieb am Küchenfenster stehen und blickte in den Hinterhof. Die Sonne warf einen Schatten vom Nachbarhaus auf ihr Gesicht. Sie setzte die Espressokanne auf den alten Gasherd und verbrannte sich fast die Finger, als die Flamme hochschoss. Irgendetwas stimmte mit dem Anzünder nicht. Jan, ihr früherer Mitbewohner, hatte das schon lange in Ordnung bringen wollen, war dann aber Hals über Kopf weggezogen, als sie noch im Krankenhaus lag. Nach München! Ausgerechnet. Wegen einer neuen Liebe, von der er hoffte, dass sie endlich von Dauer sein würde. *It's a love that lasts forever, it's a love that has no past.* Von da an hatte sie nichts mehr von ihm gehört. Seine neue Anschrift mit der Telefonnummer hing an der Magnettafel zwischen einem Gutschein für eine Kinokarte und dem Handzettel einer Frauendemo: *Make Feminism a Threat Again!*

Mit dem Kaffeebecher in der Hand ging sie zum Badezimmer. Hinter der Wohnungstür lag die Tageszeitung. Alex bückte sich und blätterte zu den Lokalnachrichten. Die Morde der Flüchtlingskinder nahmen nicht viel mehr Platz ein als ein paar Zeilen. Die Zeitung hatte sich weitgehend an die Fakten gehalten, die offensichtlich die Pressestelle der Polizei herausgegeben hatte. Zwei tote Kinder auf dem Tempelhofer Feld. Ein weiteres Opfer in einer Wohnung in Mahlsdorf. Alle drei Opfer Kinder von Flüchtlingen aus der Notunterkunft. Die Ermittlungen waren noch nicht abgeschlossen, ein Einsatzkommando der Polizei hatte jedoch kurz vor Redaktionsschluss zwei mögliche Täter verhaftet, die ebenfalls dem Kreis der Flüchtlinge zuzurechnen waren. Die Namen der Kinder wurden nicht erwähnt, sie blieben Flüchtlingskinder ohne Gesicht und ohne Identität. Ganz kurz schloss Alex die Augen, der Kaffeebecher in ihrer Hand zitterte.

Viel Glück mit dem Fall der kleinen Sara.

Der Psychologe hatte den Namen des Mädchens gekannt. Aber Alex war sich sicher, ihn nicht erwähnt zu haben. Woher kannte Pradzyk also den Namen?

Sie versuchte, die Puzzleteile zusammenzusetzen. Der Polizeipräsident persönlich präsentierte ihnen die möglichen Schuldigen sozusagen auf dem Silbertablett, der Innensenator schaltete sich ein und stoppte jede weitere Ermittlung. Einer der Security-Leute verfolgte sie und Lina bis ins Krankenhaus. Und der Psychologe wusste mehr, als er wissen sollte.

Alex schüttelte den Kopf. Es passte alles nicht zusammen. Sie nahm noch einen Schluck Kaffee und stellte sich unter die Dusche. Mit geschlossenen

Augen legte sie den Kopf in den Nacken und konzentrierte sich auf die Wassertropfen, die auf ihre Haut trafen. Plötzlich sah sie wieder ihren Hund vor sich, der sich an sie drückte und seine Schnauze auf ihr Knie presste. Der Wasserstrahl der Dusche wurde zu Regentropfen, die ihr in Sturzbächen übers Gesicht rannen. Sie war wieder das kleine Mädchen, das im Gewitter auf dem Feld saß. Festgebunden und allein.

*

Die Sonne schien grell auf die Bronzeskulptur der romantisierten Flussschiffer. Dahinter thronte grau der Hochbahnhof auf seinen stählernen Pfeilern. Das schmutzige Wasser des Kanals umspülte den Koloss aus Metall und Beton. Tauben und Ratten bewohnten in stillschweigender Übereinkunft die verschiedenen Etagen der ineinander verzahnten Konstruktion. Zwischen den Metallstreben hing der Großstadtdreck.

Lepke stand auf den Gitterrosten der Stufen, die zusammen mit der steilen Rolltreppe den einzigen Ausgang vom Hochbahnhof bildeten. Von hier aus konnte er gerade noch den Fußgängertunnel zur U6 erkennen, schon oft hatte er gedacht, dass die Winkel, Ecken und Streben der Metallkonstruktion am Halleschen Tor nur darauf warteten, eine Leiche zu entsorgen. Jetzt war es so weit. Die Leiche lag unter dem Gitter zwischen Plastikmüll und Taubenscheiße, auf gleicher Ebene mit dem bewegungslos verharrenden Wasser des Kanals. Eine Leiche passte durchaus zum Ambiente.

Der Hochbahnhof war großräumig abgesperrt.

Lina kam die Treppe herauf. Ein Stück unterhalb von Lepke blieb sie stehen und blickte durch das Gitter auf die Spurensicherer, die die Leiche gerade auf eine weiße Plastikplane zogen.

Lina seufzte. »Was für ein Ort zum Sterben.«

Ein Obdachloser hatte den toten Mann gefunden. Irgendwann in den frühen Morgenstunden hatte er sich zum Schlafen unter die Treppe legen wollen, als er die Leiche in den Metallverstrebungen über sich hängen sah. Als hätte sie nur auf seine Ankunft gewartet, war sie fast im gleichen Moment von den Streben gerutscht, mit dem Kopf vom Treppengeländer abgeprallt und nur wenige Zentimeter neben seinem Schlafsack auf dem Boden aufgeschlagen. Der Obdachlose lehnte an einem Streifenwagen und gab gerade eine leicht ausgeschmückte Version des Geschehens zu Protokoll.

Neben dem Treppengeländer stand eine gelbe Plastiknummer. 21. Lepke konnte einige blutverschmierte Haare erkennen, die am Geländer hängen geblieben waren.

»Und?«, rief er nach unten.

Meyer 2 hob den Kopf. »Der Tote ist zirka zwanzig Jahre alt. Noch nicht sehr lange tot. Erschossen. Kopfschuss. Mehr weiß ich noch nicht, der Kopf ist stark deformiert vom Aufprall, das braucht eine Weile, bis ich mehr herausfinde. Wenn überhaupt.«

»Irgendwas zur Identität?«

»Keine Papiere oder so, aber vielleicht findet sich ja noch was.« Meyer 2 machte eine vage Armbewegung. »Irgendwo. Zwischen dem ganzen Scheiß hier.«

Lepke nickte Lina zu. Er hatte es plötzlich eilig, hier wegzukommen. Als sie das Ende der Treppe erreicht hatten, rief ihnen einer der Spurensicherer etwas zu. Er hatte den Betonvorsprung an der Kante zum Kanal untersucht, jetzt richtete er sich winkend auf. Die Knie seines Schutzanzugs waren voller Taubenscheiße.

Lepke lehnte sich über das Geländer. Der Mann reichte ihm eine Plastikkarte.

Der Ausweis einer Security-Firma.

Lina zog scharf die Luft ein, als sie das Lichtbild sah.

»Scheiße.«

»Die Security-Firma vom Tempelhofer Lager«, sagte Lepke.

Lina schüttelte den Kopf. »Nicht nur das. Wir kennen den Typen. Das ist einer von denen, die gestern bei dem Handgemenge dabei waren. Aber derselbe Typ ist dann später auch im Krankenhaus aufgetaucht, als ich mit Alex auf den Arzt gewartet habe. Hat nichts gesagt. Uns nur beobachtet. Als der Arzt kam, ist er verschwunden.«

Lepke starrte sie an. »Bist du dir sicher?«

»Ja.«

»Und was sollte das?«

»Keine Ahnung. Es war ein bisschen, als wollte er uns Angst einjagen. Uns zu verstehen geben, dass wir beobachtet werden. Irgendwie so was. Wir dachten, es hat damit zu tun, dass wir vorher nicht gerade sehr freundlich zu den Security-Leuten gewesen waren.«

»Warum habt ihr nichts davon erzählt?«

»Ich weiß nicht. Ich war hinterher auch ziemlich durcheinander wegen Alex' Diagnose. Und dann kamst du mit der Info über den SEK-Einsatz …«

»Warte mal, von was für einer Diagnose redest du? Ich denke, es ist alles in Ordnung.«

»Ist es ja auch! Jedenfalls, was die Verletzung von gestern angeht. Aber der Arzt hat noch was anderes gesagt.« Lina wand sich. »Nur dass ich Alex versprochen habe, nicht darüber zu reden.«

Lepke packte sie hart an den Schultern und schüttelte sie.

»Verdammt, Lina, was ist los? Rede gefälligst!«

»Es hat wohl damit zu tun, was passiert ist, als sie gefoltert wurde. Da muss ihre Gebärmutter verletzt worden sein, jedenfalls kann sie keine Kinder mehr kriegen, darum geht es. Aber wirklich, Lepke, ich hab versprochen …«

Lepke hörte nicht mehr zu. Er hatte sich umgedreht und ging mit hängenden Schultern zur Straße. Lina blickte ihm hinterher, ohne sich zu rühren. Nicht zum ersten Mal hatte sie den Eindruck, dass Lepke und Alex mehr waren als nur Partner. Dass da auch mehr war als nur Freundschaft. Aber sie war sich nicht sicher. Weder Lepke noch Alex sprachen jemals über etwas anderes als die Arbeit, wenn sie dabei war.

Er überquerte die Straße und setzte sich auf die Betonmauer. Seine Hände zitterten, als er Zigarettenschachtel und das Feuer aus der Tasche kramte. Abwesend schweifte sein Blick über die Metallkonstruktion des Bahnhofs. Der Fall, der immer undurchsichtiger wurde, war im Augenblick nebensächlich. Er musste mit Alex reden. Jetzt erst recht. Aber konnte er sie wirklich auf die Diagnose ansprechen? Das Ganze ging ihn nichts an, das war Alex' Privatleben. Doch, es ging ihn etwas an. Und er konnte auch nicht so tun, als ob er von nichts wusste.

*

Fast behutsam schloss Wagner die Tür des Büros hinter sich. Mit verschränkten Armen lehnte er sich an den Metallrahmen und blickte sie der Reihe nach an. Dann schüttelte er den Kopf.

»Die zwei Verdächtigen sollen im Eilverfahren abgeschoben werden.«

»Ohne Gerichtsverhandlung?« Über Meyers Stirn zog sich eine tiefe Furche.

»Ohne Gerichtsverhandlung.«

»Das geht nicht.« Lepke stand auf. »Beide haben einen Asylantrag gestellt. Sie können nicht einfach abgeschoben werden. Paragraf 53 des Aufenthaltsgesetzes.«

Wagner holte tief Luft. »Wenn die öffentliche Sicherheit und Ordnung bedroht ist, kann ein Asylverfahren ohne Prüfung der Anerkennung eingestellt werden. Das ist sehr wohl möglich. Auch wenn es mir und Ihnen aus welchen Gründen auch immer nicht gefällt.«

»Apropos nicht gefallen«, setzte Alex an. »Es gibt da etwas, worüber wir vielleicht reden sollten. Wir alle hier, als Team.«

Weiter kam sie nicht. Lepke nickte und räusperte sich.

»Ich denke, das ist meine Sache. Ich weiß nicht, was da gestern gelaufen ist. Aber ich ... wir alle hier brauchen eine Einschätzung, woran wir mit Ihnen sind. Sonst weiß ich nicht, wie das weitergehen soll. Wir versuchen hier, unsere Arbeit zu machen ...«

»Stopp!« Wagner streckte die Hand aus. »Zunächst mal, auch bei Ihnen passt mir so einiges nicht. Das betrifft vor allem, was Sie sich hier herausnehmen.« Sein Zeigefinger wies auf Alex. »Schreibtischdienst, Frau Gode? Gab es da nicht eine klare Anweisung?« Der Zeigefinger wanderte weiter zu Lepke.

»Ja und?«, fragte Lepke gereizt. »Ich bin gespannt, was jetzt kommt?«

Wagner warf unvermittelt die Arme hoch. Er brüllte. »Nichts, nichts kommt jetzt. Vergessen Sie's. Ich streite mich doch nicht mit Ihnen wegen Ihrer andauernden ...«

»Subordinationen?«, schlug Meyer vor.

»Was?«, fragte Lina irritiert.

»Unterwanderung der Befehle eines Vorgesetzten.«

»Danke«, sagte Wagner. »Subordination, genau. Aber das habe ich gar nicht nötig.« Jetzt fuchtelte er mit dem Zeigefinger in der Luft herum. »Sie sind ein Team, Sie sind verdammt gut in Ihrer Arbeit, Ihre

Aufklärungsquote ist weit über dem Durchschnitt, ich müsste doch bescheuert sein, wenn ich da auf irgendwelchen Paragrafen rumreiten würde …« Er brach ab, als hätte er den Faden verloren.

»Ich kapiere gerade gar nichts«, warf Alex ein.

Wagner trat einen Schritt vor und senkte die Stimme.

»Sie sollten mich langsam wirklich gut genug kennen, um zu wissen, dass ich hinter Ihnen stehe. Aber die Situation, die wir im Moment haben, ist äußerst heikel, was jetzt noch freundlich formuliert ist. Mir sind da quasi die Hände gebunden, und zwar von ganz weit oben. Was jedoch nicht heißt, dass ich mein Einschätzungsvermögen völlig verloren hätte.«

»Womit Sie sagen wollen, dass es auch Ihnen auffällig vorkommt, wenn plötzlich zwei Leute ohne vorherige Verhandlung abgeschoben werden sollen? Ohne ausreichende Beweislage?«

»Vielleicht gerade deshalb«, bemerkte Meyer halblaut. »Die Abschiebung, meine ich. Weil die Beweise vollkommen unzureichend sind.«

Wagner nickte. »Deswegen bin ich hier. Aber das muss unter uns bleiben.«

»Soll heißen?«

Wagner flüsterte jetzt.

»Sie arbeiten jetzt selbstverständlich an dem Mord des Security-Mannes. Aber nutzen Sie das, um sich weiter umzuhören. Verfolgen Sie Ihren ursprünglichen Ansatzpunkt, dass es da einen Zusammenhang zwischen den Kindstötungen gibt. Alles unter dem

Radar natürlich. Ich werde Sie jedoch nicht rausboxen können, falls das auffliegt. Aber ich drücke ein Auge zu und frage ganz bestimmt nicht nach, was Sie die nächsten zwei Tage machen. Ist das angekommen?« Er blickte sie fast beschwörend an.

»Verstanden, Chef«, sagte Meyer und hob die Hand, als wollte er salutieren.

Wagner drehte sich um, öffnete die Tür und verschwand.

»Also los«, sagte Lepke. »Ihr habt es gehört. Ich mache den Anfang: Es gibt zwei mögliche Szenarien. Entweder ist der Security-Mann umgebracht worden, weil er von etwas wusste, und dieses Wissen stellt ein Risiko für jemand anderen dar.«

»Oder er hat etwas getan, wofür sich jemand an ihm gerächt hat.« Lina.

»Beide Szenarien würden aber auch passen in Bezug auf die Kinder.« Alex.

»Wie meinst du das?« Lepke.

»Entweder er wusste mehr über den Fall, als gut für ihn war, oder er hat selbst etwas mit den Morden zu tun. Jemand hat sich an ihm gerächt. Jemand wollte ihn stoppen?«

»Rächen hieße dann … die Flüchtlinge selber?« Meyer.

»Wenn es Eifersucht ist oder was anderes unter den Security-Leuten, hat es aber wahrscheinlich doch nichts mit den toten Kindern zu tun.« Lina.

»Wir fahren zum Lager. Jetzt. Lina und ich. Alex und Meyer kümmern sich um die Gerichtsmedizin.« Lepke blickte Alex nicht an. »Wir brauchen

Ergebnisse. Ich glaube, wir haben noch was gut bei Meyer 2, erinnert ihn ruhig daran.«

*

Im Container, der der Security-Mannschaft als Aufenthaltsraum diente, war es heiß. Die Sonne brannte auf die Außenwand. Die drei Männer, die gerade Pause machten, hatten sich ihre Jacken ausgezogen und wischten sich in regelmäßigen Abständen den Schweiß von der Stirn. Lepke spürte, wie sich auch bei ihm die Schweißtropfen sammelten.

Das Gespräch war zäh, die Männer waren mehr an Linas nackten Beinen als an ihrem toten Kollegen interessiert und gaben nur widerwillig einsilbige Antworten. Wenn überhaupt. Als nach einigen Minuten die Tür aufgerissen wurde, hatten Lepke und Lina so gut wie keine Informationen erhalten.

Der Mann, der sich jetzt vor ihnen aufbaute, war groß und korpulent. Seine grauen Haare waren auf Millimeterlänge geschoren, sein geröteter Nacken war mit dem farbigen Tattoo einer Schlange verziert.

»Solange ich nicht dabei bin, wird mit überhaupt keinem geredet, haben wir uns verstanden?«

Wer wen verstanden haben sollte, war nicht ganz klar, sein Blick wechselte zwischen den Männern und Lepke und Lina. Dann konzentrierte er sich auf Lepke. »Rolf Eckert, ich bin der Chef der Jungs. Und Sie?«

Seine ohnehin schon kleinen Augen wirkten jetzt noch kleiner.

»Hauptkommissar Lepke, meine Kollegin Czaja, LKA. Wir ermitteln im Mordfall Ihres Kollegen René Markwart.«

»Unser Beileid, Herr Eckert.« Lina beugte sich vor. »Seit wann hat Herr Markwart denn für Sie gearbeitet?«

»Seit wann, seit wann!« Eckert rieb sich den wulstigen Nacken. »Zunächst nur als Aushilfe, in den letzten drei Jahren dann fest.«

»Das heißt, Sie kannten ihn recht gut?«, hakte Lina nach.

Eckert machte eine abwehrende Handbewegung. »Ich steh mir schon lange nicht mehr die Beine in den Bauch, das sollen die Jungs machen. Ich hab den René nur im Büro gesehen, wenn es um Schichtplanbesprechungen ging oder so.«

»Aber dann sollten wir vielleicht doch mit Ihren Jungs reden?«

Eckert kniff den Mund zu einem schmalen Spalt zusammen. »Solange ich dabei bin, okay.« Er nickte. »Fragen Sie sie! Aber sie wissen auch nichts.«

Lepke drehte sich zu den Security-Männern, die betont gelangweilt auf ihren Stühlen saßen und in die Luft starrten. »Also, irgendeine Idee, mit wem oder worauf sich René Markwart vielleicht eingelassen hatte? Irgendjemand, mit dem er in letzter Zeit Streit hatte? Feinde?«

Niemand gab eine Antwort.

Eine Fliege versuchte vergeblich, die Scheibe nicht als Hindernis zu akzeptieren.

Lepke spielte mit seiner Zigarettenschachtel.

Nach einer Weile richtet sich der Mann, der ihm am nächsten saß, fast unmerklich auf. Als könnte er es nicht länger mit ansehen, wie Lepke eine Zigarette aus der Packung zog, zwischen den Fingern drehte, zurückschob, wieder herauszog. Seine kurzen blonden Haare waren zurückgegelt, auf dem muskulösen Oberarm trug er das Tattoo einer nackten Frau, der ein Messer im Bauch steckte. Aus der gemalten Wunde tropfte rotes Blut. Bevor er zu einer Antwort ansetzte, warf er Eckert einen schnellen Seitenblick zu.

Lepke nahm den Blick ohne Kommentar zur Kenntnis. Ebenso wie Eckerts Reaktion, ein kurzes Zusammenkneifen des linken Auges.

»Der René war ein sehr zurückgezogener Mensch. Keine Ahnung, was der so anstellte. Vielleicht hat ihn ja seine Alte beim Fremdgehen erwischt.« Die anderen lachten. Der Blonde blickte jetzt hoch, als hätte ihre Zustimmung ihm Mut gemacht. »Oder einer der Scheißkanaken da drin hat ihn niedergestreckt.«

Wieder sah er zu seinem Kumpel hinüber.

»Genau.« Die Antwort erfolgte prompt. »Da, wo die herkommen, gibt's doch sowieso keine Regeln.«

Eckert verlagerte sein Gewicht auf das andere Bein. »Das reicht. Genug gequatscht.«

Sofort war Ruhe.

Solange ihr Chef anwesend ist, werden die Männer ihnen keine Auskünfte geben, dachte Lepke. Es war klar, dass Eckert seine Leute eben nicht zurechtgewiesen hatte, weil er sich am Inhalt ihrer Aussagen störte, sondern weil er nicht wollte, dass seine Männer diese Haltung, die wahrscheinlich auch seine eigene war, unnötig herumposaunten.

»Dann bedanken wir uns fürs Erste. Wir werden aber sicher noch mal auf Sie zukommen. Einen schönen Tag noch.«

Er drängte sich an Eckert vorbei, der keinen Zentimeter Platz machte, und hielt Lina die Tür auf. Sie waren noch nicht weit gekommen, als sie hinter sich das Lachen der Männer hörten.

Lina warf ihre Locken zurück. »Ohne den Chef wären die Typen vielleicht blöd genug, um sich zu verplappern, aber so … Ekliger Typ! Die anderen genauso. Und zwar alle, ohne Ausnahme. Das habe ich neulich schon gedacht, als ich mit ihnen geredet habe. Keinem von ihnen möchte ich nachts irgendwo alleine begegnen.«

»Wir werden sie vorladen«, sagte Lepke. »Und zwar einzeln. Einen nach dem anderen.«

»Gut, ich freu mich drauf. Und jetzt?«

»Du erinnerst dich an die Geschichte von der fast blinden Frau?«

»Natürlich.«

»Ich hatte deinen Kontaktmann im Büro gebeten …«

»Er ist nicht mein Kontaktmann.«

Lepke überging ihren Einwand.

»… ihren Namen herauszufinden, aber er hat sich bislang nicht gemeldet. Da wir schon mal hier sind, können wir uns vielleicht selbst umsehen. Wie gesagt, sie wirkt wie mindestens achtzig, auch wenn sie womöglich jünger ist. Gebückte Haltung, nimmt die Stellwände zu Hilfe, um sich voranzutasten. Hat einen milchigen Schleier über den Augen. Ich denke, dass sie früher mal sehr schön war«, setzte er unvermittelt hinzu. »Ein feines Gesicht, sehr hohe Wangenknochen, große Augen. Wahrscheinlich hatte sie schwarze Haare, jetzt natürlich grau, zu einem langen Zopf geflochten, der ihr über die Schulter hängt. – Wollen wir?« Lepke nickte mit dem Kopf zu den Hallen hinüber.

»Müssen wir nicht vorher Bescheid geben? Muss nicht der Leiter der Einrichtung informiert werden?« Sie hob die Schultern, als sie Lepkes Gesichtsausdruck sah. »Okay, dann eben nicht, auch gut. Wenn du das sagst, ich bin dabei.«

Nervös plappernd folgte sie Lepke.

Langsam durchquerten sie die Gänge. Lepke bog mal nach rechts, mal nach links ab. Ein Muster ließ sich nicht erkennen.

Die Flüchtlinge in den Quadraten reagierten kaum. Mehrmals fragte er einige von ihnen, wobei er die alte Frau als Großmutter beschrieb und dafür das türkische Wort benutzte: *büyükanne*. Die Antwort war immer identisch: Kopfschütteln oder Schulterzucken.

Lina stieß einen spitzen Schrei aus, als ihr plötzlich jemand von hinten die Hand auf die Schulter legte und sie festhielt.

Lepke wirbelte herum.

»Lassen Sie die Kollegin los. Sofort.«

Betont gelassen nahm Eckert die Hand zurück. »Und was wird das hier?« Breitbeinig und mit verschränkten Armen wippte er vor und zurück.

Hinter ihm erschien der vor Nervosität zwinkernde Leiter der Unterkunft.

»Ja, was wird das?«, echote er. Seine Stimme drohte wegzukippen.

»Wir sehen uns nur um.« Auch Lepke verschränkte die Arme. »Haben Sie damit ein Problem?«

Eckert drehte sich zu Fuchs.

»Haben wir, oder?«

»Haben wir«, bestätigte Fuchs. In einem plötzlichen Anfall von Selbstbewusstsein schob er sich an dem Chef der Security vorbei und heftete Lepke seinen Zeigefinger auf die Brust.

»Habe ich. B-Care ist ein Privatunternehmen. Wenn Sie sich umsehen wollen, holen Sie sich einen Durchsuchungsbeschluss. Bis dahin heißt es für Sie: Tschüssikowski, guter Mann!«

Sein Griff kam so schnell, dass Fuchs schon auf den Knien war, als Lepke den Zeigefinger wieder losließ.

Eckert war unwillkürlich vorgetreten, seine Arme hingen jetzt locker herab.

»Machen Sie keinen Fehler«, warnte ihn Lepke. Dann beugte er sich zu Fuchs.

»Ende der Kooperation, Herr Fuchs, ja? Wollten Sie das sagen?«

»Das … das wird Konsequenzen haben für Sie.«

»Was?«, fragte Lepke. »Ich weiß nicht, wovon Sie reden. Sie haben mich bedroht. Meine Kollegin wird das ebenso bezeugen wie … Ihr Gorilla da.«

Er blickte Eckert so lange in die Augen, bis der den Blick senkte und fast unmerklich nickte.

»Ich hab es nicht genau gesehen, ich war abgelenkt.«

»Danke, ich sehe, wir verstehen uns.«

Als sie aus der Halle traten, sagte Lina: »Beeindruckend.«

»Aber dämlich.«

»Man zeigt aber auch nicht mit dem nackten Finger auf angezogene Leute! Hat mir meine Mutter beigebracht.«

Lepke starrte Lina mit offenem Mund an, dann prustete er los.

*

»Wir wissen nun, dass die Security-Mannschaft definitiv rassistisch ist und der Chef schlauer als seine Leute«, sagte Lina auf Meyers fragenden Blick hin, nachdem sie wieder ins Büro zurückgekehrt waren.

»Wir haben nichts. Habt ihr was?« Lepke ließ sich genervt auf seinen Stuhl fallen.

»Ich hab einen neuen Hinterreifen auf meinem Motorrad«, gab Alex als Antwort. Es war nicht zu überhören, dass sie Lepke provozieren wollte. »Wenigstens bei der Fahrbereitschaft gibt es noch Leute, auf die man sich verlassen kann.«

»Okay, Alex, ich hab's zur Kenntnis genommen. Aber vielleicht können wir jetzt bitte …« Er blickte zu Meyer.

Meyer zog ein paar Papiere zu sich heran und beugte sich vor.

»Mit der Rechtsmedizin, das war ein Schuss in den

Ofen. Meyer 2 ist noch nicht so weit, er ist immer noch mit dem Brandopfer beschäftigt. Außerdem hat er sich einen Virus eingefangen, Magen-Darm. Er hat sich da unten einen alten Eimer neben seine Leichen gestellt, den er auch alle paar Minuten benutzt.«

Lina machte ein angewidertes Gesicht und schlug sich die Hand vor den Mund.

»Ja, fanden wir auch«, bestätigte Meyer. »Deshalb wollten wir ihn dann auch nicht länger stören. Aber ganz tatenlos waren wir nicht. Wir haben ein paar Infos über René Markwart aus dem Netz gefischt. Nichts wirklich Aufregendes, aber wir fanden etwas zu dem Chef der Truppe und den anderen Wachleuten. Und da wird es spannender. Was wollt ihr zuerst hören?«

Lepke zuckte mit den Schultern. »Markwart, um die Spannung nach und nach zu steigern.«

Meyer grinste. »René Markwart, zweiundzwanzig Jahre alt, in Berlin-Hellersdorf geboren, hat hier auch die Hauptschule besucht. Hat dann als Aushilfe bei unserer Security-Firma angefangen, bis er mit neunzehn fest eingestellt wurde. Keine feste Freundin, keine Familie. Zumindest keine, die ihn vermisst. Hat einige Freunde in der Naziszene, ist aber selbst nie groß aufgefallen. Und jetzt kommt's! Offensichtlich war er ziemlich eng mit seinem Chef.«

»Sieh einer an«, sagte Lepke. »Das klang vorhin allerdings ein bisschen anders.«

»Dieser Eckert hat behauptet, ihn nur von den Dienstplanbesprechungen zu kennen«, warf Lina erklärend ein.

Alex schüttelte den Kopf. »Markwarts Facebook-Profil ist voll mit Fotos, auf denen beide zu sehen sind. Er mit Eckert trinkend, Arm in Arm. Der schien so was wie ein Vater für ihn zu sein. Sein großer Held. Aber machen wir mal weiter mit diesem Eckert. Der Typ ist interessant. Hat einige Zeit als Fitnesstrainer gearbeitet, bevor er vor neun Jahren die Security-Firma gründete. Eher als Ein-Mann-Betrieb mit ein paar Aushilfen. Lief zu Anfang nicht besonders gut, viele Schulden, nur kleine Aufträge, und die ausschließlich bei Neonazikonzerten. Dann erhielt er ein paar feste Aufträge bei mehreren Bordellen, Türsteherjobs vor allem. Bis er vor zwei Jahren verdammt groß wurde und Leute eingestellt hat. Security für Privatfeiern einiger Politiker, unter anderem für die Weihnachtsempfänge des Innensenators. Letztes Jahr hat er dann den Zuschlag für den Schutz der Notunterkünfte von B-Care gekriegt.«

»Und«, machte Meyer nach einer kleinen Pause weiter, »es gibt da eine durchaus ansehnliche Liste mit äußerst illustren Freunden. Verbindungen in die Naziszene genauso wie zu den Hells Angels. Seine Freundin ist übrigens eine gewisse Nadine Teske, frühere Geliebte des Geschäftsführers des Apollo und dort immer noch zuständig für den Escortservice.«

Lepke pfiff durch die Zähne. »Das Apollo? Wir reden von einer Verbindung zu Berlins größter Sauna-Bordell-Landschaft? Hatte dieses Unternehmen nicht auch Probleme mit den Kollegen von der Steuerfahndung? Da war doch irgendwas …«

»Da war was«, bestätigte Alex. »Aber es ging

nicht nur um Steuerhinterziehung, sondern auch um den Verdacht auf Menschenhandel.«

»Wobei nach dieser Vermutung kaum noch erwähnenswert erscheint, dass Eckert eine schöne Latte an Vorstrafen hat. Messerstecherei. Erpressung. Unerlaubter Waffenbesitz. Und noch mehr in dieser Richtung.« Meyer grinste abermals.

»Gute Arbeit«, sagte Lepke anerkennend.

»Wir sind noch nicht fertig.« Alex stand auf und trat an Lepkes Schreibtisch. Als sie sich mit den Händen auf die Platte stützte und sich vorbeugte, sah es so aus, als würde sie nur mit ihm reden. Die anderen im Raum existierten nicht mehr. »Wir haben tatsächlich einen Fall gefunden, der sich mit dem deckt, was dir diese alte Frau im Lager erzählt hat.«

»Dass dort Frauen verschwinden?«

»Nicht direkt verschwinden. Aber ich habe mit einem Arzt telefoniert, der früher von B-Care geholt wurde, wenn es um kleinere Sachen ging, wegen denen die Leute nicht ins Krankenhaus mussten. Allgemeinmediziner, er hat seine Praxis gleich um die Ecke der Notunterkunft. Er hat mir erzählt, dass er im Lager einmal eine schwangere Frau behandelt hat. Sie wollte abtreiben, weil das Kind durch eine Vergewaltigung entstanden war. Nach ihrer Schilderung war sie eines Nachts aus dem Lager abgeholt und von den Security-Typen irgendwo hingebracht worden. An alles Folgende konnte sie sich nicht erinnern, nur dass sie morgens mit Schmerzen im Unterleib wieder im Lager aufwachte.«

»Und dann?«

»Bevor der Arzt etwas unternehmen konnte, teilte ihm der Leiter der Unterkunft mit, dass sie in Zukunft auf seine Dienste verzichten würden. Ohne Erklärung, nur dass er nicht wiederzukommen bräuchte. Er weiß nicht, was mit der Frau passiert ist. Er hat auch keinen Namen, sie hatte ihm einen falschen genannt.«

Alex ging zurück zu ihrem Platz und setzte sich. Sie legte die Füße auf die Schreibtischplatte und blickte Lepke abwartend an.

»Wir haben also einen möglichen Fall von Vergewaltigung, bei dem die Security-Mannschaft in irgendeiner Weise beteiligt war. Und wir wissen, dass der Chef dieser Mannschaft, Eckert, in Verbindung mit Prostitution beziehungsweise wahrscheinlich Zwangsprostitution steht. Da wird doch langsam ein Schuh draus.«

»Ja, aber wir haben keinerlei Beweise«, wandte Lina zögernd ein.

Lepke schlug mit der flachen Hand auf den Tisch. »Die These ist Zwangsprostitution von Flüchtlingen.«

»Und wie passen dann die Morde ins Bild?«, gab Meyer zu bedenken.

»Vielleicht wurden die Kinder als Drohung umgebracht?«, überlegte Lina. »Von den Arschlöchern der Security? Damit die Frauen nicht reden?«

»Und René Markwart wusste zu viel«, ergänzte Meyer. »Vielleicht wollte der reden. Da hat sich keiner an ihm gerächt, sondern umgekehrt. Er wollte sich an einem der anderen rächen oder an allen. Für was auch immer. Oder er wollte sie erpressen. Auf jeden Fall mussten sie ihn zum Schweigen bringen.«

Alex hob die Hand.

»Ihr könntet recht haben. Vergiften, ersticken, das könnte eine unmissverständliche Warnung sein. Die Frauen würden wissen, worum es geht: Wenn ihr nicht mitmacht oder wenn ihr nicht schweigt, nehmen wir euch eure Kinder! Aber das letzte Mädchen, fast liebevoll zugedeckt, das passt nicht. Und die beiden Geschwister auf der Wiese …«

Sie musste wieder an die Trauer und den Schmerz in Tahmineh Talibs Augen denken. Und an den Verdacht, den sie gehabt hatte, als die Mutter sich weigerte, mir ihr zu sprechen.

Lepke fuhr sich durch die Haare, bis sie wirr nach allen Seiten abstanden.

»Nächste Frage: Wer ist womöglich noch involviert? Eckert hat offensichtlich Kontakte zu Politikern, und unser Fall wurde plötzlich von oben gesteuert, bis hoch zum Innensenator. Wer hat da alles seine Hände im Spiel? Wer hat ein Interesse daran, dass das Ganze unter den Teppich gekehrt wird? Die Täter sind überführt, werden im Eilverfahren abgeschoben, fertig. Fall gelöst. Pressemitteilung raus, dass wir sehr wohl durchgreifen können, wenn wir nur wollen.«

In diesem Moment klopfte es an der Tür.

»Ja?«, blaffte Lepke.

Die Frau mit den kurzen blonden Haaren hatte mehrere Plastikbeutel in der Hand, unter dem Arm trug sie ein Klemmbrett. Sie blickte sich irritiert im Raum um, bevor sie entschuldigend sagte: »Ich war noch nie in einem Büro der Mordkommission. Ich dachte, hier sieht es irgendwie brutaler aus. Überall Fotos von zerstückelten Leichen und so.«

»Tut mir leid, wenn Sie enttäuscht sind«, sagte Lepke und griff nach seinem Kaffeebecher. »Aber vielleicht versuchen Sie es mal im Keller unten, da hätte der Kollege gerade ein schönes Brandopfer für Sie. Sonst würde mir nur noch die Geisterbahn einfallen. War's das dann?«

Ihr Gesicht lief knallrot an. Ihre Stimme kickste, als sie sagte: »Oh, sorry, ich hab mich gar nicht vorgestellt.« Sie tippte auf das Namensschild an ihrer Jacke. »Ich komme von der Dienstaufsicht, wir sind damit beauftragt, Ihre Waffen einzusammeln, wegen dieser Probleme mit der PPK. Sie können sich Ihre neuen Dienstwaffen in Raum eins zwo eins sieben abholen. Im ersten Stock. Sie bekommen eine SIG Sauer P6, das ist jetzt ohnehin das aktuelle Modell für die Polizei, Sie waren da noch ein bisschen hinter dem Mond hier.« Sie ruckte nervös mit dem Kopf. »War nicht so gemeint, tut mir leid.«

»Mir auch«, sagte Lepke. »Ich hatte nie Probleme mit der PPK, die Kollegen auch nicht.« Er öffnete sein Schulterhalfter, um ihr die kurznasige Walther auszuhändigen.

»PPK heißt übrigens nicht ›Polizeipistole kurz‹«, legte sich Meyer unerwartet ins Zeug. »Denken ja viele, stimmt aber nicht! Das ›K‹ steht für ›Kriminal‹, haben Sie das gewusst?«

»Nein, das ... nein, wusste ich nicht. – Ich brauche dann hier nur noch die Unterschriften von Ihnen.«

Sie ging mit ihren Tüten und dem Klemmbrett von Platz zu Platz, hatte es jetzt aber eindeutig eilig, das Büro wieder zu verlassen.

Als die Tür hinter ihr ins Schloss fiel, lachte Alex laut auf.

»Vielleicht sollten wir tatsächlich ein paar Fotos von René Markwart aufhängen, wenigstens um den Schein zu wahren«, meinte Meyer.

*

Alex hatte die BMW zu Hause stehen lassen. Im Sommer war sie manchmal gern zu Fuß unterwegs. Und sie hatte Lust, etwas zu trinken. Einen Whiskey, vielleicht auch zwei. Als sie am Hermannplatz aus der U-Bahn stieg, war es noch hell. Langsam lief sie die Sonnenallee hinunter. Sie mochte den chaotischen Verkehr, die auf der rechten Fahrbahn parkenden Autos, das Hupen und die lauten Rufe, selbst das Geschrei von Jugendlichen, die sich großspurig als kleine Helden des Alltags produzierten. Und die an Kitsch nicht zu überbietenden Brautkleider in den Schaufenstern, die Gemüseläden und Falafel-Imbisse, die türkischen Männergruppen, die sich Tee trinkend den Fußweg mit den Rollatoren der Rentner teilten. All das hatte eine beruhigende Wirkung auf sie.

Sie bog nach links in die Pannierstraße ab, den japanischen Nudelladen an der Ecke kannte sie ebenso wenig wie die Kneipe gleich daneben, die damit warb, ausschließlich Biersorten kleiner Berliner Braumanufakturen auszuschenken. Die Namen hatte sie noch nie gehört. »Berliner Berg«, »Vagabund«, »Heidenpeters« oder »Hops & Barley«. Alex war schon lange nicht mehr hier gewesen, die Gentrifizierung fraß und trank sich hungrig durch die ehemaligen Arbeiterviertel. Sie fragte sich, ob es ihre Stammkneipe überhaupt noch gab. Und ob wenigstens da alles war wie immer.

Erleichtert atmete sie aus, als sie die Tür öffnete und den notorisch langsamen Barkeeper hinter der Theke erkannte. Auch die zwei alten stummen Männer saßen auf ihren Plätzen am Ende der Bar. Vielleicht waren es auch zwei neue stumme alte Männer. Aber sie erfüllten ihren Zweck.

Alex schob sich auf den freien Hocker neben Lepke. Mit einem Nicken gab der Barkeeper ihr zu verstehen, dass er sie erkannt hatte. Mit den üblichen schläfrigen Bewegungen goss er ihr einen Whiskey ein. Lepke trank ebenfalls Whiskey.

Alles war wie immer. Und doch anders. Ihr Leben hatte sich verändert. Sie hatte sich verändert. Ob Lepke damit zurechtkommen würde, musste sich erst noch zeigen.

Er hob sein Glas. Wortlos prosteten sie sich zu.

Aus den Lautsprechern plärrte ein Popsong, den sie schon lange vergessen hatte. »American Pie«. Madonna.

Alex blickte aus dem Fenster. Im Halbschatten auf der anderen Straßenseite lehnte ein Mann und sah zu ihnen hinüber. Sie konnte sein Gesicht nicht erkennen, erst als er sich von der Mauer abstieß, erinnerte sie etwas an ihm an Marcel. Aber das konnte nicht sein.

Soweit sie wusste, arbeitete er mit Ines weiterhin am Rostock-Fall. Und genau dahin, an die Hansestadt an der Ostsee, waren sie vor einigen Tagen gefahren, um sich mit den Kollegen vor Ort auszutauschen.

Der Barkeeper schob ihnen unaufgefordert eine zweite Runde hin. Lepke räusperte sich.

»Ich weiß nicht, wie ich anfangen soll.«

»Gib dir keine Mühe. Lina hat gequatscht, ich habe es in deinen Augen gesehen, als ihr zurück ins Büro kamt. Und deshalb hast du mich auch nicht zum Tempelhof mitnehmen wollen.«

»Nein, so war das nicht. Oder doch, ja, stimmt. Aber sie wollte es nicht sagen, im Gegenteil. Ich brauchte ein paar Tricks, um es überhaupt aus ihr herauszukriegen.«

»Blödsinn. Sieh es mal so, Lepke, andere in meinem Alter sind längst krepiert. Brustkrebs, Bauchspeicheldrüsenkrebs, was weiß ich. Es gibt Schlimmeres, als keine Kinder bekommen zu können. Und ich lebe! Ich habe auch vor, das noch ein bisschen länger zu tun. Wenn du so willst, bin ich zum zweiten Mal geboren worden, nachdem du mich gefunden hast. Klingt vielleicht ein bisschen pathetisch, ist aber so.« Alex holte tief Luft. Sie versuchte ein Lächeln. »Ich muss mich nur noch daran gewöhnen. Aber ich trinke nicht mehr so viel, ich rauche weniger, zumindest manchmal«, fügte sie grinsend hinzu. »Ich bin anständig geworden, stell dir das mal vor!«

»Sex?«

»Vermisse ich nicht. Meistens jedenfalls. Allerdings ...«

Sie brach ab und kippte ihren Whiskey in einem Schluck hinunter.

Maja, hatte sie sagen wollen. Ich vermisse Maja. Nicht nur den Sex mit ihr. Ich vermisse ihr Lachen, ihre Geschichten, das Leuchten ihrer Augen, wenn sie von einem neuen Projekt erzählt. Ich vermisse alles an ihr und weiß nicht, was überhaupt los ist, was mit uns passieren wird, wenn wir uns wiedersehen.

Stattdessen sagte sie: »Es tut mir leid, wenn ich mich manchmal blöd benehme. Es geht nicht gegen dich.«

»Dito.«

Er sieht müde aus, dachte sie. Und er verbirgt etwas, etwas, das er mir sagen will. Aber wir fangen ja gerade erst an, uns wieder vorsichtig zu nähern.

»Reden wir über unseren Fall?«

Er blickte überrascht auf, nickte dann aber und kratzte sich über seinen Dreitagebart. »Reden wir über unseren Fall. Irgendeinen Zusammenhang muss es zwischen den Morden und der Zwangsprostitution geben.«

Alex registrierte erleichtert, dass er ohne Probleme bereit war, sich auf ein neutrales Thema einzulassen.

»Vielleicht haben die Kinder etwas gesehen, was sie nicht hätten sehen sollen. Vielleicht hatte jemand Angst, dass sie davon erzählen könnten.«

»Alle vier Kinder? Unabhängig voneinander? Und im ersten Fall sind wir uns doch sicher, dass die Mutter selbst …«

»Vielleicht war es kein Selbstmord. Vielleicht hat sie ihre Tochter auch nicht umgebracht. Das Kind hat geredet, die Mutter wusste jetzt Bescheid, also mussten sie beide …«

»Meyer 2 behauptet etwas anderes. Eindeutiger Suizid. Keine Spuren von Fremdeinwirkung.«

Alex war müde. Sie merkte, dass sie Mühe hatte, sich zu konzentrieren.

»Die Kinder konnten auch eine Belastung sein«, setzte Lepke erneut an. »Die Mütter hatten aufgrund der Kinder zu wenig Zeit für die Prostitution.«

Seine Stimme tropfte vor Zynismus.

»Aber warum dann überhaupt Mütter? Es gibt doch in der Notunterkunft genügend Frauen ohne Kinder – warum haben sie sich nicht einfach die ausgesucht?«

»Mütter sind erpressbar. Die anderen Frauen haben nichts zu verlieren.«

»Diese Rechnung geht nicht auf, Lepke. Dann hätten sie den Frauen doch genau das genommen, was sie zu verlieren hatten. Also das Druckmittel, von dem du sprichst.«

Lepke trommelte nervös mit den Fingern auf dem Tresen.

»Die Securitys sind doch eindeutig Nazis, oder sie haben zumindest Verbindungen zu den Rechten. Wollten sie womöglich die Flüchtlinge dazu bringen, dass sie in ihre Heimat zurückgehen?«

»Was?«, fragte Alex irritiert.

Lepke zuckte mit den Schultern. »Ein ganz perfider Plan: Wir bringen eure Kinder um, wenn ihr nicht alle verschwindet.«

Alex tippte sich an die Stirn.

»Okay«, sagte Lepke, »bescheuerter Gedanke, gebe ich zu.«

»Außerdem fehlt da der Zusammenhang zur Prostitution. Wir drehen uns im Kreis.« Alex schob dem Barkeeper ihr leeres Glas hin.

»Ich dachte, du trinkst nicht mehr so viel«, bemerkte Lepke leise.

»Muss an dir liegen. – Verdammt!«, rief Alex gleich darauf und ballte die Hand zur Faust. »Wir wissen ja noch nicht mal, ob es auf dem Tempelhof überhaupt Zwangsprostitution gibt!«

»Wir nehmen das Lager auseinander. Dieses B-Care ... Wofür steht das überhaupt? Egal, diese ganze Organisation, die Scheißsecurity und die Flüchtlinge, wir durchleuchten das komplett.«

»Und alles unter dem Radar, ja? Ohne Staub aufzuwirbeln! Also du und ich als Undercoveragenten? Nur blöd, dass sie unsere Gesichter kennen. Aber vielleicht helfen ja ein bisschen Schminke und eine Perücke.«

»Hör auf, Alex, das ist nicht witzig.«

Als sie nach dem dritten Glas die Kneipe verließen, war es immer noch warm. Alex drehte sich eine Zigarette für den Weg.

Lepkes Handy klingelte.

Eine Weile starrte er auf das Display. Dann drückte er die Nummer weg und warf das Handy unvermittelt auf den Gehweg. Als er den Fuß hob und zutrat, zersplitterte das Gehäuse unter dem Absatz seines Schuhs.

»Alles okay?«, fragte sie vorsichtig. »Was ist los?«

Lepke fixierte sie, als würde er erst jetzt realisieren, dass er nicht allein war. »Was los ist?« Seine Stimme überschlug sich. »Ich habe keinen Bock mehr auf die ganze Scheiße. Auf das hier, auf mich, auf dich! Das ist los.«

Alex machte einen Schritt auf ihn zu.

Lepke wich zurück. Sie sah, dass seine Unterlippe zitterte, als er leise sagte: »Du bist nicht die Einzige hier, die Scheiße erlebt hat. Aber ich kann das nicht mehr, ich kann nicht mehr ständig in der Vergangenheit leben. Die Gegenwart ist schon beschissen genug.«

Vorsichtig berührte Alex seinen Arm. »Wovon redest du?«

Lepke schluckte und zeigte auf die verstreuten Überreste seines Handys. »Das ist meine Exfrau, wenn sie trinkt, dann ruft sie an und will die Vergangenheit zurückholen. Will über unseren toten Sohn reden, über … Ich weiß nicht, was sie eigentlich will.«

Alex starrte ihn an. »Euren toten Sohn? Du hattest … ihr hattet …«

»Unser Sohn wurde erschossen, als er gerade sechzehn war. So. Siehst du. Und du bist auch nicht die Einzige, die nicht darüber reden will.«

»Ich wusste nichts davon. Ich konnte nicht ahnen, dass …«

»Aber gefragt hast du auch nie.«

Er drehte sich auf dem Absatz um und ging. Seine Schuhe machten ein merkwürdig schlurfendes Geräusch. Als hätte er keine Kraft mehr, die Füße zu heben.

Jetzt ist es ausgesprochen, dachte Alex. Das Problem, das sie miteinander haben. Eines ihrer Probleme. Sie wussten kaum etwas über den jeweils anderen. Und sie fragten auch nichts. Sie genauso wenig wie Lepke.

Für einen Moment hatte sie die Idee, hinter ihm herzulaufen. Aber sie schaffte es nicht. Stattdessen bückte sie sich und sammelte die Splitter seines Handys auf. Erst als ihr eine Träne auf den Handrücken tropfte, merkte sie, dass sie weinte. Sie wusste nicht, ob über Lepke oder über sich selbst.

Sie hatte nicht mehr geweint, seit sie ein Kind war. Sie schmeckte das Salzige auf den Lippen, und wieder hörte sie die Stimme ihres Vaters.

Starke Mädchen weinen nicht.

*

Die schwere Eisentür fiel hinter ihr ins Schloss. Dann war es vollkommen still. Eine Weile stand Alex in der Dunkelheit im Flur, ohne sich zu rühren. Es war kühler hier drin als draußen. Sie spürte, wie sich die Haare auf ihrem Arm aufstellten. Aus dem großen Atelierraum hörte sie Rosa miauen. Die Katze war also zurückgekehrt!

Alex machte das Licht an und streifte ihre Stiefel ab. Rosa kam und rieb sich an ihren Beinen. Die tote Maus auf dem Fußboden war verschwunden. Sonst sah alles unverändert aus. Und doch hatte Alex das Gefühl, dass erst kürzlich jemand hier gewesen war. Zögernd rief sie Majas Namen. Als keine Antwort kam, ließ sie sich auf einen Küchenstuhl fallen.

Die Katze beobachtete sie so lange, bis Alex aufstand und ihr frisches Wasser und Futter gab. Beide Schalen waren leer. Wie schon zuvor stürzte sich Rosa auf ihr Fressen. Als hätte sie länger gehungert.

Das unbehagliche Gefühl wurde größer. Mit schnellen Schritten durcheilte Alex das Atelier und öffnete die Tür zum Schlafraum. Sie kam sich vor wie ein Eindringling, als sie zu dem ungemachten Bett trat und ihre Nase in das Kopfkissen drückte. Der Bezug roch leicht muffig, aber weder nach Majas Körper noch nach ihrem Shampoo.

Sie ging zurück zur Küchenzeile und zog sich die Jacke aus. Aus dem Gefrierfach kramte sie eine Pizza, entfernte die Verpackung und schob sie in den Backofen. Als sie nach einigen Minuten fertig war, aß sie im Stehen. Ein bisschen Tomatensaft tropfte auf den Boden. Rosa machte sich gierig über die Flecken her, setzte sich dann auf die Hinterpfoten und wartete auf mehr.

Alex drehte den Wasserhahn auf und wusch sich die Hände. Sie entschied, heute Nacht hierzubleiben. Irgendwann musste Maja ja auftauchen. Vielleicht konnte sie sie herbeisehnen. Wenn sie selbst nur fest genug daran glaubte.

Als sie am nächsten Morgen aufwachte, lag Rosa zusammengerollt auf dem Kissen neben ihrem Kopf.

Maja war nicht nach Hause gekommen.

Eine Weile starrte Alex benommen auf die Katze, die im Schlaf mit den Pfoten zuckte. Dann griff sie nach ihrem Handy. Einem spontanen Gedanken folgend gab sie Majas Namen und das Stichwort »Ausstellung« in die Suchmaschine ein. Es gab nur zwei aktuelle Einträge. Die Dauerausstellung in Luleå in Schweden, die Maja im vergangenen Winter aufgebaut hatte, und irgendeine Performance an der holländischen Grenze, die aber erst für September angekündigt war. Ansonsten hatte sie keine Termine im Sommer.

Es war noch zu früh, um bei der Autovermietung anzurufen und nachzufragen, ob Maja kürzlich einen Sprinter gemietet hatte.

Alex zog sich an, ohne zu duschen. Bevor sie die Wohnung verließ, zerriss sie den leeren Pizzakarton in dünne Streifen und wollte sie gerade wegwerfen, als sie die tote Maus im Papierkorb entdeckte.

*

Über dem Lager steigen schwarze Rauchsäulen in die Luft. Asche regnet vom Himmel. Die Luft ist beißend. In der Nacht hat die Polizei Teile des Lagers geräumt. Sie haben Zelte und Hütten eingerissen und angesteckt. Die Menschen sind gegen ihren Willen mit Militärbussen in andere Notunterkünfte gebracht worden.

Irgendwo explodiert eine Gasflasche. Auch ein Großteil des südlichen Lagers steht jetzt in Flammen. Als die Dämmerung anbricht, legen sich viele Jugendliche und Kinder mit ihren Schlafsäcken draußen vor dem Zaun auf den Boden. Der einsetzende Nieselregen lässt den stinkenden Qualm der Feuer noch dichter werden.

Ein sechsjähriger Junge kriecht auf Händen und Knien durch den Schmutz und bettelt um etwas Suppe. Und vielleicht einen Schlafplatz zwischen den anderen. Seine Decke hat er im Chaos verloren. Als er sich den Regen aus dem Gesicht wischt, vermischt sich der Dreck mit dem Blut aus seiner Nase. Er hat Angst. Er ist allein. Der Verband um den Stumpf an seinem rechten Bein hat sich gelöst. Die Narbe ist entzündet und schmerzt.

Zwischenspiel 2

Die Kamera ist immer noch auf das Bett gerichtet. Das Licht unverändert. Auf dem roten Laken mischt sich Sperma mit Blut. Die achtlos beiseitegeworfenen Saunatücher sind über den Boden verstreut. Eins ist so rot durchtränkt, dass das Blut von der Baumwolle auf den Teppich tropft.

Der Spiegel über dem Bett reflektiert die Details der Qual, der Spiegel an der Frisierkommode bemüht sich nach Kräften, dem anderen in nichts nachzustehen.

Nach Stunden erst lassen die Männer von ihrer Beute ab. Erschöpft ziehen sie sich zurück, wie ein gesättigtes Rudel Wölfe. Die Lefzen noch hochgezogen von der Gier nach Blut und frischem Fleisch. Die gelben Zähne entblößt.

Einer der Männer zerrt die ältere Frau auf den Stuhl und fesselt sie. Sie zittert vor Anspannung. Ihre Augen schreien in stiller Panik. Sie weiß, was gleich geschehen wird. Sie hat das alles schon einmal mitgemacht. Vielleicht auch öfter. Der Alptraum ist noch lange nicht vorüber. Eigentlich beginnt er erst. Sie schließt die Augen, sie will das Leben ausblenden, das längst kein Leben mehr ist.

Der Mann mit den Cargohosen bringt die Kinder in das Zimmer. Einzeln. In aller Ruhe. Dann schließt er die Tür. Weinend laufen die Kinder zu ihren Müttern, pressen sich an sie, glauben sich für einen Moment gerettet. Aber ihr Instinkt sagt ihnen, dass sie immer noch in Gefahr sind. Sie flehen ihre Mütter an. Aber die Mütter können ihnen nicht helfen.

Das älteste Mädchen ist mitten im Zimmer stehen geblieben. Sie blickt sich um. Ihre Mutter ist nicht hier. Auch die Schwester ist nicht da. Aber sie könnten ihr ohnehin nicht helfen. Dem Mädchen ist dieser Raum nicht fremd. Ihr Blick irrt über die Frauen und die Kinder. Sie weint. Aber sie wird stark bleiben. Sie wird überleben, so wie sie es ihrer großen Schwester versprochen hat. Sie wird die Augen schließen. Wie sie es früher getan haben, wenn sie Verstecken spielten. Sie wird die Augen schließen, und alles wird wieder gut werden. Ihre Schwester wird sie finden und an einen sicheren Ort bringen. Sie muss es nur dieses eine Mal noch überleben.

Die Tür öffnet sich, die Männer sind zurück. Vielleicht sind es auch andere Männer. Männer, die vorher nicht da waren.

Einer von ihnen nähert sich dem Mädchen. Seine blonden Haare sind an den Schläfen ergraut. Die blauen Augen geben seinem Gesicht etwas Markantes. Langsam beugt er sich zu dem Mädchen und lächelt. Er sagt etwas zu ihr. Leise. Nur für sie bestimmt. Das Mädchen hält die Augen fest geschlossen, den Kopf gesenkt. Erst als der Mann mit den blauen Augen ihren Nacken packt und ihren Kopf nach oben zwingt, öffnet sie die Augen. Dann spuckt sie ihm ins Gesicht.

Er richtet sich auf und wischt sich mit dem Handrücken über Stirn und Nase. Er grinst. Als er ausholt und mit der flachen Hand zuschlägt, fliegt ihr Kopf zurück. Sie verliert das Gleichgewicht und schlägt hart auf den Boden. Der Mann bückt sich, greift nach ihrem Handgelenk und zerrt sie zum Bett. Sie wehrt sich nicht. Ihre Augen sind wieder geschlossen. Sein Penis ist jetzt erigiert.

Die Mütter versuchen verzweifelt, ihre Hände zu befreien, um ihre Kinder in den Arm zu nehmen, aber die Fesseln geben nicht nach. Die Kinder umklammern ihre Beine. Fast behutsam lösen die Hände der Männer ihre Griffe und tragen die Kinder zum Bett. Ihre Lippen zittern vor Vorfreude auf das erneute Spiel. Die Kraft der Männer ist zurückgekehrt. Das Rudel hat wieder Hunger. Sie zerren und beißen. Sabbern. Stoßen. Lecken. In einer fremden Sprache betteln die gefesselten Mütter um das Leben ihrer Kinder.

Irgendwo im Flur schreit ein Baby.

Der fünfte Mord

Nachdem Linksradikale einen Streifenwagen mit Steinen beworfen haben, empört sich die Polizei über die zunehmende Gewalt gegenüber ihren Beamten; ein FDP-Politiker spricht von Linksfaschismus.

Am Flughafen überwältigen die Sicherheitsleute einen Mann, der sich für einen Delfin hält und die Reisenden belästigt. Als ein Psychologe hinzugerufen wird, ändert der Mann seine Identität und behauptet nun, ein Einhorn zu sein.

Die Fontanepromenade 15, wo während der NS-Zeit in der Zentralen Dienststelle für Juden über die Zwangsarbeit von 26 000 jüdischen Menschen aus Berlin entschieden wurde, soll zum Gedenkort werden; nicht alle Berliner stehen hinter dieser Entscheidung.

Eine Frau in Hellersdorf führt ihren Pitbull an einer Flüchtlingsunterkunft vorbei, während ein Mann versucht, den Hund mit leisen Rufen an den Zaun zu locken.

Immer wieder sieht Lepke dabei zu, wie sein Sohn erschossen wird. Wie in einem Film, dessen Bilder mit schnellen Schnitten aneinandergereiht sind. Großaufnahmen, die die Zeit zerhacken und es unmöglich machen, den Blick abzuwenden. Wie sein Sohn in der Disco die junge Frau kennenlernt. Wie sie miteinander tanzen. Wie sie sich küssen, wie er mit ihr nach Hause geht. Erst Hand in Hand, dann eng umschlungen. Dann ist plötzlich der Exfreund der jungen Frau da. Er brüllt etwas und zieht eine Waffe. Und Lepke steht mit seinem Sohn im Hausflur und sieht die Kugel kommen. Er blickt mit seinem Sohn in die Augen des fremden Mannes, und er hält mit seinem Sohn seine Hände auf dessen Bauch gepresst, nachdem die Kugel eingedrungen ist. Drückt die Hände auf die offene Wunde, die stark blutet. Beschwört seinen Sohn, bei ihm zu bleiben, will aufspringen und Hilfe holen, kommt aber nicht hoch, weil da die alte Frau aus dem Tempelhofer Lager ist, die ihn festhält. Deutlich hat er die milchigen Augen vor sich, als sie flüstert:

Ich habe dich gewarnt.

Noch bevor die Sonne aufgegangen war, erwachte Lepke aus seinem Traum. Das Bettlaken war durchgeschwitzt, die Decke lag zerknüllt auf dem Boden. In seinem Kopf drehte sich das Gesicht seines Sohnes mit den Bildern der toten Kinder im Kreis. Ein nicht anzuhaltendes Karussell.

Als er mit einem viel zu starken Espresso am Küchentisch saß, fühlte er wieder den Ärger in sich aufsteigen. Wie Sodbrennen, ein Klumpen Galle, der irgendwo zwischen Magen und Speiseröhre hängen geblieben war und jetzt festsaß.

Alex war nicht hinter ihm hergekommen. Er war überzeugt gewesen, dass sie ihm nachlaufen würde. Schließlich hatte er seine Maske vor ihr fallen lassen. Nicht nur, dass er von seiner Exfrau und seinem Sohn gesprochen hatte, sondern er hatte auch gezeigt, wie dünn seine Haut war, dass sie ihn kaum noch zu schützen vermochte. Er hatte ihr vertraut. Und sie hatte es schulterzuckend zur Kenntnis genommen, kaum anders als bei der Vernehmung eines Verdächtigen, den sie nicht kannte und an dem sie nichts weiter interessierte, als endlich sein Schuldbekenntnis zu bekommen. Da waren sie also nun. An einem Punkt, von dem es kein Zurück mehr gab. Er hatte ihr wehgetan, das wusste er. Auch er war schon einmal gegangen und nicht wiedergekommen. Hatte ihr seine Hilfe verweigert, anstatt ihr zuzuhören. Jetzt hatte sie es ihm heimgezahlt. Und es blieb ihnen nichts als der Fall, den sie zu lösen hatten.

Er schob den Rest seines Kaffees beiseite und stand auf. Nur um gleich darauf dem Küchenstuhl einen Tritt zu verpassen, sodass er schurrend über die Holzdielen rutschte.

»Du bist ein selbstmitleidiges Arschloch, Lepke!«, rief er laut und fuchtelte mit den Händen in der Luft herum. »Selbstmitleidig und selbstgerecht, ein ausgemachter Idiot. Kein Wunder, dass du Probleme hast, du Spinner! Wenn ich du wäre, würde ich gar nicht erst mit dir reden!«

Er stutzte. Der letzte Satz machte keinen Sinn, schien aber trotzdem zu passen. Er schüttelte den Kopf, dann fing er an zu lachen. Er fühlte sich plötzlich besser.

»Geht doch«, sagte er laut. Nachdem er geduscht und sich rasiert hatte, zog er das schwarze T-Shirt aus dem Schrank, von dem Alex vor langer Zeit mal behauptet hatte, dass es ihr gut gefallen würde.

*

Der Himmel war verhangen. Es war deutlich kühler geworden. Ein feiner Nieselregen strich mit zittrigen Fingern über die Häuserwände.

Alex war gerade lange genug in ihrer Wohnung gewesen, um ein neues Pflaster auf die Wunde zu kleben, die gut verheilte, sich danach andere Sachen anzuziehen und einen Espresso hinunterzustürzen, während sie mit Robben & Wientjes telefonierte. Maja hatte keinen Wagen gemietet. Andererseits hatte das nichts zu bedeuten, der Mieter konnte ebenso gut ein Veranstalter oder Galerist gewesen sein. Nur dass es genau den nicht gab, solange Maja keine Ausstellung hatte. Blieb noch die Möglichkeit, dass der Sprinter, den der Hipster vor der alten Nähfabrik gesehen haben wollte, überhaupt nichts mit Maja zu tun gehabt hatte. Und vielleicht war Maja ja kurz selbst in der Wohnung gewesen, weil sie nur schnell etwas holen wollte, hatte die tote Maus entsorgt und war wieder verschwunden. Zu ihrer neuen Beziehung. Alex hätte den Zettel nicht wegwerfen sollen, den sie Maja geschrieben hatte.

Sie schob die BMW auf die Straße und fuhr langsam über das Kopfsteinpflaster, auf dem der Regen mit dem Staub der letzten Tage zu einer rutschigen Schicht geworden war.

An der Ampel hielt eine Harley-Davidson neben ihr. Der Biker war klein und dick, seine Ledermontur wirkte wie eine Wurstpelle. Er musterte erst die BMW, dann Alex. Als er begriff, dass er eine Frau neben sich hatte, riss er mehrmals hintereinander den Gashebel auf und ließ grinsend die Zunge zwischen seinen Lippen rotieren. Die Zündexplosionen der Harley dröhnten in Alex' Ohren.

Sie klappte das Visier hoch und brüllte ihm zu: »Kannst du das mal lassen, das nervt!«

»Was?«

»Das Rumgespiele da an deinem Ersatzschwanz!«

Für einen Augenblick klappte ihm die Kinnlade herunter. Dann brüllte er zurück: »Du hast mir überhaupt nichts zu sagen, du ... du ...«

»Ja, was denn? Kommt noch was? Ich höre!«

»Du Opfer. Hure!«

Die Ampel sprang auf Grün. Alex ließ die Kupplung kommen. In dem Moment, in dem auch die Harley anrollte, schnitt Alex dem Dicken den Weg ab. In letzter Sekunde riss er den Lenker herum, aber da war der Bordstein zum Mittelstreifen der Fahrbahn, die Harley schwankte schwerfällig, gleich darauf verlor die Wurstpelle das Gleichgewicht und ging zu Boden.

Das Letzte, was Alex im Rückspiegel sah, war das Vorderrad der umgestürzten Harley, das sich leer in der Luft drehte. Zwanzig Minuten später war sie im Präsidium.

Als sich die Metalltür zur Gerichtsmedizin mit einem leisen Schmatzen öffnete, schlug Alex die Kälte ins Gesicht. Und der typische Geruch der Pathologie. Wobei sie dieses Mal auch noch etwas anderes ausmachte. Wie frisch aufgebrühter Kamillentee, dachte sie.

Sie hatte nicht damit gerechnet, dass sie Lepke hier vorfinden würde. Aber er war da. Meyer 2 hatte offensichtlich gerade erst begonnen, seine Untersuchungsergebnisse vorzutragen. Er war immer noch bleich, aber der Eimer war verschwunden. Auf der Arbeitsplatte an der Wand standen ein Teller mit Zwieback und ein Becher Tee.

René Markwart lag unbekümmert auf dem Tisch, ihm war es vollkommen gleichgültig, wie er gestorben war. Meyer 2 nickte mitten im Satz Alex zu, als er sie in der Tür bemerkte. Auch Lepke nickte kurz. Seine Hände waren tief in den Hosentaschen vergraben. Alex sah, dass er unter der Lederjacke das T-Shirt mit der Aufschrift »Bis einer heult« trug.

»... Todeszeitpunkt so gegen elf Uhr abends«, setzte Meyer 2 seine Ausführungen fort. »Ihm ist aus nächster Nähe in den Kopf geschossen worden. War wahrscheinlich sofort tot.« Der Rechtsmediziner zeigte auf die gesäuberte Einschusswunde.

Alex trat näher heran. Deutlich konnte sie die ausgefransten Wundränder erkennen, ansonsten war es ein sauberer Einschusskanal.

»Interessant ist aber, dass er Abwehrspuren an den Händen hat.« Meyer 2 hob Markwarts linken Arm. »Ich habe so einiges an DNA unter seinen Fingernägeln gefunden, damit könnt ihr vielleicht was anfangen, ist aber noch im Labor zur Untersuchung. Meine These ist, dass er zunächst niedergeschlagen wurde. Ich habe Dreck in den Schürfwunden an seinen Handballen gefunden und den Abdruck der Gittertreppe auf seinem Rücken. Also niedergeschlagen und dann wahrscheinlich von oben runtergeworfen. Dabei ist er mit dem Kopf auf das Geländer geknallt. Aber das hat ihn nicht umgebracht, wie der Täter vielleicht gehofft hatte. Und er hat nicht nur noch gelebt, sondern sich auch gewehrt. Vielleicht deshalb dann der Schuss aus nächster Nähe. Aufgesetzter Schuss. Das war's so weit. Mehr in Kürze, ich melde mich.« Meyer 2 streifte sich die Handschuhe ab und griff nach einem Zwieback.

»Hast du bei den Kindern noch etwas gefunden, was wir wissen sollten?«, fragte Alex.

»Moment!« Meyer 2 kaute und spülte mit einem Schluck Kamillentee nach, dann fuhr er fort. »Ich dachte, der Fall ist abgeschlossen? Oder die Fälle. Meine Berichte habt ihr, habe ich euch hochgeschickt. Mehr kann ich dazu nicht sagen, aber da scheinen wohl auch klare Anweisungen an euch rausgegangen zu sein, da mische ich mich ganz bestimmt nicht ein.« Er griff nach einem neuen Zwieback.

Alex wollte etwas erwidern, aber Lepke warf ihr einen eindeutigen Blick zu und sagte: »Wir wollten nur sichergehen, dass wir nichts übersehen haben, das ist alles. Wobei mir gerade noch etwas anderes einfällt. Bei der Mutter des ersten Mädchens, bei der Mutter, die sich erhängt hat, hast du da womöglich nach sexuellen Missbrauchspuren geschaut? Oder etwas in dieser Richtung entdeckt?«

»Nein.« Meyer 2 kratzte sich kauend am Kopf. »Hätte mich das interessieren sollen?«

Lepke schüttelte den Kopf. »Eigentlich nicht. Der Fall ist abgeschlossen, so wie du gesagt hast. Es ist nur ein Gedanke, völlig aus der Luft gegriffen, aber kannst du das trotzdem überprüfen? Du hast sie doch noch hier unten, oder? Die Frau, meine ich.«

»Wäre klasse«, ergänzte Alex. »Und kannst du es vielleicht für dich behalten?«

Meyer 2 musterte sie aufmerksam, bevor er langsam nickte. »Okay, weil ihr es seid.« Er stellte seinen Becher zurück aufs Regal. »Ich rufe euch an, wenn ich was habe.«

Als die Tür hinter ihnen zugefallen war, blieb Alex auf dem Gang stehen. Die Neonröhre über ihr flackerte und gab der Szene einen unwirklichen Charakter.

»Sorry«, sagte Alex leise, »wegen gestern Nacht, meine ich. Ich hätte dich nicht allein lassen dürfen, ich weiß.«

Lepke zuckte mit den Schultern.

»Ist schon okay«, sagte er dann, »wir haben ja auch genug andere Sachen auf dem Tisch.«

Alex schüttelte den Kopf. »Nein, es war nicht okay. Aber ich kann es auch nicht wirklich erklären. Es ist im Moment so viel, was mich … völlig verwirrt.«

Sie wusste, dass Lepke vollkommen klar war, wie schwer ihr dieses Geständnis fiel. Er kannte sie. Und er kannte auch die Mauer, die sie um sich aufgebaut hatte. Als sie miteinander geschlafen hatten, hätte er es fast geschafft, diese Mauer zum Einsturz zu bringen. Aber das war fast ein halbes Jahr her. Und in der Zwischenzeit war so viel passiert, dass es Alex fast unwirklich vorkam. Auch wenn sie sich gerade dabei ertappte, dass sie sich wünschte, es wäre anders.

Lepke beugte sich vor. »Wollen wir darüber reden? Über … alles?«

Da war es wieder. Er erwartete zu viel von ihr. Er wollte sie ganz, und dabei gehörte sie noch nicht mal sich selbst ganz.

»Ja. Aber nicht jetzt. Irgendwann. Bald. – Ich hab übrigens was für dich!« Sie zog den Plastikbeutel mit den zersplitterten Überresten seines Handys aus der Tasche. »Die SIM-Karte sieht eigentlich noch ziemlich intakt aus, vielleicht hast du Glück.«

Er grinste. »Danke.«

»Ich hab auch noch ein zweites Handy für dich, falls du daran interessiert bist. War eine Draufgabe bei dem letzten Vertrag, den ich gemacht habe. War mir aber irgendwie zu affig. Für alle Fälle habe ich dir schon mal meine Nummer gespeichert.«

Sie streckte ihm ein neues Handy hin.

Er lächelte. »Kaffee?«

»Ja.« Alex seufzte erleichtert.

*

»Neues von unten«, platzte Lepke fünf Minuten später heraus, kaum dass sie mit dem dampfenden Kaffee das Büro betreten hatten. »Der Kollege hat

DNA unter den Fingern unseres Secu-Typen gefunden. Also nehmen wir Proben von allen, irgendeine dämliche Begründung wird uns schon einfallen, um das nicht offiziell im Büro machen zu müssen. Nicht, dass uns wieder jemand von oben dazwischenfunkt. Und wenn wir die Laborergebnisse haben, dann …«

Er ließ das Ende seines Satzes offen, aber sie dachten alle das Gleiche. Vielleicht hatten sie endlich etwas, mit dem sie aus dem Sumpf herauskamen, in dem sie immer weiter zu versinken drohten.

»Warum ist die Tür offen?« Alex zeigte auf die Verbindungstür zu dem Großraumbüro neben ihnen.

Meyer zuckte mit den Schultern. »Marcel war vorhin kurz hier, um sich Büroklammern zu holen.« Er wedelte mit der Hand vor seiner Stirn hin und her. »Ich glaube, er wollte wissen, ob wir schon was Neues wegen Markwart haben. Hat's aber nicht geschafft, die Frage zu formulieren, sondern dann lieber doch nur seinen Bizeps für Lina spielen lassen.«

»Haha«, sagte Lina. »Vielleicht ging's ja gar nicht um mich, sondern er wollte dich beeindrucken.«

»So weit kommt's noch! Nee, du …«

Meyer stand schwerfällig auf und schloss die Tür.

»Ich dachte, Marcel und Ines wären in Rostock?«

»Das war nur für einen Tag, morgens hin und abends wieder zurück.«

Alex nickte. Bevor sie den Gedanken zu fassen bekam, der ihr gerade durch den Kopf geschossen war, sagte Lepke: »Los geht's. Nehmen wir uns die Security-Mannschaft vor. Lina!«

»Ich? Muss das sein? Die Typen sind echt eklig.«

»Du hast bei ihnen die besten Karten. Alex und ich beschäftigen solange den Chef. Offiziell geht es nur um einen möglichen Streit, in den Markwart vielleicht verwickelt gewesen sein könnte, und entsprechende Alibis für die Mordnacht, gegen 23 Uhr, plus/minus die eine oder andere Minute. Damit können wir auch begründen, dass wir Speichelproben nehmen.« Er warf einen Blick auf Markwarts Foto, das Meyer an die Plexiglaswand geheftet hatte. »Wir suchen den Mörder von Markwart, sonst nichts.«

*

Lepke hatte die Arme auf die Knie gestützt und die Hände gefaltet, der Stuhl, auf dem er saß, war ebenso geschmacklos wie der Rest des Büros gegenüber vom Rathaus Pankow. Rolf Eckert rutschte unruhig auf seinem Platz hinter dem Schreibtisch hin und her, bevor er sich entschied, die Arme vor der Brust zu verschränken und sich zurückzulehnen. Er wirkte eher deplatziert in dem modernen Büro. Nur der Stifthalter passte zu ihm. Ein gut dreißig Zentimeter langer Frauenakt aus Bronze, die bis ins Detail ausgearbeitete Figur lag mit gespreizten Beinen auf dem Bauch, zwischen den sich wölbenden Pobacken steckte ein vergoldeter Kugelschreiber.

Alex setzte sich auf die Lehne des orangefarbenen Sofas, das das Highlight der Sitzecke neben dem Schreibtisch bildete.

»Vielen Dank, Herr Eckert, dass Sie sich Zeit für uns nehmen.« Lepke deutete zu Alex hinüber.

»Meine Kollegin Alexandra Gode begleitet mich heute. Hauptkommissarin Gode.«

Eckert nickte mürrisch, dann zog er einen übervollen Aschenbecher zu sich und zündete sich eine Zigarette an.

»Was wollen Sie?«

»Nur noch ein paar abschließende Fragen, wir wollen Sie nicht lange stören.« Lepke lächelte, ohne weiterzureden.

Auch Alex sagte nichts. Sie inspizierte ihre Stiefelspitzen, die auf und ab wippten und jedes Mal mit den Fersen gegen das orangefarbene Polster stießen.

Irritiert folgte Eckert der gleichmäßigen Bewegung.

Dann kniff er die Augen zu zwei schmalen Schlitzen zusammen und sah wieder zu Lepke. »Und? Wollten Sie nicht was fragen?«

»Ah ja, stimmt. – René Markwart war also für Sie so etwas wie Ihr Ziehsohn?«

Die Frage kam so unerwartet, dass Eckert vor Erstaunen fast die Zigarette fallen ließ. Aber Lepke hatte jetzt seine volle Aufmerksamkeit.

»Nein. Wer sagt so was?«

»Das haben wir den Fotos und Posts von René Markwart auf Facebook entnommen.« Lepke lächelte erneut. »Aber vielleicht hat er da ja auch ein bisschen übertrieben, um sich wichtig zu machen. Sie wissen schon, auf Du mit dem Chef und so. Aber Sie kannten ihn schon ganz gut, oder?«

»Er war mein Angestellter. Und per Du sind wir hier sowieso alle.«

Alex blickte zum ersten Mal hoch. Auch sie

lächelte. »Dann wissen Sie ja sicher, dass der René eine kleine Schwäche für Ihre Freundin hatte? Und vielleicht auch gar keine so ganz kleine?« Alex schwang sich von der Sofalehne und schob Eckert ein Foto über den Schreibtisch.

René Markwart. Arm in Arm mit Nadine Teske.

»Und sie hatte eine Schwäche für ihn«, setzte Lepke nach und tippte mit dem Zeigefinger auf das Foto, ziemlich genau auf das recht gewagte Dekolleté von Nadine Teske.

»Was soll der Quatsch?« Eckert fuhr in seinem Stuhl hoch und wischte das Foto zur Seite. »Die kennen sich halt! So wie alle meine Jungs meine Freundin kennen.«

Alex nahm das Bild wieder an sich und betrachtete es kopfschüttelnd. »Also sind sämtliche Ihrer Jungs so eng mit Ihrer Freundin?«

»Und das stört Sie nicht? Sie sind nie eifersüchtig?«, fragte Lepke mit gespielter Verwunderung.

Eckert zerdrückte wütend den Stummel seiner Zigarette im Aschenbecher, gab aber keine Antwort.

»Anders gefragt«, sagte Lepke. »Vor zwei Tagen, waren Sie da nicht vielleicht mal eifersüchtig?«

»Worauf wollen Sie hinaus? Dass ich ihn umgebracht habe? Den René? Weil ich eifersüchtig war? Das ist doch lächerlich.« Eckerts Stimme war um mindestens zwei Oktaven gestiegen.

»Was haben Sie denn vor zwei Tagen gemacht?«, fragte Alex, während sie sich wie zufällig zu den gerahmten Fotos an der Wand drehte. »Sagen wir so gegen 23 Uhr?«

»Muss ich überhaupt mit Ihnen reden?«

»Müssen Sie nicht.« Lepke beugte sich vor und zog den Kugelschreiber aus der Frauenfigur. Mehrmals ließ er die Mine vor und zurück schnappen. Dann nickte er, als hätte er gerade eine Entscheidung getroffen. »Wir können Sie natürlich auch vorladen.«

»Aber überlegen Sie sich das gut«, sagte Alex nahezu wohlmeinend und deutete auf die Fotos an der Wand. »Für manche Ihrer Kunden wäre es alles andere als eine Empfehlung, wenn der Security-Chef des Mordes verdächtigt wird.«

Eckert starrte sie an. Eine Weile blieb es still. Dann griff er nach einer weiteren Zigarette, zündete sie an und stieß wütend den Rauch aus. »Okay. Vor zwei Tagen habe ich gearbeitet. Personenschutz mache ich manchmal noch selbst, wenn es wichtig ist. Den Namen meines Klienten möchte ich Ihnen allerdings nur ungerne nennen. Diskretion, wenn Sie wissen, was ich meine.«

»Weiß ich nicht«, sagte Lepke. »Und ob gerne oder ungerne ist mir vollkommen egal. Ich brauche Ihr Alibi, fertig.«

»Ich schicke Ihnen den Arbeitsvertrag per Mail.« Eckerts Stimme war fast tonlos.

»Gut. Dann ist ja jetzt alles geklärt. Mehr wollten wir gar nicht.« Lepke stand auf.

»Eine Speichelprobe brauchen wir noch von Ihnen«, sagte Alex. »Ist lästig, ich weiß, aber es ist nun mal eine Ermittlung in einem Mordfall. Und völlig unabhängig von Ihrem Alibi würde ich wirklich gerne jeden Verdacht ausschließen.«

Eckert starrte sie entgeistert an, schien aber so überrumpelt, dass er automatisch den Mund aufklappte, als Alex mit dem Wattestäbchen auf ihn zutrat.

»So, das war's. Jetzt habe ich eigentlich nur noch eine Frage, wirklich die letzte: Fällt Ihnen jemand ein, mit dem René Markwart in letzter Zeit Probleme gehabt haben könnte? Vielleicht hat er jemandem Geld geschuldet? Oder …«

»Quatsch. Der René war in Ordnung. Der hat keinen Scheiß gebaut. Und der hatte auch keine Feinde.«

»Okay. Danke.«

Sie waren noch nicht aus der Tür, als Eckert den Telefonhörer in der Hand hatte. Ungeduldig winkte er ihnen, dass sie verschwinden sollten.

Alex nickte, dann folgte sie Lepke nach draußen.

Vor dem Haus hielt Lepke ihr den goldenen Kugelschreiber hin.

»Für dich. Als kleines Dankeschön fürs Handy.«

»Das Ding fasse ich nicht an«, erklärte Alex.

»Ich will ihn aber auch nicht.«

»Schenk ihn Meyer und erzähl ihm, wo er vorher gesteckt hat. Vielleicht findet er es ja witzig.«

Nach ein paar Metern hielt Lepke sie am Arm fest.

»Nach deiner letzten Frage wird Eckert jetzt glauben, dass wir nach etwas Persönlichem suchen. Das verschafft uns hoffentlich ein bisschen Zeit. Aber auf den Fotos an der Wand, hast du da jemanden erkannt?«

»Ein paar drittklassige Fernsehsternchen. Und einige Leute aus der Lokalpolitik. Ich kann dir aber keine Namen sagen, die versuche ich im Büro rauszukriegen.«

*

Lina kam kurz nach Lepke und Alex zurück. Sie kaute mit vollem Mund, in der einen Hand hielt sie einen angebissenen Hamburger, in der anderen eine braune Papiertüte.

»Ich bin auf der Pannierstraße beim Berlinburger International vorbeigefahren, hab euch auch welche mitgenommen«, nuschelte sie undeutlich.

»Was?«, fragte Lepke.

»Mann, sie hat uns was zu essen mitgebracht!« Meyer griff nach der Tüte. »International, sagst du?«

Lina nickte.

»Das sind auf alle Fälle die besten.« Lepke ließ sich die Tüte von Meyer weiterreichen.

»Da kann man sich drüber streiten. Was ist mit SchillerBurger in Neukölln?«, sagte Alex, während sie Lepke den Burger abnahm, den er ihr entgegenstreckte.

Meyer hob den Finger. »Ich stimme für Hamburger Heaven in der Graefestraße!«

»Nee, nee, Kreuzburger, ganz klar.« Lina hatte immer noch den Mund voll.

»Und?« Lepke blickte sie an. »Sonst noch was Neues, abgesehen von den Burgern?«

»Klar, ich hab meine Arbeit gemacht.« Lina hatte zu kauen aufgehört. »Viel ist es leider nicht, was ich rausgekriegt habe. Echt, die Typen sind so strohdoof, das gibt's überhaupt nicht! Aber auf jeden Fall war

Markwart der absolute Liebling von Eckert und wurde deshalb auch nicht unbedingt von allen gemocht. Er hat immer die besten Schichten bekommen. Hat auch ein bisschen viel rumgeprahlt, wie dicke er mit Eckert wäre und mit seiner Freundin und so. Aber das war's. Außer dass der blonde Idiot vom letzten Mal noch eine regelrechte Lobeshymne über Markwart angestimmt hat, aber da ging es vor allem darum, dass der René verstanden hat, dass die Scheißausländer uns nur Probleme machen und so. O-Ton Blondarsch.«

»Speichelproben?«, fragte Lepke.

»Hab ich, aber nicht von allen, nur von der Tagesschicht. Und einer war krank.«

Lepke nickte.

»Ich hab aber noch was anderes für dich!« Lina wischte sich den Mund mit einer Papierserviette ab. »Die alte Frau ist wieder aufgetaucht. Die blinde!«

»Was?«

»Fehlfährte, sorry. Die Frau wohnt gar nicht im Lager, ist auch kein Flüchtling, sondern psychisch krank und wird stationär im Urban-Krankenhaus betreut. Tagsüber darf sie draußen herumlaufen und kommt dann wohl öfter zum Lager. Die Security-Typen haben sich furchtbar über sie aufgeregt. Wenn ich sie richtig verstanden habe, pinkelt sie ihnen gerne mal vor den Aufenthaltsraum.«

»Hast du mit ihr gesprochen?«

»Ging nicht, die Typen waren ja dabei. Aber ich glaube, sie ist ziemlich verrückt, ich würde nichts darauf geben, was sie so erzählt.«

»Ich hab auch noch eine schlechte Nachricht.«

Meyer lehnte sich in seinem Stuhl zurück, um besser am Bildschirm vorbeiblicken zu können. »Der Arzt, mit dem du telefoniert hast, Alex, und der dir von einer Schwangerschaft aufgrund einer Vergewaltigung erzählt hat, ist leider keine gute Quelle.«

»Wieso?«, fragte Alex.

»Es gab eine Anzeige gegen ihn, deshalb ist er bei B-Care entlassen worden.«

»Eine Anzeige wegen was?«

»Vergewaltigung. Ist dann zurückgezogen worden, aber ...«

»Warte mal! Wer hat ihn angezeigt?«

»Ich bin noch dabei, kriege ich aber raus. Doch im Moment sieht es so aus, als wäre der Typ nicht unbedingt sauber.«

»Scheiße.« Alex fuhr sich durch die Haare.

»Denkt bitte auch daran, euch die neuen Dienstwaffen aushändigen zu lassen«, sagte Lepke unvermittelt und erhob sich. »Am besten heute noch.«

»Hä?«, sagte Alex. »Was soll das denn jetzt?«

Meyer klopfte auf sein Schulterhalfter. »Ich hab meine schon. SIG Sauer P6, wie die mit den kurzen blonden Haaren gesagt hat. Ist übrigens die leicht abgeänderte Variante der P225, ich hab mich da mal schlaugemacht. Der Abzugswiderstand soll bei diesem Modell hier etwas größer sein, sonst gibt's keine Unterschiede.«

Alex blickte von einem zum anderen und zeigte ihnen einen Vogel.

*

Die Ergebnisse aus dem Labor waren nicht mehr gekommen. Meyer und Lina waren nach Hause gefahren, Alex hatte mit Lepke nochmals versucht, eine Struktur zu finden, die ihnen weiterhelfen würde. Als sie feststellten, dass sie immer an den gleichen Widersprüchen scheiterten, nahm Alex ihren Helm und verabschiedete sich.

Sie hatte schlechte Laune. Es dämmerte bereits, als sie das Präsidium durch den Haupteingang verließ. Die BMW hatte sie heute Morgen zwischen den Fahrradständern geparkt. Jetzt bückte sie sich, um die schwere Kette zu lösen, fast im selben Moment spürte sie, dass jemand hinter ihr stehen blieb. Sie machte eine leichte Drehung zur Seite, um Distanz aufzubauen, dann blickte sie hoch, mit der geöffneten Kette in der Hand.

Seine blauen Augen musterten sie. »Sorry, ich wollte dich nicht erschrecken.«

Irritiert erwiderte sie seinen Blick. »Wir treffen uns etwas zu häufig, als dass es Zufall wäre, oder?«

Der Psychologe lachte. »Dieses Mal ist es kein Zufall, ich wollte sehen, ob es dir gut geht. Ob alles in Ordnung ist. Du hast neulich einen leicht instabilen Eindruck gemacht.«

»Bist du bei allen Patienten so aufmerksam, dass du sie sogar von der Arbeit abholst?«

»Muss ich ja gar nicht, die meisten sitzen im Knast, da brauche ich mir keine Sorgen zu machen.« Wieder lachte er. »Nein, vergiss es, ich verfolge natürlich nicht alle meine Patienten.«

»Aber?«

»Aber du bist heute nicht zu unserem Termin gekommen. Dein Handy war auch nicht eingeschaltet.« Er blickte sie fragend an.

»O Mist, verdammt. Ich hab's völlig vergessen. Und das Handy habe ich vorhin ausgemacht, weil wir in ... einer Art Vernehmung waren. Tut mir leid, wirklich.«

»Ich habe es nicht so gerne, versetzt zu werden. Und in diesem besonderen Fall denke ich, dass es in deinem Interesse sein sollte, mit mir zu reden. Oder wie siehst du das?«

»Ich hab doch schon gesagt: sorry!«

Alex machte sich am Motorrad zu schaffen. Sie war froh, dass sie Pradzyk für einen Moment den Rücken zuwenden konnte, indem sie vorgab, die Kette zu verstauen.

Heute Morgen hatte sie noch an den Termin gedacht. Dann musste sie ihn vollständig verdrängt haben. Vielleicht auch, weil da noch dieser Satz war, über den sie erst im Nachhinein gestolpert war und für den sie keine Erklärung hatte.

Viel Glück mit dem Fall der kleinen Sara.

Woher hatte er den Namen des Kindes gewusst? Wieso hatte er am Ausgang des Parks in Neukölln gestanden? Wieso war er jetzt hier? Was wollte er? Seine Behauptung, dass er sie gesucht hatte, weil sie nicht zum Termin erschienen war, nahm sie ihm nicht ab. Da hätte ein Telefonat am nächsten Tag gereicht, um nachzufragen, was los gewesen war. Außerdem war es schon spät, er musste sie beobachtet haben. Wie sonst hätte er wissen sollen, dass sie noch hier war? Oder machte sie sich lächerlich? Wahrscheinlich war es nichts weiter als ein Zufall.

»Alex?« Er tippte ihr vorsichtig auf die Schulter der Motorradjacke. »Alles okay?«

»Ja. Es war ein langer Tag, das ist alles.«

»Darf ich dich vielleicht auf ein Feierabendbier einladen? Oder erscheint dir das unangemessen? Ich will dich nicht drängen, falls du was anderes vorhast …«

Alex schloss die Kette erneut um das Hinterrad.

»Ich habe nichts anderes vor. Nehmen wir dein Auto? Dann brauche ich mir keine Gedanken zu machen, falls es mehr als ein Bier wird.«

*

Lepke nickte dem Pförtner zu und drückte die Tür auf. Als er die Stufen herunterkam, sah er gerade noch, wie Alex ein paar Meter weiter in einen schwarzen Audi stieg. Auf dem Fahrersitz konnte er die breiten Schultern und den Hinterkopf eines Mannes erkennen. Ohne lange zu überlegen, tastete er nach dem Schlüssel in seiner Tasche, rannte zurück in den Hof und startete den Dienstwagen, mit dem sie heute unterwegs gewesen waren. Als er mit quietschenden Reifen auf die Straße bog, konnte er gerade noch einem Linienbus ausweichen. Das wütende Hupen begleitete ihn bis zur Straßenecke. Der schwarze Audi war nirgends mehr zu sehen. Lepke fluchte und wendete.

Von der Wichmannstraße fuhr er am Lützowplatz

weiter in Richtung Kanal. Ohne große Hoffnung, dass er den Audi wiederfinden würde. Aber auch ohne eine Idee, was er sonst tun sollte. Alex war mit dem Motorrad ins Kommissariat gekommen. Wieso hatte sie es stehen lassen und war in diesen verdammten Audi gestiegen? Ein schwarzer Audi. A6. Neues Modell. Berliner Kennzeichen. Und dann … Es war zu schnell gegangen. Er hatte weder die folgenden Buchstaben noch die Ziffern erkennen können.

Natürlich machte er sich gerade lächerlich. Alex hatte ein Recht auf ihr Privatleben, es ging ihn nichts an, mit wem sie ihre Abende verbrachte. Oder ihre Nächte. Obwohl sie ja behauptet hatte, dass sie anständig geworden war. Aber in seinem Kopf war noch die Erinnerung daran, wie sie bei ihrem letzten Fall schließlich einen Alleingang unternommen hatte. Ohne ihn oder einen der Kollegen zu informieren, was sie vorhatte – und ohne das geringste Anzeichen dafür, dass sie eine neue Spur verfolgte. Ein Alleingang, den sie fast mit dem Leben bezahlt hatte. Zuzutrauen war es ihr durchaus, dass das jetzt wieder so eine Nummer war. Sie hatte nichts davon gesagt, dass sie abgeholt werden würde. Sie hatte den Helm und ihre Handschuhe dabei, das Motorrad aber stehen lassen. Es musste eine spontane Entscheidung gewesen sein.

Im Schritttempo folgte er dem Kanal bis zum Kottbusser Tor. An einer roten Ampel beobachtete er einige Jugendliche, die über die Straße rannten. Dicht hinter ihnen liefen zwei Türsteher, die sie verfolgten. Trotz des warmen Abends trugen sie schwarze Kapuzenpullover und schwarze Handschuhe, einen von ihnen kannte er vom Möbel-Olfe. Wahrscheinlich haben die Jungs wieder mal die Handys ahnungsloser Touristen mitgehen lassen, dachte er. Vor den Türstehern hatten sie aber sichtbar Angst.

Der Wagen hinter ihm hupte, die Ampel hatte auf Grün geschaltet.

Langsam bog Lepke in die Straße ein, in der Alex wohnte. In den vorderen Zimmern war alles dunkel. Er fand einen Parkplatz direkt gegenüber ihrer Haustür. Nachdem er sich eine Zigarette angezündet hatte, lehnte er sich im Fahrersitz zurück und legte den Kopf in den Nacken. Er hatte Zeit, er würde hier auf sie warten, um sicherzugehen, dass sie gut heimkam.

Nach einer Stunde war sein Bein eingeschlafen. Er stieg aus und lief ein paar Meter die Straße hinunter, bis das Kribbeln verschwunden war. Es war albern, was er hier machte. Alex konnte sonst wo sein. Und erst im Morgengrauen auftauchen oder gar nicht. Vielleicht hatte sie einfach nur einen neuen Freund. Dass sie ihm das nicht unbedingt erzählen würde, war mehr als einleuchtend. Einen Typen in einem schwarzen Audi A6. Der sie spontan abgeholt hatte und mit ihr zum Essen fuhr.

Genervt ging Lepke zurück zu seinem Wagen. Er wollte gerade einsteigen, als er den Mann vor Alex' Haustür bemerkte. Er stand mit dem Rücken zu Lepke und studierte die Namen auf dem Klingelschild. Aber dann klingelte er nicht, sondern trat zurück auf die Straße und lief mit schnellen Schritten weiter. Als hätte er Lepke bemerkt.

Erst als er im Schein einer Straßenlaterne die schwere, lange Lederjacke erkannte, rastete in seinem Gehirn ein Rädchen ein. Eine solche Jacke hatte der Mann getragen, der ihm im Hinterhof von Majas Haus begegnet war. Aber das ergab keinen Sinn. Es konnte nicht derselbe Mann gewesen sein. Die Jacke war reiner Zufall.

Noch bevor ihm selbst bewusst wurde, was er tat, hatte sich Lepke in Bewegung gesetzt. Jetzt rannte er. Als er das italienische Restaurant an der Ecke erreichte, sah er gerade noch, wie eine Gestalt in einem Seiteneingang verschwand. Die Tür zur Küche war schon wieder zugefallen, als er schwer atmend mit der Faust dagegenschlug.

Der Mann, der ihm öffnete, war viel zu jung. Und die Lederjacke war keine Lederjacke, sondern irgendein dämlicher Dreiviertelmantel aus einem leichten Baumwollstoff.

»Entschuldigung, ich hab Sie verwechselt«, stieß Lepke hervor.

Mit zwei Schritten war er zurück auf dem Gehweg. Außer einer Gruppe aufgeregt diskutierender Japaner war niemand zu sehen.

Als Lepke wieder im Auto saß, nahm er das Handy aus der Tasche, das ihm Alex am Morgen geschenkt hatte. Wie sie gesagt hatte, gab es nur einen Eintrag im Adressverzeichnis. Einfach nur ein großes »A«. Und ihre Nummer.

Aber ihr Handy war ausgeschaltet.

*

Alex genoss die Autofahrt. Der Motor des Audis war kaum zu hören, Pradzyk fuhr mit einer lässigen Selbstverständlichkeit, zügig, aber nicht riskant, schon nach kurzer Zeit verzichtete sie darauf, ihre Stiefel gegen das Bodenblech zu stemmen, und entspannte sich. Der Psychologe hatte eine CD eingelegt, alte Sinatra-Hits, aber selbst das schien zu passen.

Sie hielten vor einer kleinen Weinkneipe in der Nähe vom Kleistpark. Der Laden war dunkel und geschmackvoll, an den Wänden stapelten sich Weinkisten, auch die Theke war aus Kisten gebaut. Viel »Château« und »Grande Réserve«.

Sie setzten sich an die Bar, ein schneller Blick in die Karte verriet Alex, was sie ohnehin schon geahnt hatte. Hier verkehrte ein anderes Publikum als in ihrer Stammkneipe in Neukölln. Pradzyk begrüßte den Wirt mit ein paar persönlichen Sätzen und bestellte zwei Gläser der Tagesempfehlung. Alex war froh, dass er für sie mit entschieden hatte, ihr Wissen über Wein hielt sich in Grenzen.

»Wohnst du in der Nähe?«, fragte sie.

»Wäre das so verkehrt?«, fragte er leicht spöttisch zurück.

»Kann ich noch nicht sagen«, antwortete Alex, um gleich darauf hinzuzusetzen: »Tut mir echt leid mit dem Termin heute.«

»Schon vergessen.«

Als die Gläser vor ihnen standen, hob Pradzyk seines, um mit ihr anzustoßen. Der Wein hatte einen Nachgeschmack, den Alex nicht einordnen konnte.

Schwer und dunkel. Zu schwer, um ihr wirklich zu schmecken.

»Hat sich Maja mittlerweile gemeldet?«

Die Frage kam so unvermittelt, dass Alex einen Moment zögerte.

»Bisher nicht, aber Sie …«, sie verbesserte sich, »du hattest sicher recht. Sie wird sich melden, wenn sie dazu bereit ist.«

Er nickte und trank wieder einen Schluck, genussvoll behielt er den Wein eine Weile im Mund und zog leicht schmatzend die Wangen zusammen, bevor er sagte: »Eigentlich wollte ich die Sitzung heute nutzen, um dich nach deinem Vater zu fragen. War das der Grund, warum du nicht erschienen bist?«

Alex war sich nicht sicher, ob das ein Scherz sein sollte, um seine Mundwinkel spielte ein Lächeln. Sie machte eine vage Bewegung mit der Hand.

»Jetzt komm schon, Alex! Du hast gesagt, du hättest das Gefühl, dass dein Vater zurückgekehrt ist. Warum? Was meinst du damit?«

»Das war albern. Ich habe ihn schon lange nicht mehr gesehen, und er ist ganz sicher nicht in Berlin.«

»Wann war das, wann hast du ihn das letzte Mal gesehen?«

»Als Kind. Ewig her.«

»Keine schöne Erinnerung?«

»Keine schöne Erinnerung«, stimmte Alex zu.

»Und wäre es deshalb so schlimm, würde er jetzt in Berlin sein?«

»Nicht solange ich nichts davon weiß und er mich in Ruhe lässt.«

»Klare Antwort.«

»Prima«, sagte Alex in einem Tonfall, der unmissverständlich zu verstehen gab, dass sie das Thema nicht weiter vertiefen wollte. Sie wollte nicht über ihren Vater reden. Sie wollte auch nicht über sich reden. Sie fühlte sich plötzlich unwohl.

»Sitzt du hier eigentlich als mein Psychologe, oder was wird das?«, fragte sie, während sie erneut nach dem Glas griff.

»Warum bist du zur Kripo gegangen?«, fragte er ohne jeden Zusammenhang.

»Was?« Alex zuckte mit den Schultern. Ihr Weinglas war bereits leer. »Keine Ahnung«, stieß sie unwillig hervor. »Ich kannte eine Frau, Ilse, die mir mal sehr geholfen hat. Damals, als ich ein Kind war. Und sie war bei der Kripo. Deshalb vielleicht. Vielleicht wusste ich aber auch einfach nicht, was ich sonst machen sollte.«

»Okay, kapiert. Du willst nicht. Aber das ist in Ordnung. Reden wir über was anderes.«

Er hob die Hand, um nochmals für jeden ein Glas Wein zu ordern.

Alex ließ ihren Blick durch den Raum wandern, ohne Details aufzunehmen. Sie fragte sich, ob es an ihr lag, dass sich die Situation so verändert hatte. Sie mochte seine Anwesenheit, und wenn sie ehrlich war, musste sie sich eingestehen, dass sie sich sogar zu ihm hingezogen fühlte. Aber gleichzeitig kam es ihr vor, als würde er sie mit seinen Blicken taxieren. Da war etwas in diesen blauen Augen, was sie störte. Was sie nicht einschätzen konnte. Was ihr Angst machte.

Als der Wirt die neuen Gläser vor sie stellte, rutschte sie vom Barhocker und sagte: »Ich muss mal aufs Klo. Bin gleich wieder da.«

Sie folgte dem WC-Schild in den hinteren Teil der Kneipe. Als sie sich umblickte, sah sie, dass Pradzyk etwas in der Tasche seines Jacketts suchte. Gleich darauf drehte er den Kopf in ihre Richtung. Als ihre Blicke sich begegneten, hob er winkend die Hand. Dann schlug er die Beine übereinander.

*

Lepke war mehr als nur unausgeschlafen, als er am nächsten Morgen zur U-Bahn lief. Vor dem Späti an der Ecke wäre er fast mit einem alten Mann zusammengestoßen, der seine Plastiktüte mit Bierflaschen hob und ihn lautstark beschimpfte. Der Alte roch so penetrant nach Pisse, dass Lepke sich schnell abwendete. Berlin am Morgen war anstrengend. Anstrengender als die meisten Städte, dachte Lepke. So als würden generell alle Berliner nachts schlecht schlafen und ihren Unmut dann am nächsten Morgen auf die Straße spucken. Vielleicht war Berlin auch einfach keine Stadt, in der man früh aufstehen durfte. Sogar die Postämter machten hier erst um zehn Uhr auf, das sollte selbst den überzeugtesten Frühaufsteher stutzig machen. Manchmal sehnte sich Lepke nach Hannover zurück. Nach der scheinbaren Ruhe und Ordnung, die einen fast vergessen lassen konnte, dass gar nichts in Ordnung war. Auch nicht in Hannover. Aber dann erinnerte er sich wieder daran, warum er sich hatte versetzen lassen. Warum er nicht nur aus privaten Gründen Hannover hatte hinter sich lassen wollen.

Als er an der Ampel gegenüber der U-Bahn-Station stand, fuhr ein schwarzer Audi mit quietschenden Reifen an ihm vorbei. Erst jetzt fiel Lepke ein, dass er gestern Abend ja den Dienstwagen genommen hatte, der nun vor seinem Haus parkte. Er fluchte so laut, dass eine Mutter besorgt ihr Kind an sich drückte und ihm einen bösen Blick zuwarf. Er entschuldigte sich und lief zurück zu seiner Wohnung, um die Autoschlüssel zu holen.

Als er zehn Minuten später in den BMW steigen wollte, musste er feststellen, dass alle vier Reifen zerstochen waren. Er erinnerte sich an die Geschichte eines Freundes, sie hatte von Leuten eines Reifendiensts gehandelt, die Autoreifen von Luxuskarossen zerstachen, um durch die Reparatur Geld zu verdienen. Aber hinter dem Scheibenwischer klemmte keine Werbung für einen Reifendienst. Am liebsten hätte Lepke auf der Stelle kehrtgemacht und wäre wieder ins Bett gegangen. Stattdessen rief er den Abschleppdienst und die Kollegen von der Streife an.

Anderthalb Stunden später betrat er endlich das Präsidium. Meyer und Lina saßen bereits vor ihren Computern, spielten verschiedene Verbindungen durch, verfolgten diverse Motive, ohne im Geringsten daran zu glauben, dass sie auf etwas stoßen könnten, was sie weiterbringen würde.

Alex' Stuhl war leer.

»Wo ist Alex?«

Die beiden Kollegen blickten auf.

»Guten Morgen, Herr Hauptkommissar«, erwiderte Lina.

»Nicht da«, sagte Meyer.

»Seh ich«, meinte Lepke genervt. »Aber ...«

Meyer zuckte mit den Schultern. »Vielleicht hat sie das wörtlich genommen.«

»Was?«

»Den Satz von Wagner, erinnerst du dich nicht mehr? Immer schön unter dem Radar bleiben.« Meyer grinste. »Wagner scheint dasselbe zu machen! Ist nämlich auch nicht da. Tür zu, Chef unter dem Radar.«

Lepke verdrehte die Augen. Manchmal fiel es ihm schwer, sich auf Meyers Wortgeplänkel einzulassen. Vor seinen Augen tauchten Bilder von gestern Abend auf. Wie Alex in den schwarzen Audi gestiegen und verschwunden war. Wie der Mann mit der langen Lederjacke vor ihrem Haus gestanden hatte. Wie er sich selbst eingeredet hatte, dass alles okay wäre, und nach Hause gefahren war ...

»Habt ihr versucht, Alex anzurufen?«

Meyer schüttelte den Kopf. »Warum? Sie kommt doch häufiger mal zu spät. Was ist los?«

Ohne eine Antwort zu geben, zog Lepke sein Handy aus der Tasche und wählte Alex' Nummer. *Der Teilnehmer ist zurzeit nicht erreichbar.*

»Lepke?«, fragte Meyer, jetzt sichtlich nervös. »Was ist passiert?«

Auch auf Linas Stirn bildeten sich zwei steile Falten.

»Keine Ahnung!« Lepke ließ sich auf seinen Stuhl fallen. »Gestern Abend hab ich durch Zufall gesehen, wie sie in einen schwarzen Audi gestiegen ist. Und ich bin mir fast sicher, dass sie von jemandem beobachtet wird. Nein, sicher bin ich mir nicht, aber …«

»Was?«, bohrte Meyer nach. »Geht es vielleicht auch so, dass wir deinen Gedanken folgen können?«

»Ein Mann, wahrscheinlich um die sechzig, vielleicht auch älter. Ziemlich groß, zirka ein Meter neunzig. Breitschultrig, aber nicht dick, gut in Form. Markantes Gesicht. Schwarze Wollmütze, lange altmodische Lederjacke. Ich hab ihn schon zweimal gesehen, jeweils in Zusammenhang mit Alex, zuletzt gestern bei ihr vorm Haus. Ich gehe jedenfalls davon aus, dass es derselbe Mann war.«

»Na ja«, sagte Meyer vorsichtig, »mehr hast du nicht? Ich meine, du sagst ja selbst, dass du dir nicht ganz sicher bist. Und dass Alex mit einem Typen um die Häuser zieht, ist jetzt auch nicht so verdächtig, oder?«

»Nicht, wenn sie heute Morgen hier sitzen würde. Tut sie aber nicht. Und ihr Handy ist ausgeschaltet. Das macht mir Sorgen. Du weißt, weshalb!«

Meyer nickte und drehte sich zu Lina, die verständnislos zwischen ihm und Lepke hin und her blickte.

»Alex steht auf Alleingänge, das muss man mal so sagen. Bei unserem letzten Fall hatten wir alles gelöst bis auf den Mord, mit dem alles angefangen hatte und für den wir nach wie vor keinen Täter hatten. Und dann hat Alex eins und eins zusammengezählt, ohne auch nur ein einziges Wort zu uns zu sagen. Ohne jede Rückendeckung!«

»Der Fall, bei dem sie …«

»Der Fall.«

»Und ihr glaubt, sie würde so was noch mal machen?«

Lepke hob vage die Hand. Er fühlte sich mit einem Mal völlig erschöpft. Er hatte keine Kraft mehr, aber sie mussten eine Entscheidung treffen.

Ein junger Kollege erschien in der Tür.

»Besuch für euch.«

Haias Talib zögerte, bevor er eintrat. Er hatte den Arm um seine Schwägerin gelegt, die ein schwarzes Kopftuch trug und kaum aufblickte. Ihr Gesicht wirkte eingefallen und wurde von dunklen Augenringen bestimmt. Sie sah aus, als hätte sie lange nicht mehr geschlafen. Auch Haias Talib wirkte müde. Er hatte seine Finger ineinander verschränkt und flüsterte Tahmineh etwas zu. Als wollte er ihr Mut machen.

Lina stand auf und zog zwei Stühle heran.

»Frau Talib, schön Sie zu sehen. Geht es Ihnen besser?« Sie sprach Tahminehs Nachnamen überdeutlich aus, damit Lepke und Meyer kapierten, wen sie vor sich hatten. Außer ihr selbst hatte bisher nur Alex die Frau kennengelernt.

Lepke nickte ihr zu, er hatte verstanden.

Tahminehs Blick blieb für einen Moment an Alex' leerem Platz hängen. Als sie die Fotos von René Markwart auf der Plexiglaswand erkannte, meinte Lepke, für einen Augenblick eine Reaktion in ihren Augen gesehen zu haben. Zorn. Aber so schnell, wie der Ausdruck erschienen war, erstarb er auch wieder.

Lina stand noch immer in der Mitte des Raumes, sie hatte es nicht gewagt, sich zu bewegen, seit sie die Stühle geholt hatte. Leise fragte sie: »Können wir etwas für Sie tun?«

Tahmineh Talib schüttelte den Kopf.

»Ich wollte etwas erzählen ...«

Ihre Stimme brach ab. Haias Talib legte ihr die Hand auf den Rücken, um sie zum Weiterreden zu bewegen.

Lepke deutete auf die beiden Stühle. Tahmineh machte eine unsichere Bewegung, der Bruder ihres Mannes griff nach ihrem Arm, um sie zu stützen.

In diesem Augenblick flog die Verbindungstür zum Großraumbüro auf und knallte scheppernd gegen den Gummistopper. »Habt ihr noch ... Sorry, ich wollte nicht stören.« Marcel hob entschuldigend die Hände.

»Zu spät«, sagte Meyer.

Lepke sah, wie Tahmineh zu Marcel blickte. Ihr Gesicht wurde kalkweiß. Sie schwankte und musste sich an der Lehne des Stuhls festhalten. Bevor irgendjemand etwas sagen konnte, murmelte sie eine Entschuldigung und packte Haias Talib an der Jacke, um ihn mit sich aus dem Raum zu ziehen.

Das Ganze ging so schnell, dass die Tür schon zugefallen war, bevor Meyer rief: »Was zum Teufel ist hier eigentlich los?«

»Hey, ich wollte nur ... Wir haben mal wieder keine Büroklammern, das ist alles. Aber vergesst es, Leute, ich war gar nicht da.«

Marcel drehte sich um und schloss die Tür hinter sich.

Lepke sprang auf. Als er auf den Flur kam, konnte er Tahmineh und Haias Talib nirgends sehen. Sie mussten gerannt sein.

Hinter Lepke erschienen Meyer und Lina.

»Weg?« Meyer.

»Sollen wir hinterher?« Lina.

Lepke schüttelte den Kopf.

»Wir machen keine Jagd auf Flüchtlinge.«

»Aber ...«

»Kein Aber. Kommt bitte zurück ins Büro.«

Meyer war der Erste, der etwas sagte.

»Sie hat Marcel gesehen und Panik bekommen. Kennt sie ihn?«

»Vielleicht war es gar nicht unbedingt Marcel«, überlegte Lina laut. »Er hat sie nur an die Security-Typen erinnert! Ich meine, er sieht so aus wie einer von denen, oder etwa nicht?«

Lepke nickte, aber er war nur halb überzeugt. Was auch immer Tahmineh ihnen hatte erzählen wollen, der Anblick von Marcel hatte sie davon abgehalten.

*

Als Alex aufwachte, hatte sie rasende Kopfschmerzen, ihr ganzer Körper fühlte sich völlig zerschlagen an. Eine Weile blieb sie regungslos liegen und versuchte, sich an die letzte Nacht zu erinnern. Aber je mehr sie sich anstrengte, umso verschwommener wurden ihre Erinnerungen. Sie war mit dem Psychologen in einem Weinlokal gewesen. Sie hatte keine Idee mehr, worüber sie miteinander geredet hatten. Sie wusste auch nicht mehr, wie sie dann zu ihrer Stammkneipe gekommen war. Aber sie war sich sicher, dass sie da gewesen war. Später. Viel später. War Pradzyk dabei gewesen? Hatte er sie nach Hause gebracht? War sie mit ihm … Sie setzte sich auf und konnte nur mit Mühe die Übelkeit unterdrücken, die von ihrem Magen hochstieg.

Sie war allein. Es lagen nirgends fremde Klamotten herum. Allerdings konnte sie auch ihr Handy nirgends entdecken. Es befand sich nicht wie sonst neben ihrem Bett, sie musste es irgendwo liegen gelassen haben. Oder sie hatte es verloren.

Sie schwankte in die Küche. Die Uhr über dem Klapptisch verriet ihr, dass ihre Stammkneipe bereits wieder geöffnet hatte. Vielleicht konnte sie so wenigstens herausfinden, was in der letzten Nacht passiert war.

Sie zog sich Jeans und ein altes T-Shirt an. Ihre Stiefel lagen mitten im Flur, das Handy war tatsächlich nirgendwo zu finden.

Fast hätte sie die schmächtige Gestalt übersehen, die im Schatten neben der Haustür kauerte. Alex brauchte einen Moment, um die Frau zu erkennen.

»Frau Talib!«, rief sie überrascht.

Tahmineh Talib legte ihren Zeigefinger auf die Lippen und winkte Alex zu den Rhododendronbüschen hinüber, die jedem Mangel an Sonnenschein trotzten und in stoischer Ruhe den Abgang zum Keller bewachten. Gemeinsam hockten sie sich auf die obere Treppenstufe. Alex war leicht verwundert, als

Tahmineh eine Packung Zigaretten hervorkramte und ihr eine hinhielt. Tahmineh rauchte wie jemand, der das erst seit Kurzem tat und noch nicht daran gewöhnt war. Alex sah, dass ihre Fingernägel bis auf die Haut abgebissen waren.

»Du musst mir helfen«, sagte Tahmineh so leise, dass Alex sie kaum verstand.

»Wobei?«

Tahmineh blickte sich um.

»Wir sind alleine«, versuchte Alex, sie zu beruhigen. »Nur wir beide.«

»Die Männer sind überall. Im Lager, im Amt, im Fernsehen, sogar bei der Polizei.«

Alex legte ihr behutsam die Hand auf den Arm.

»Tahmineh, sieh mich an. Was für Männer?«

»Die bösen Männer.«

»Du musst mir mehr sagen. Was machen diese bösen Männer?«

Alex hatte das Gefühl, mit einem Kind zu reden, aber es war die einzige Möglichkeit, die sie sah, um Tahmineh auf keinen Fall zu verschrecken.

»Sie nehmen sich die Frauen und Kinder.«

»Sie nehmen sich die Frauen und Kinder? Was meinst du damit?«

»Sex.« Tahmineh spuckte das Wort aus, als wäre es giftig.

Alex war sich nicht sicher, ob sie wirklich verstand, was Tahmineh ihr sagen wollte.

»Ich habe Angst.«

»Ich helfe dir. Wer sind die Männer? Du kennst sie, oder? Sag es mir.«

»Ich kann es dir nicht sagen.« Tahmineh schluchzte auf.

»Wollen wir zusammen ins Präsidium fahren, und ich zeige dir Fotos, vielleicht erkennst du die Männer darauf.«

»Nicht zur Polizei, nein! Die Männer sind überall, auch da. Und sie wissen, was ich getan habe.«

»Ganz ruhig, Tahmineh, keine Polizei. Was hast du getan, was wissen sie über dich?«

Tahmineh schluckte. »Lya und Laith sind tot.«

Sie schüttelte Alex' Arm ab und rannte davon. Ihre Kippe rollte neben Alex die Stufe hinunter und blieb qualmend liegen. Dann war auch das Klappern der Schuhsohlen im Durchgang zum Vorderhaus verstummt.

Langsam richtete sich Alex auf. Die Puzzlestücke passten nicht zusammen. Noch nicht, dachte Alex. Aber es wird nicht mehr lange dauern, bis das Bild deutlich zu erkennen sein wird.

Sie wollte Lepke anrufen und griff automatisch in ihre Jacke.

»Mist«, fluchte sie gleich darauf. »Dann eben nicht. Zurück auf Start.«

Sie machte sich auf den Weg in ihre Stammkneipe, vielleicht lag da auch ihr Handy.

Außer den beiden alten Männern in der Ecke war die Bar leer. Selbst der Barkeeper war nicht da. Einer der Männer nuschelte etwas in Alex' Richtung, das sich eventuell als »Er wechselt gerade das Fass« deuten ließ.

Sie schob sich auf einen Hocker und wartete. Auf

einmal war sie sich nicht mehr sicher, ob sie letzte Nacht wirklich in dieser Kneipe gewesen war.

Als der Barkeeper auftauchte, zog er sein Bein nach. Alex bemerkte zum ersten Mal, wie alt er geworden war.

»Dumme Frage, aber war ich gestern hier?«

Der Barkeeper blickte sie lange an, dann zog er die Augenbrauen hoch. »Ich hatte schon gehofft, ich wäre dich endlich losgeworden. Du hättest vielleicht doch noch die Kurve gekriegt. Und das eine Mal mit deinem Kollegen wäre nur ein kleiner Ausrutscher gewesen.«

Für seine Verhältnisse ein verdammt langer Vortrag, dachte Alex. Aber noch keine Antwort auf ihre Frage.

»Also war ich nicht da?«

»Doch, sicher warst du gestern Nacht hier. Hast Whiskey getrunken. Wie immer.«

Sie lächelte. Das war schon mal eine Erinnerung mehr.

»Und ... war ich allein?«

Er schüttelte bedächtig den Kopf. »Mädchen, Mädchen.«

»War ich oder war ich nicht?«, fragte Alex jetzt ungeduldig.

»Du hattest einen Typen dabei, bist auch mit dem gegangen. Schon älter, wenn du mich fragst, zu alt für dich, Mädchen.«

Sie nickte. Eine andere Antwort hätte ihr zweifellos besser gefallen.

»Kann es sein, dass ich mein Handy hier vergessen habe?«

Er schüttelte erneut den Kopf.

»Danke für die Auskunft.« Sie lächelte verkrampft. »Kann ich mal dein Telefon benutzen?«

Mit der für ihn typischen Langsamkeit drehte er sich um und griff nach dem Telefon, das zwischen den Schnapsflaschen stand. Ein Telefon mit Wählscheibe. Beige. Die Farbe stumpf vom jahrelangen Dunst der Kneipe. Gleich daneben hing ein gerahmter Sinnspruch: *Wer hier ist, um zu vergessen, wird gebeten, vorher zu bezahlen.*

Alex wollte nicht vergessen, ganz im Gegenteil. Sie hätte nur zu gerne gewusst, was gestern genau passiert war. Aber sie konnte sich an nichts erinnern, auch die Hinweise des Barkeepers lösten keine weiteren Einzelheiten aus.

Sie zog das Telefon zu sich und wählte Lepkes Nummer. Es klingelte lange, bevor er abnahm. Als er sich endlich meldete, klang es wie ein Bellen, das seinen Namen zu einer einzigen Silbe zusammenzog: »ke.«

»Ich hab was Neues! Pass auf, ich hab eben …«

Weiter kam Alex nicht.

»Alex? Wo bist du? Was ist los? Ist alles in Ordnung mit dir?«

»Ja, warum? Ich meine …«

Sie konnte hören, wie er die anderen im Büro kurz informierte. Dann war seine Stimme wieder deutlich zu hören.

»Alex, Mensch! Du bist den halben Tag nicht aufgetaucht, dein Handy ist aus, gestern hab ich dich bei irgendeinem Typen ins Auto steigen sehen, wir hatten keine Ahnung, ob dir was passiert ist oder du …«

Lepke redete so schnell, dass Alex Mühe hatte, seinen Worten zu folgen.

»He, Lepke, warte! Lass es mich erklären. Das Scheißhandy muss ich gestern verloren haben. Ich war was trinken mit diesem Psychologen, zu dem mich Wagner geschickt hat. Das war ein Zufall, er kam gerade, als ich ging. Das Auto, das du gesehen hast, gehört ihm. Und dann ... Ich weiß es nicht genau. Ich fürchte, ich hab ein bisschen zu viel getrunken, ich bin erst heute Mittag wieder aufgewacht.«

Lepke klang besorgt. »Sag nicht, dass du einen totalen Blackout hattest.«

»Es scheint so. Ich kann mich jedenfalls an nichts erinnern.«

»Das wiederum sieht dir nicht ähnlich, Alex. Selbst bei deinen schlimmsten Abstürzen hast du hinterher immer noch recht gut gewusst, was ...«

»Ich weiß«, unterbrach ihn Alex, »vielleicht hat das was mit den Medikamenten zu tun, die ich nehme. Aber ich ruf dich wegen etwas anderem an. Tahmineh Talib war eben bei mir. Du weißt schon, die Mutter von ...«

»Ist klar. Hier war sie auch! Das muss dann vorher gewesen sein. Ich hatte den Eindruck, dass ihr Schwager sie hergebracht hat.«

»Noch mal! Sie war bei euch im Präsidium gewesen?«

»Ja, mit Haias Talib. Aber dann kam Marcel rein, und sie ist weggerannt, ohne irgendwas zu sagen.«

»Wegen Marcel?«

»Da sind wir uns nicht ganz einig, ist aber möglich, ja. Und anschließend hat sie offensichtlich dich aufgesucht. Vielleicht weil sie dir mehr vertraut.« Er stutzte. »Woher kennst du sie überhaupt?«

»Ich hab sie im Krankenhaus besucht, ganz am Anfang, aber das ist jetzt egal. Wie auch immer, als ich meine Wohnung verließ, hat sie vor meiner Haustür auf mich gewartet«, bestätigte Alex.

»Woher weiß sie überhaupt, wo du wohnst?«

»Keine Ahnung. Aber sie hat geredet. Sie hat Angst vor irgendwelchen Männern. Sie hat von bösen Männern gesprochen, die angeblich überall sind. Im Lager, im Amt, im Fernsehen – und bei der Polizei! Was vielleicht dazu passt, dass sie sich vor Marcel erschreckt hat.«

»Nicht so schnell, Alex«, sagte Lepke. »Was hat sie dir noch erzählt?«

»Dass sie Angst vor diesen Männern hat und dass sie Sex mit Frauen und Kindern haben, zumindest habe ich das so verstanden.«

Alex hörte, wie Lepke nach Luft schnappte.

»Und noch was«, setzte Alex leiser hinzu. »Ich bin mir ziemlich sicher, dass sie ihre Kinder umgebracht hat. Ich weiß noch nicht warum, aber ich vermute, es ist so gewesen.«

»Hast du sie darauf angesprochen?«

»Ging nicht. Mein Gespräch mit ihr endete genauso wie bei euch. Sie ist weggerannt.«

»Sie ist in Panik.«

»Und vielleicht in Gefahr.«

»Ich lasse sie zur Fahndung ausschreiben. Zu ihrem eigenen Schutz.«

Sie wussten beide, dass das keine gute Lösung war, aber etwas anderes fiel ihnen nicht ein.

Eine Weile blieb es still in der Leitung, dann räusperte sich Lepke. »Okay, ich gebe die Fahndung raus«, wiederholte er. »Und dann will ich mit dir reden, wir müssen das zusammen durchgehen, nur wir beide. – Wo bist du?«

»In der Kneipe.«

»In *der* Kneipe?«

»Klar.«

»Gut, ich komme zu dir. Warte da auf mich.«

Alex schob dem Barkeeper das Telefon zurück und bestellte sich ein alkoholfreies Bier. Sie hatte Durst und einen unangenehmen Geschmack im Mund, der sich auch mit dem Bier nicht wegspülen ließ.

»Hast du was zum Essen da?«

Der alte Barkeeper nickte. »Die Buletten sind frisch. Harte Eier, Gurken, ich kann dir auch ein Würstchen warm machen.«

Bevor Alex sich entscheiden konnte, sah sie, wie er die Stirn runzelte und über ihre Schulter hinweg zur Tür blickte. Um sich im nächsten Moment demonstrativ umzudrehen. Er machte sich unter der Theke zu schaffen.

Alex blieb bewegungslos sitzen. Lepke konnte es nicht sein. Und wegen eines anderen Gastes hätte der Barkeeper erst ihre Bestellung abgewartet. Also blieb nur …

Er setzte sich auf den Hocker neben ihr und legte lächelnd ihr Handy auf die Theke. Das Kupferarmband an seinem Handgelenk schimmerte matt. Die blauen Augen schienen Alex in ihrer Farbe ertränken zu wollen.

»Woher?«, stieß sie heiser hervor und steckte das Handy in ihre Tasche.

»Hast du letzte Nacht vergessen.«

Sie nickte. »Danke. Und …«

»Ich hab dich nach Hause gebracht. Wenigstens wusstest du noch deine Adresse!«

»Und warst du auch bei mir … in der Wohnung?«

Er lächelte nur, dann schüttelte er den Kopf. »Geh nach Hause, Alex. Schlaf dich aus. Morgen erwartet uns alle ein anstrengender Tag.«

»Was soll das denn jetzt heißen? Warte mal!«

»Lass ihn gehen«, sagte der alte Barkeeper. »Lauf nicht hinter ihm her, sei froh, wenn er weg ist.«

Alex starrte aus dem Fenster. Pradzyk stieg in seinen Audi und fuhr davon, ohne noch einmal zur Kneipe zu blicken.

Was hatte dieser letzte Satz zu bedeuten? Was sollte das alles überhaupt? Wieso wusste er, wo sie war? Und wenn sie das Handy letzte Nacht irgendwo liegen gelassen hatte, warum hatte er es ihr nicht gegeben, als er sie nach Hause gebracht hatte?

»Bulette oder Würstchen?«, unterbrach der alte Barkeeper ihre Gedanken.

»Keinen Appetit mehr, sorry, tut mir leid.«

»Du weißt nicht, was dir entgeht, Mädchen.«

Alex drehte sich eine Zigarette. Nach den ersten Zügen nahm sie ihr Handy wieder aus der Tasche und legte es vor sich auf die Theke.

Der Barkeeper beobachtete sie aufmerksam. Als

er sah, dass sie eine Entscheidung getroffen hatte, nickte er und streckte die Hand aus, um ihr die Kippe abzunehmen.

Alex löste die SIM-Karte aus der Halterung. Der Alte reichte ihr eine Schere.

»Noch mal«, sagte er, nachdem sie die Karte in zwei Teile geschnitten hatte. Dann grinste er zufrieden und warf die Reste in den Abfalleimer unter der Spüle.

»Das hier auch«, sagte Alex und schob ihm das Gehäuse hin.

Er griff unter die Theke und förderte einen Hammer zutage. Die Splitter verteilten sich über die halbe Bar, die beiden Männer in ihrer Ecke klopften begeistert mit den leeren Gläsern auf die Platte.

Der Barkeeper zog Alex' Kippe aus dem Mundwinkel und reichte sie ihr zurück.

»Sicher ist sicher«, sagte er. »Keene Wanze, keenen Träcka oder wie die Dinger heißen.«

Es war das erste Mal, dass sie ihn berlinern hörte. Vielleicht war es auch einfach das erste Mal, dass es ihr bewusst auffiel.

*

Lepke hatte den Dienstwagen nehmen wollen, musste aber feststellen, dass die Werkstatt ihn noch nicht zurückgebracht hatte. Ein anderes Fahrzeug stand nicht bereit, mit dem Streifenwagen wollte er sich nicht vorfahren lassen. Als er am Hermannplatz aus der U-Bahn stieg, klingelte sein Telefon. Meyer.

Tahmineh Talib wurde gerade in die Charité eingeliefert.

Lepke winkte das nächste Taxi heran. Während der Fahrt versuchte er vergeblich, Alex anzurufen. Aber sie hatte ja erzählt, dass ihr Handy verschwunden war. An den Namen ihrer Stammkneipe konnte er sich beim besten Willen nicht erinnern, und seine Google-Maps-App wollte beim besten Willen kein einziges Bild laden.

Fünfundzwanzig Minuten später stand er vor dem Eingang der Charité. Ohne genau zu wissen, wohin er überhaupt musste, rannte er durch das Tor. Vor einem großflächigen Lageplan hielt er an. Meyer hatte etwas von Philippstraße gesagt, auf dem Plan gab es keine Philippstraße. Er drückte die Rückruftaste, Meyer dirigierte ihn vom Campus runter und zum Gebäude der Notaufnahme.

Auf dem langen Flur standen Klinikbetten mit verletzten Menschen. Einige jammerten laut, die meisten starrten apathisch an die Decke. Schwerer Verkehrsunfall im Berliner Tunnel. Einer jungen Frau spritzte das Blut aus einer pulsierenden Wunde am Bein und malte dünne Streifen an die weiße Wand neben ihr. Zwei Assistenzärzte versuchten eine Kompresse anzulegen und gleichzeitig die Frau zu beruhigen. Als Lepke eine Pflegerin ansprach, gab sie ihm gereizt zu verstehen, dass er entweder warten oder sich die Pulsadern aufschneiden sollte, falls er sofort einen Arzt sehen wollte. Einen kurzen Moment dachte Lepke, dass der Vorschlag mit den Pulsadern womöglich gar nicht so abwegig war.

Er setzte sich und starrte auf das Blut und die klagenden Menschen. Als er endlich eine Ärztin zu fassen bekam, erfuhr er, dass Tahmineh Talib bereits im OP war. Mehr konnte sie ihm auch nicht sagen.

Er nahm den Fahrstuhl und setzte sich mit einem Becher lauwarmem Wasser vor die Riffelglastüren, hinter denen sich die Ärzte bemühten, Tahminehs Leben zu retten.

Ein uniformierter Kollege trat auf ihn zu.

»Sie ist aus dem Dachfenster eines Hochhauses am Kottbusser Tor gesprungen. Die türkischen Jugendlichen, neben denen sie auf den Beton geknallt ist, werden gerade psychologisch betreut. Zum Glück war gleich ein Arzt da, der im Südblock sein Feierabendbier getrunken hatte und sich um sie kümmerte. Er hat einen schwachen Puls festgestellt und den Rettungswagen gerufen. Aber es sieht nicht gut aus.«

Drei Stunden später vervollständigte eine erschöpfte Ärztin den Bericht. Der Aufprall hatte Tahminehs Rippen in den Brustkorb gedrückt und schwere Schäden an den Organen verursacht. Nach der Notoperation hatte man zumindest die lebensgefährlichsten Blutungen und inneren Verletzungen stoppen können. Tahmineh war zu schwach, um weiter operiert zu werden. Man hatte sie in ein künstliches Koma versetzt.

Die Ärztin brachte Lepke zur Intensivstation. Eine Weile betrachtete er den zerschundenen Körper durch die Trennscheibe. Aus Tahmineh Talibs verzerrtem Mund drängten sich die Schläuche, die sie am Leben hielten. Ihre Hände waren ans Bett fixiert. Die Maschinen gaben ein gleichmäßiges Piepen von sich.

Die gezackte Linie auf dem Monitor verschwamm vor seinen Augen. Als der Streifenpolizist eintraf, der die erste Wache übernehmen sollte, nickte Lepke und ging langsam zum Fahrstuhl.

Er hatte die Überwachung angeordnet, weil er überzeugt war, dass Tahmineh sich nicht ohne Grund bedroht gefühlt hatte. Ob sie wirklich noch vor einem äußeren Zugriff geschützt werden musste, stand allerdings auf einem anderen Blatt. Der letzte Satz, den die Ärztin gesagt hatte, ließ wenig Hoffnung. »Wenn sie das überlebt, wäre es tatsächlich ein Wunder.«

*

Die Mittagssonne heizt die Luft auf. Das Atmen fällt schwer. Der Sand wird in Mund und Augen geweht. Sie versuchen, die Fetzen ihrer Kleidung enger um sich zu ziehen. Der Boden ist so heiß, dass sie auf der Stelle treten müssen, um sich nicht die Fußsohlen zu verbrennen. Die meisten von ihnen sind seit vielen Tagen unterwegs, manche sogar schon seit Wochen. Sie sind erschöpft, aber sie hoffen immer noch darauf, dass etwas geschieht. Dass Hilfe kommt.

Eine junge Frau legt ihren Schal auf den Sand, um für ein paar Minuten die Füße still halten zu können. Als das Auto auftaucht, muss sie ihre Augen vor dem Sand schützen, den die Reifen aufwirbeln. Für einen Moment sind sie alle in eine rote Staubwolke gehüllt. Ein alter Mann fängt an zu husten.

Das Auto ist ein Pick-up. Sie müssen sich auf die

Ladefläche drängen. Fluchend stoßen die Männer aus dem Wagen sie hin und her, bis alle Platz gefunden haben. Die junge Frau hat Glück gehabt, sie kann ihren müden Rücken an die Fahrerkabine lehnen. Andere müssen auf den Seitenwänden sitzen und sich irgendwo festklammern, als der Wagen losfährt. Die Frau schließt für ein paar Sekunden die Augen. Ihre Stofftasche hält sie eng an ihrem Körper. Darin ist alles, was sie noch hat.

Für Stunden sehen sie nichts außer Wüstensand und die erbarmungslos brennende Sonne, die hoch am Himmel steht. Eine Mutter hält ihr kleines Kind. Sein Gesicht ist geschwollen und die Stirn glüht. Es kämpft mit Schüttelfrost, die Arme beben. Das Kind hat einen Hitzschlag. Ein Mann auf der Seitenwand verliert die Kraft, sein Griff lockert sich, ohne einen Laut kippt er hinten über und fällt von der Ladefläche. Verzweifelt klopfen und schlagen sie an die Rückwand des Führerhauses, aber die Fahrer halten nicht an. Der gekrümmte Körper im Sand wird zu einem kleinen Punkt und ist bald nicht mehr zu sehen.

Der sechste Mord

Wegen des Verdachts auf Missbrauch eines kleinen Mädchens wird die Polizei in die Flüchtlingsunterkunft nach Moabit gerufen; als der Vater des Mädchens mit einem Messer auf den Verdächtigen losgeht, wird er von der Polizei erschossen.

Fünfzehn Jahre nach einem Bombenanschlag auf eine Sprachschule, bei dem zehn jüdische Einwanderer starben, nimmt die Polizei einen Neonazi fest; der Mann wurde aufgrund neuer DNA-Erkenntnisse überführt.

In Hohenschönhausen erschießen drei Streifenpolizisten einen jungen Mann in seiner Wohnung, weil sie den Eindruck hatten, dass er verdächtige Bewegungen machte. Die Bewegungen stellten sich später als eine körperliche Behinderung heraus; das für den Einsatz angeforderte SEK war bei einer Antiterrorrazzia und hatte nicht kommen können.

Die NATO trainiert vor Russlands Grenzen.

Die Fenster des Büros waren weit geöffnet. Das entfernte Kreischen der S-Bahn zersägte die anbrechende Morgendämmerung. Nachdem sie gestern Abend noch gemeinsam mit der Spurensicherung am Kottbusser Tor gewesen waren, hatte Lepke die anderen nach Hause geschickt. Alles deutete darauf hin, dass Tahmineh Talib nicht gestoßen worden war. Sie war freiwillig gesprungen. Was immer das Wort »freiwillig« in diesem Zusammenhang bedeuten mochte.

Lepke war allein zurück ins Präsidium gefahren und hatte die Nacht mit offenen Augen auf seinem Stuhl verbracht und in die Dunkelheit gestarrt. Irgendwann war er kurz eingeschlafen, doch als er mit dem Kopf zum wiederholten Mal an die Wand hinter ihm geknallt war, war er aufgestanden und hatte die Fenster geöffnet. Er gähnte und blickte auf die Uhr.

7:55 Uhr.

Das Telefon klingelte.

Lepke hatte Mühe, den Arm auszustrecken und zum Hörer zu greifen.

In wenigen Worten teilte ihm die Ärztin aus der Notaufnahme der Charité mit, dass Tahmineh Talib vor einer halben Stunde gestorben war. Die inneren Verletzungen waren zu groß gewesen, der Körper hatte den Kampf aufgegeben.

Vielleicht, dachte Lepke, waren nicht nur die inneren Verletzungen schuld daran gewesen. Vielleicht hatte Tahmineh ganz einfach keine Kraft mehr gehabt. Vielleicht hatte sie gar nicht mehr leben wollen. Er hatte das Gefühl, dass er versagt hatte. Sie alle hatten versagt, so wie sie es als Polizisten und als Menschen tagtäglich taten, wenn sie Flüchtlinge in Lager steckten.

Ohne Hoffnung.

Ohne Zukunft.

Er bekam nur am Rand mit, was die Ärztin gerade gesagt hatte. Aber etwas ließ ihn aufhorchen. Er entschuldigte sich und bat sie, die letzten Sätze noch mal zu wiederholen.

Sie hätte einen Briefumschlag bei Tahmineh Talib im Mantel gefunden, der an ihn und Alex adressiert war. Mit vollständigen Namen, Dienstbezeichnungen und der Anschrift des Präsidiums. Und mit dem Vermerk »persönlich«. Lepke versprach, sofort vorbeizukommen, um den Umschlag abzuholen.

Er hinterließ eine kurze Nachricht für die anderen, die jeden Moment eintreffen mussten, und machte sich auf den Weg. Sein Dienstwagen stand noch immer nicht auf dem Parkplatz, der Pförtner rief ihm ein Taxi. Diesmal dirigierte er den Fahrer gleich in die Philippstraße, statt sich wie am Tag zuvor zum Campus der Charité bringen zu lassen. Die Notaufnahme war so gut wie leer. Ein Mädchen hatte sich auf dem Weg zum Kindergarten den Kopf an einem Betonpfeiler aufgeschlagen. Es blutete. Ein Obdachloser hatte eine eiternde Wunde am Bein. Ein alter Mann hustete Blut.

Er fragte nach der diensthabenden Ärztin, die ihn angerufen hatte. Sie lag auf einem Klinikbett, das mit einem Plastiküberzug abgedeckt war, und schlief. Lepke weckte sie vorsichtig.

»Sorry.« Die Ärztin rieb sich die Augen. »Es war eine lange Nacht.«

Er nickte verständnisvoll.

»Der Briefumschlag ist im Schwesternzimmer, kommen Sie.«

Lepke folgte ihr den Gang entlang. Zwei Krankenpflegerinnen lachten über den missglückten Versuch der einen, einem Patienten Blut abzunehmen. Als sie die Ärztin in der Tür stehen sahen, verstummten sie.

Irritiert blickte sie auf den einzigen Schreibtisch, der mit Krankenblättern und Patientenakten überhäuft war. Dann begann sie hektisch, die verschiedenen Stapel zu durchsuchen.

»Ein brauner Umschlag. DIN A5, so eine gefütterte Versandtasche, mit der Anschrift der Polizei. Ich hatte ihn hierhergelegt, habt ihr ihn vielleicht gesehen?«

Die Pflegerinnen schüttelten die Köpfe und begannen jetzt ebenfalls nach dem Umschlag zu suchen. Sie erschienen Lepke wie zwei kleine Mädchen, die ertappt worden waren, aber nicht wussten, was sie eigentlich falsch gemacht hatten.

»Der Umschlag lag hier, das weiß ich genau«, wiederholte die Ärztin. »Gleich oben auf dem Stapel! Jemand muss ihn … Aber das kann nicht sein, ins Schwesternzimmer kommt niemand rein, der in diesem Raum nichts zu suchen hat.«

»Eben«, sagte Lepke und ballte enttäuscht die Hände.

Die Ärztin entschuldigte sich noch einmal für das Chaos und versprach, ihn sofort anzurufen, wenn der Brief wieder auftauchen sollte.

Lepke ahnte, dass er nichts mehr von ihr hören würde. Irgendjemand war ihnen einen Schritt voraus.

Irgendjemand schien genau darüber informiert zu sein, was sie gerade taten, und warf ihnen Knüppel zwischen die Beine. Als wären sie nur Marionetten, die von einem unbekannten Puppenspieler dirigiert wurden.

*

Die Stimmung im Büro war auf dem Nullpunkt. Meyer klopfte mit den Fingern nervös auf die Schreibtischplatte, Lina schluckte krampfhaft, Alex fuhr sich immer wieder mit den Händen durch die Haare, als Lepke sie über Tahminehs Tod unterrichtete. In Alex' Augen konnte er sehen, dass sie mit sich kämpfte, um nicht die Haltung zu verlieren. Sie versuchte, sich nicht die Schuld an Tahminehs Suizid zu geben. Ebenso wie er und die anderen.

Hätten sie nur früher begriffen, dass Tahmineh etwas wusste, was sie ihnen sagen wollte.

Hätte er sie aufgehalten, als sie davongelaufen war.

Wäre Alex hinter ihr hergerannt.

Es hatte keinen Zweck. Es war zu spät, sie hatten alle versagt. Jetzt konnten sie nur noch darangehen, diesen verdammten Fall endlich zu lösen.

Vier ermordete Flüchtlingskinder.

Zwei Mütter, die Selbstmord begangen hatten.

Alle aus der Tempelhofer Notunterkunft.

Alle hatten sie Wohnungen vermittelt bekommen.

Ein erschossener Security-Wachmann aus demselben Lager.

Ein Chef der Security-Firma, der Beziehungen ins Rotlichtmilieu und in die Politik unterhielt.

Ein Polizeipräsident und ein Innensenator, die sich in den Fall einmischten.

Zwei verdächtigte Flüchtlinge, die trotz unzureichender Beweise ohne Verhandlung abgeschoben werden sollten.

Tahminehs unvollständige Aussage über die Männer, die Frauen und Kinder abholten.

Der Hinweis darauf, dass es etwas mit Sex zu tun haben könnte.

Der Brief, den Tahmineh vor ihrem Selbstmord geschrieben hatte und der verschwunden war.

Es war nach wie vor kein eindeutiges Schema, kein eindeutiges Motiv zu erkennen.

»Egal, wie wir es drehen, der gemeinsame Nenner bleibt das Lager.« Lepke.

»Vielleicht nicht nur das Lager, sondern auch der Chef der Security-Firma, Eckert!« Lina.

»Eckert ist die Verbindung zwischen Lager, der Security-Mannschaft und irgendwelchen Kontakten nach weiter oben.« Meyer.

Das Telefon klingelte.

Alex nahm den Hörer ab. Sie nickte mehrmals und zog einen Zettel heran, um sich Notizen zu machen. Als sie wieder auflegte, wirkte ihr Blick leer. Als wäre sie weit weg.

Lepke breitete angespannt die Hände aus.

»Okay«, sagte Alex. »Es geht schon wieder.«

»Und?«

»Meyer 2. Er hat Banu Sabia auf Spuren von

sexuellem Missbrauch untersucht. Er hat auch mit einem Kollegen von der Charité gesprochen, weil die Leiche von Tahmineh Talib ja noch dort liegt. Er sagt, er kennt den Kollegen und kann sich auf ihn verlassen.«

»Und?«, wiederholte Lepke.

»Es gab keine Auffälligkeiten bei Banu Sabia, ebenso wenig bei Tahmineh Talib. Meyer 2 hat mich allerdings daran erinnert, dass das Fehlen von Spuren nicht unbedingt bedeutet, dass die Frauen nicht doch zu Sex gezwungen oder vergewaltigt wurden. Es heißt nur, dass es keine deutlichen Wunden gibt oder mögliche Wunden bereits wieder verheilt sind.«

Sie machte eine Pause.

»Also haben wir wieder nichts. Zumindest nichts, was diesen Hinweis auf Sex ...«

»Warte, Lepke! Meyer 2 hat zwar nicht gefunden, wonach wir gesucht haben, aber er hat von sich aus noch ein paar andere Untersuchungen gemacht, bei den Kindern! Und da gibt es eindeutige Spuren von sexuellem Missbrauch, zumindest bei drei der Kinder, einzige Ausnahme ist der kleine Laith, da war nichts.«

Lepkes Kopf schnellte nach vorn. Seine Stimme triefte vor Sarkasmus. »Also Kindesmissbrauch statt Zwangsprostitution! Na, herzlichen Glückwunsch, es wird ja immer besser!«

»Oder Zwangsprostitution von Kindern«, sagte Alex angewidert.

»Ich könnte kotzen, echt«, kam es leise von Lina.

Meyer nahm den Telefonhörer hoch.

»Ich spreche mal mit den Kollegen vom LKA 13, vielleicht wissen die was. Sexualdelikte sind schließlich ihr Gebiet.«

Das Gespräch dauerte nicht lange.

»Nichts«, sagte Meyer, nachdem er aufgelegt hatte. »Jedenfalls nichts Aktuelles, was passen könnte.«

»Ich denke, wir sollten mit Wagner reden«, meinte Lina. »Um ihn wenigstens zu informieren.«

Meyer griff erneut zum Hörer. »Ich rufe ihn an, womöglich ist er gar nicht da.«

»Er ist da«, sagte Alex. »Ich habe ihn vorhin gesehen.«

*

Als Wagner den Raum betrat, hielt er einen braunen Umschlag in der Hand. »Ist an euch adressiert, hat die Sekretärin aber bei mir reingegeben.«

Lepke sprang auf. »Von wem? Wer hat ihn gebracht?«

»Was weiß ich! Ist beim Pförtner unten abgegeben worden, der hat ihn zur Schmidtchen gebracht, die zu mir, ich zu euch. Obwohl ich mich ja nicht gerade als euer Botenjunge sehe, aber … He! Langsam, Lepke, was ist los?«

Lepke war um seinen Schreibtisch herumgekommen und riss Wagner den Umschlag aus der Hand.

»Scheint ja wichtig zu sein«, kommentierte Wagner Lepkes Verhalten. »Was ist es? Worum geht es?«

»Die behandelnde Ärztin hat einen Brief bei Tahmineh Talib gefunden, der an uns adressiert war, aber als ich ihn vorhin abholen wollte, war er weg. Verschwunden.«

Lepke hielt den Umschlag hoch. Deutlich konnten sie jetzt alle Alex' und seinen Namen auf der Vorderseite sehen.

»Mach auf!«, sagte Alex.

Lepke riss den Klebestreifen ab und zog einen USB-Stick aus dem Umschlag.

»Jetzt interessiert es mich auch«, ließ sich Wagner vernehmen und schloss die Tür zum Flur.

Lepke war bereits an seinem Computer. Nach dem ersten Doppelklick öffneten sich mehrere Videodateien.

»Videos?«, fragte Alex irritiert.

Er klickte auf die erste Datei. Auf dem Bildschirm erschien Tahmineh Talibs Gesicht. Sie trug kein Kopftuch, ihre schwarzen Haare waren strähnig, die dunklen Augenringe ließen ihr Gesicht noch erschöpfter aussehen, als Alex es in Erinnerung hatte.

Die Tonqualität war nicht gut. Tahminehs Sätze wurden überlagert von den Nebengeräuschen der Handykamera, mit der sie die Aufnahme offensichtlich selbst gemacht hatte.

Ihr Akzent war nicht zu überhören, manchmal brach sie mitten im Satz ab, um das richtige Wort zu suchen.

Wenn ihr das Video seht, bin ich wahrscheinlich tot. Ich kann nicht mehr. Aber ihr müsst die Wahrheit kennen. Ihr müsst helfen. Sonst tut es keiner. Lya und Laith mussten sterben.

Über ihre Wangen liefen Tränen. Ihre Augen waren matt und leer.

Ich habe sie im Arm gehalten und ihnen gesagt, dass es gut wird. Alles wird gut, habe ich gesagt. Dann habe ich sie vergiftet, aber Lya hat sich gewehrt. Ihr Bruder hat gewusst, was passiert. Lya ist davongelaufen. Sie war zu stark für mich, ich konnte sie nicht festhalten. Aber ich wollte nicht, dass sie allein stirbt. Das war …

Das Bild wackelte. Für einen Moment war der Ton weg.

… niemals verzeihen.

Tahmineh schluchzte auf.

Die Männer haben uns abends abgeholt und in eine verlassene Wohnung mitgenommen. Ich weiß nicht, wo das war. Sie haben versprochen, dass wir eine eigene Wohnung kriegen, wenn wir schweigen und alles machen, was sie wollen. In der Wohnung waren noch mehr Männer. Andere Männer. Wir mussten mitmachen. Wir mussten es tun, sonst … Die Polizei war auch da. Jemand von der Polizei. Er hat uns seinen Ausweis gezeigt, aber seinen Namen konnte ich nicht lesen. Er hat gesagt, die Wohnung erhalten wir nur, wenn … wir sie auch was mit den Kindern machen lassen. Das. Aber ich konnte das nicht. Nicht Lya und Laith. Sie sind noch zu klein. Ich wusste nicht, was ich tun sollte. Es tut mir leid.

Das Bild wackelte wieder.

Kümmert euch um Haias. Er hat schon zu viel erlebt, und er ist nicht so stark wie ich.

Tahminehs Gesicht wurde größer und unscharf. Dann war die Aufnahme zu Ende.

Lepke zögerte einen Moment, bevor er auf das

zweite Video klickte. Es war vollkommen still im Büro. Nur Wagners Atem ging pfeifend, als hätte er Mühe, Luft zu bekommen.

Die nächsten Aufnahmen waren so dunkel, dass sie zunächst Mühe hatten, etwas zu erkennen. Ein Zimmer mit einem Bett in der Mitte. Eine Kommode mit einem Spiegel. Ein weiterer Spiegel über dem Bett. Ein Stuhl, dessen Sitz mit rotem Samt bezogen war.

Ohne den Blick abwenden zu können, starrten sie auf den Bildschirm auf Lepkes Schreibtisch.

Ein Kissen lag auf dem Boden. Eine Frau mit schwarzen Haaren betrat das Zimmer.

Als sie Banu Sabia erkannten, schluchzte Lina auf. Entsetzt sahen sie zu, wie Banu Sabia nacheinander von mehreren Männern vergewaltigt wurde. Dann kamen andere Frauen, sie wurden in den Raum gestoßen, vergewaltigt, geschlagen, geschlagen, vergewaltigt. Auch die Mutter und die Schwester der toten Sara aus Mahlsdorf waren dabei.

»Verdammt!« Lepke hieb mit der flachen Hand auf den Tisch. »Die alte Frau hatte recht gehabt.«

Im gleichen Moment beugte sich Alex so weit nach vorne, dass sie mit der Stirn fast gegen Lepke stieß. Ihr Zeigefinger zitterte, als sie ihn auf den Bildschirm heftete.

»Halt mal an!«

Lepke drückte die Pausentaste.

»Das ist Pradzyk«, stieß Alex hervor. »Der Typ da, der von hinten zu sehen ist! Ich erkenne das Kupferarmband an seinem Handgelenk.«

Wagners Stimme war nicht viel mehr als ein heiseres Flüstern, als er sagte: »Und der neben ihm ist der Polizeipräsident.«

Jetzt beugte sich Meyer vor. »Den anderen da, den kenne ich auch irgendwoher. Aus der Presse, glaube ich.«

Alex nickte. »Er war auf den Fotos bei Eckert im Büro.«

»Das ist der Innensenator«, sagte Wagner. Er richtete sich auf und griff nach Lepkes Schulter, um sich festzuhalten.

»Eckerts versammelte Kundenkartei«, bemerkte Lepke trocken.

Er spulte die Aufnahme ein Stück vor. Bis auf Banu Sabia, ans Bett gefesselt mit Handschellen, waren die Frauen verschwunden. Die Männer jedoch nicht. Auf dem Bett lag ein nacktes Mädchen. Höchstens drei oder vier Jahre alt. Djamila, Banu Sabias Tochter.

Lepke hieb so heftig auf die Tastatur, dass das Bild kurz flimmerte und verlosch.

Für einen kurzen Moment bewegte sich niemand, dann drehte Lina sich um und schaffte es gerade noch zu dem Papierkorb neben der Tür, bevor sie sich übergab. Meyer holte ihr eine Flasche Wasser und hielt ihr ein Taschentuch hin. Obwohl die Aufnahme nicht mehr lief, schien das Stöhnen und Grunzen der Männer noch in der Luft zu hängen. Die verzweifelten Schreie der Frauen. Das Wimmern der kleinen Djamila.

Wagner nickte ihnen zu, dann verließ er ohne ein weiteres Wort den Raum.

»Ich weiß nicht, ob ich die anderen Videos noch wirklich sehen will.« Alex drehte sich zum Fenster.

Ihre Kraft reichte nicht einmal mehr, um zu weinen. Aber tief in ihrem Inneren fühlte sie Wut aufsteigen.

Darüber, dass sie benutzt worden war. Und dass sie es nicht mal bemerkt hatte.

Darüber, was diese Frauen und Kinder hatten durchmachen müssen. Und wahrscheinlich immer noch mussten.

Darüber, was für Arschlöcher es gab. Die ihre Macht missbrauchten, um sich an wehrlosen Opfern zu vergehen.

Darüber, wie verdammt ungerecht diese Welt war. Und was für ein gefährlicher Ort für Frauen und Kinder.

Lepke saß vornübergebeugt, den Kopf in die Hände gestützt. Über seine Wange lief eine Träne. »Tahmineh muss das heimlich mit dem Handy gefilmt haben. Wie immer sie das angestellt hat. Mein Gott, was für eine verdammte Scheiße!«

*

Es schien, als sei die Zeit stehen geblieben. Wie eingefroren. Niemand sagte etwas. Niemand rührte sich.

Alex starrte aus dem Fenster. Draußen schien die Sonne. Als würde sie lachen. Sich lustig machen über das Elend auf dieser Welt. Aus dem Großraumbüro drangen Stimmen und gedämpftes Lachen herüber. Alex griff nach einem Stuhl und rammte ihn unter die Klinke der Verbindungstür.

Sie schüttelte den Kopf und drehte sich zu den anderen.

»Wenn Tahmineh Talib tatsächlich ihre Kinder umgebracht hat, damit sie diese Scheiße nicht mehr oder niemals ertragen müssen, ist das vielleicht auch das Motiv für die Morde an den anderen Kindern. Ihr habt die Szene mit Banu Sabia und ihrer Tochter eben selbst gesehen.«

Lepke nickte. »Die Mutter und die Schwester von ...«

»Sara«, sagte Alex.

»... waren auch dabei.«

»Und das wird wohl heißen, dass auch Sara selbst ...«, setzte Meyer an, brach aber sofort wieder ab. Als würde er es nicht wagen, den Satz ganz auszusprechen.

»Erst der Krieg, der Terror zu Hause, dann die Flucht und dann das.« Lepke fuhr sich mit der Hand übers Gesicht.

»Es hilft nichts«, sagte Meyer, »wir müssen das zu Ende denken. Banu Sabia und Tahmineh Talib sind tot. Haben sich selbst umgebracht. Das war ihr Ausweg, nachdem sie diese Verzweiflungstaten an ihren Kindern begangen hatten. Aber die Mutter von Sara lebt noch. Ihr wisst, was das für uns bedeutet, oder?«

»Vielleicht war es gar nicht die Mutter«, überlegte Alex laut. »Sondern die große Schwester, Jasmina. Als ich mit ihnen gesprochen habe, schien sie mir die Stärkere zu sein. Entschlossener. Gefasster. Weil sie womöglich die Verantwortung für Sara übernommen hatte. Sie erlöst hatte. Aber ja, du hast recht, Meyer, eigentlich müssten wir sie festnehmen. Die Mutter, die Tochter, beide.«

Linas Gesicht war kreideweiß und hob sich kaum von den weißen Wänden hinter ihr ab. Stumm saß sie auf ihrem Platz und starrte vor sich auf die Tischplatte. Ihre Hände hatte sie unter die Oberschenkel geschoben. Lepke beobachtete sie eine Weile, dann stand er auf und flüsterte ihr etwas ins Ohr. Sie nickte. Auf dem Weg nach draußen murmelte sie eine Entschuldigung, ihre Augen flackerten, dann fiel die Tür hinter ihr ins Schloss.

»Ich habe sie nach Hause geschickt«, erklärte Lepke kurz.

Alex wünschte sich, sie könnte ebenfalls gehen. Schlafen. Und am nächsten Morgen aufwachen und feststellen, dass alles nur ein Alptraum gewesen war. Wie die Träume, in denen ihr Vater sie besuchte. Alpträume. Sonst nichts.

Es war Meyer, der sagte: »Es hilft nichts. Wir müssen uns den Dreck noch mal anschauen, um zu wissen, wer alles dabei war. Und auch die anderen Aufnahmen, die wir noch nicht gesichtet haben.«

Lepke nickte so langsam, dass es schien, als könnte er sich nicht entscheiden. Als wollte er den Zeitpunkt hinauszögern, an dem es kein Zurück mehr gab.

»Wir müssen nicht nur in Erfahrung bringen, wer mitgemacht hat«, sagte Alex, als Lepke sich nicht rührte, »wir müssen auch herausfinden, wer von den Arschlöchern das alles organisiert hat. Unsere einzige Zeugin, die bereit war zu reden, ist tot. Aber wir haben dieses Video, das muss reichen, um sie dranzukriegen.«

»Und welcher Richter wird uns bitte schön einen

Haftbefehl für den Polizeipräsidenten und den Innensenator unterschreiben?« Lepke.

»Wir werden einen finden. Nicht alle Richter sind feige oder korrupt.« Alex.

»Sie werden das Video erst gar nicht als Beweis anerkennen. Wartet mal ab, was Typen wie die an Anwälten auffahren! Irgendetwas wird ihnen einfallen, dass es vom Gericht nicht anerkannt wird.« Meyer. »Oder sie kassieren das Video ein. Wäre nicht das erste Mal, dass so was passiert.«

»Vielleicht hast du recht«, sagte Lepke. »Wir brauchen mehr als das Video. Sonst zerpflücken sie uns jede Beweisführung. Aber im Moment sind die Aufnahmen alles, was wir haben. Also sollten wir dieses Material so gut wie möglich für uns nutzen.«

Alex zog sich einen Stuhl heran und spulte das Video zurück. Ihre Hand auf der Computermaus zitterte nur leicht. Sie war hochkonzentriert und fest entschlossen, die Zusammenhänge aufzuspüren, die ihnen noch fehlten – unter allen Umständen.

Während sie die widerlichen Bilder erneut verfolgten, legte Lepke eine Liste der Personen an, die sie identifizieren konnten. Die Filme, die ihnen gefehlt hatten, standen den ersten beiden in ihrer Perversität in nichts nach, eher im Gegenteil. Die letzte Aufnahme zeigte die Männer, die die Frauen und Kinder in den kargen Raum geschleppt hatten. Es waren zwei Männer. René Markwart und sein blonder Kollege, den sie schon in der Notunterkunft befragt hatten, André Götze. Rolf Eckert war auf keinem der Videos zu sehen.

Unter den Frauen und Kindern konnten sie Banu Sabia und ihre Tochter Djamila, Tahmineh Talib und ihre beiden Kinder sowie Dilan Saleh und ihre Töchter Sara und Jasmina ausmachen. Drei weitere Frauen und zwei kleine Jungen kannten sie nicht.

Die Liste der Freier war lang und prominent.

Frank-Johann Baier, Polizeipräsident in Berlin.

Christian Lauer-Bielka, Innensenator.

Karl Koppe, Leitender Oberstaatsanwalt bei der Generalstaatsanwaltschaft Berlin.

Wolfgang Richter, Gewerkschaftsfunktionär.

Hans-Joachim Förster, Vorstandsvorsitzender einer Autofirma.

Werner von Stahl, Bundesvorstand einer rechtspopulistischen PArtei

»Wir haben in ein Wespennest gestochen«, stellte Lepke fest. »Räuchern wir es aus. Aber einfach wird das nicht. Und es kann uns allen den Kopf kosten.«

»Wir müssen sie drankriegen. Und wenn hier Köpfe rollen, dann nicht unsere.« Alex.

Als das Telefon klingelte, schreckten alle gleichermaßen hoch.

Meyer nahm den Hörer ab. Er hielt kurz die Hand auf die Telefonmuschel: »Meyer 2.« Eine Weile hörte er angestrengt zu, bevor er sich bedankte und auflegte.

»Die Kugel, mit der Markwart erschossen wurde, ist aus dem Labor zurück. Sie haben die dazugehörige Waffe zwar nicht gefunden, aber sie tippen darauf, dass Markwart mit einer Dienstwaffe erschossen wurde.«

»Dienstwaffe?«, fragte Lepke irritiert.

»Also war es einer von uns«, sagte Alex.

»Wartet. Meyer 2 hat außerdem DNA-Spuren unter den Fingernägeln von Markwart gefunden. Abwehrspuren. Ihr wisst schon, seine Theorie, dass es da einen Kampf am Hochbahnhof gegeben hat, bevor Markwart erschossen wurde.« Meyer machte eine kurze Pause. »Es gibt einen Treffer in der Datenbank!«

Lepke grinste. »Na also, geht doch. Jetzt sag schon!«

»Haltet euch mal besser fest. Wir kommen nicht ran. Wer auch immer seine DNA unter Markwarts Fingernägeln gelassen hat, ist intern geblockt. Da kriegen wir keinen Namen.«

»Was?«

»Geblockt«, wiederholte Meyer.

Alex nahm einen Schluck Wasser aus der Flasche, die Lina auf ihrem Tisch stehen gelassen hatte. »Das heißt entweder jemand von der Polizei oder jemand mit Immunitätsstatus, ein Botschafter zum Beispiel«, stellte sie fest. »Aber da Markwart mit einer Dienstwaffe erschossen wurde, dürfte Polizei wahrscheinlicher sein. Was im Übrigen zu Tahmineh Talibs Aussage passt, dass die Polizei ebenfalls involviert wäre. Was wir durch die Videoaufnahmen aber ohnehin wissen.«

Ein Streifenwagen verließ mit gellender Sirene den Hof. Die Sonne war zu hell, um die blauen Lichtblitze bis ins Büro der Mordkommission dringen zu lassen.

*

Ohne anzuklopfen, riss Wagner die Tür auf. »Wir haben ein Problem.« Er wedelte mit den Armen, als würde er den Einsatz eines Orchesters vorbereiten.

Alex nickte. »Kann man wohl sagen.«

»Wir sind noch dabei, die Informationen aus den einzelnen Videos zu sortieren, um ein eindeutiges Bild zu erhalten«, bemerkte Lepke. »Wer da alles mit drinsteckt und wo wir ansetzen können, ohne Gefahr zu laufen, dass uns das Ding um die Ohren fliegt, bevor wir überhaupt was erreicht haben. Gerade haben wir auch erfahren, dass Markwart mit einer Dienstwaffe erschossen wurde, und …«

Wagner schloss sorgfältig die Tür hinter sich.

»Wir haben viel größere Probleme.« Er hielt einen sauber getippten Briefbogen hoch. »Lina Czaja war bei mir und hat ihre Versetzung eingereicht. Ich habe versucht, mit ihr zu reden, aber sie hat behauptet, dass sie sich hier erstens nicht wirklich integriert fühlt und zweitens Schwierigkeiten mit dem ganzen Dreck hat, mit den toten Kindern, mit diesen Videos. Zu Punkt eins – das wirft natürlich kein besonders gutes Licht auf uns als Team, da bin ich auch von euch enttäuscht, muss ich sagen.«

»Und wo will sie hin? Wo es schön sauber und ordentlich ist?«, fragte Alex, ohne auf Wagners letzte Bemerkung einzugehen.

»Nein, nein, so ist sie nicht. Sie lässt sich zum LKA 42 versetzen. Einschleusen von Ausländern, Visaerschleichung, Scheinehen. Das reine Zuckerschlecken ist das da auch nicht. Aber auf jeden Fall nicht so brutal wie bei euch. Bei uns. Ich kann das schon verstehen, irgendwie.«

»Das Video war zu viel«, sagte Meyer. »Das war's, glaubt mir.«

»Gut«, meinte Lepke. »Oder auch nicht gut. Ich hab gerne mit ihr gearbeitet und häufiger gedacht, dass sie eine fähige Ermittlerin werden kann. Aber im Moment ist ihre Versetzung wirklich nichts, womit ich mich gerade ausführlicher beschäftigen kann. Wie gesagt ...«

Wagner hob die Hand. Pause für den ersten Geiger. Er förderte einen zweiten Briefbogen zutage. »Der Psychologe Tobias Pradzyk hat bescheinigt, dass Alex zum derzeitigen Zeitpunkt nicht diensttauglich ist.«

»Haha«, sagte Alex. »Und warum wundert mich das gar nicht mehr?«

»Das ist Quatsch!«, brüllte Lepke. »Der feine Herr ist in den Fall verwickelt, wir haben ihn auf dem Video. Damit dürfte sein Gutachten ja wohl hinfällig sein.«

»Nicht, solange wir keine Anklage gegen ihn erhoben haben. Und da beißt sich die Katze in den Schwanz, um es mal bildlich auszudrücken. Noch weiß er nichts von den Aufnahmen. Und so sollte es auch erst mal bleiben. Wir halten das schön unter der Decke, bis wir ...« Wagner zuckte mit der Schulter.

»Und das war's dann, oder was?«, fragte Alex. »Dann kann ich meinen Helm nehmen und gehen?«

Wagner breitete die Arme aus. »Sie müssen mir schon zuhören, wenn ich was sage. Zumal es genauso auf das ankommt, was ich nicht gesagt habe.«

»Ich glaube, ich nehme auch meinen Helm«, erklärte Meyer halblaut.

»Genau das werden Sie nicht tun. Und auch Alex nicht! Wir setzen alles auf eine Karte. Bis morgen, maximal Montag kann ich das Gutachten zurückhalten. Aber bis dahin brauchen wir Ergebnisse!« Er nahm seine Finger zu Hilfe, um die einzelnen Punkte aufzuzählen. »Wir brauchen eine Verbindung zwischen den Opfern, die über das Lager hinausgeht. Die Sache mit den Wohnungen, die ihnen versprochen wurden.«

Alex blickte zu Lepke. »Die Mutter von Sara entfällt, ebenso wie die größere Schwester. Richtig?«

»Leider ja. Das Risiko können wir nicht eingehen. Wenn sie tatsächlich selbst für den Tod von Sara verantwortlich sind ...« Lepke brauchte nicht weiterzureden, sie wussten alle, was er sagen wollte.

»Wir haben noch drei weitere Frauen auf den Aufnahmen«, warf Meyer ein.

»Die Wohnungsvermittlerin«, sagte Lepke so leise, als wäre er erst noch dabei, seinen Gedanken zu vervollständigen.

Wagner blickte zwischen ihnen hin und her. Er hatte keine Ahnung, worüber sie redeten. Aber sein Team funktionierte! Sie brauchten bloß einen kleinen Anstoß ...

»Ja, weiter Lepke. Fahren Sie fort!«

Lepke stand von seinem Platz auf und fing erneut an, zwischen Tür und Fenster hin und her zu laufen.

»Wenn es stimmt, dass den anderen Opfern Wohnungen versprochen wurden, dann kann uns die

Sachbearbeiterin, Frau Merkel, auch sagen, wer diese anderen Frauen sind. Vielleicht haben wir die Chance, dass eine von ihnen redet. Ich fahre da hin.«

»Um Eckert kümmere ich mich. Da ist bestimmt noch mehr rauszukriegen. Irgendwelche Querverbindungen zu den anderen Männern. Was weiß ich.« Meyer.

»Sehr gut. Dann übernehme ich den Richter. Ich habe da so eine Idee. Alte Geschichte von früher. Eine Hand wäscht die andere.« Wagner rieb sich die Hände.

»Wir brauchen so etwas wie einen Plan B.« Alex. »Das hier ist zu wichtig, um zu riskieren, dass irgendwas schiefläuft. Ich habe einen Vorschlag. Es gibt da einen alten Freund von mir, der Journalist ist. Einer von den Guten. Er ist nicht mehr in Berlin, was im Moment vielleicht sogar von Vorteil ist. Damit ist er aus der direkten Schusslinie, und es dürfte schwerfallen, eine Verbindung zwischen ihm und uns herzustellen. Aber er kennt die Zusammenhänge, er hat lange genug in Berlin gearbeitet. Er kann unsere Absicherung sein, versteht ihr? Wir schicken ihm die Aufnahmen und alles, was wir bislang haben. Und wenn irgendwas nicht so läuft, wie wir es geplant haben, oder wenn uns etwas passiert, dann soll er das aufrollen. Er lässt sich nicht so schnell abschrecken, wenn er sich einmal in eine Sache verbeißt, bringt er das zu Ende. Ich kann die Aufnahmen jetzt gleich zur Post bringen.«

Eine Weile sagte keiner von ihnen etwas. Dann nickte Wagner. »Einverstanden.«

*

Als Alex von der Postfiliale zwei Straßen weiter zurückkam, stellte sie sich für einen Moment in die Sonne auf den Parkplatz hinter dem Präsidium. Während sie sich eine Zigarette drehte, beobachtete sie den verzweifelten Kampf, den eine Amsel mit zwei Tauben austrug. Es ging um ein Stück trockenes Brötchen.

Sie sollten damit rechnen, dass etwas schiefläuft, dachte Alex. Die Entscheidung, das Videomaterial zu ihrer eigenen Absicherung weiterzuleiten, war sicher richtig gewesen. Was immer jetzt geschah, der ganze Sumpf würde hier auffliegen. Auf die eine oder andere Weise.

Sie hatte den Kollegen nicht gesagt, dass es bei dem Journalisten um ihren früheren Mitbewohner Jan ging. Je weniger Leute wussten, wo die Aufnahmen waren, umso besser. Sie schnippte den Stummel ihrer Zigarette auf das Pflaster. Eine der Tauben hüpfte auf einem Bein heran und beäugte interessiert das Objekt ihrer Begierde. Alex machte einen Schritt nach vorn und trat die noch qualmende Kippe aus. Die Taube flog beleidigt davon.

Als Alex sich umdrehte, sah sie Marcel den Hof betreten. Sie nickte beiläufig, als er sich ihr näherte, aber er hielt sie am Arm fest.

»Ich hab dir einen Kaffee mitgebracht. Du brauchst gar nicht noch mal nach oben. Wir fahren zum Lager, es gibt da irgendein Problem. Du kannst mich ja unterwegs einnorden, worum es überhaupt geht.«

Er winkte mit dem Autoschlüssel.

»Moment mal, Marcel, was soll das? Wieso du?«

»Na ja, euch ist ja gerade eine Kollegin verloren gegangen, wie man so hört. Und ich habe zufällig gerade wenig zu tun und helfe gerne aus, wie jeder weiß. Lass uns fahren, Lepke muss nur kurz noch was erledigen, dann kommt er hinterher. Aber wir sollen uns beeilen, hat er gesagt. Irgendein Typ von der Security, Eckhard oder so ...«

»Eckert.«

»Genau, das war's. Also den sollen wir irgendwie beschäftigen, bis Lepke da ist.«

»Beschäftigen?«

»Mensch, Alex, mehr weiß ich doch auch nicht.«

Er drückte auf die automatische Türbedienung. Bei dem dritten oder vierten Wagen auf dem Parkplatz leuchteten kurz die Blinker auf. Es war kein Dienstwagen, sondern Marcels tiefergelegter grüner Mustang mit dem Aufkleber vom Polizeisportverein.

Als er mit quietschenden Reifen anfuhr, konnte Alex gerade noch ihren Kaffee ausbalancieren. Hastig nahm sie ein paar Schlucke, um bei Marcels Fahrstil nicht die Hälfte zu verschütten. Es war ihr vollkommen rätselhaft, warum Lepke ausgerechnet Marcel gebeten hatte, sie zu begleiten. Und warum ausgerechnet er jetzt an diesem Fall beteiligt werden sollte. Zumal Tahmineh Talibs Reaktion auf ihn mehr oder weniger darauf verwiesen hatte, dass sie Marcel irgendwoher gekannt hatte. Der einzige Grund, der Alex halbwegs plausibel erschien, war, dass Lepke eine spontane Entscheidung getroffen und keine Zeit mehr gehabt hatte, sich mit ihr abzusprechen. Er vertraute wohl darauf, dass sie die richtigen Schlüsse ziehen und das Spiel mitspielen würde. Vielleicht ging es darum, Marcel direkt mit Eckert zu konfrontieren! Irgend so etwas musste es sein, es gab eigentlich keine andere Möglichkeit.

Marcel fuhr schweigend und unternahm auch keinen Versuch, sie über den Fall auszufragen, obwohl er gerade eben noch davon gesprochen hatte, dass sie ihn während der Fahrt einnorden sollte. Was war das überhaupt für ein idiotisches Wort? Einnorden!

Während sie in Richtung Gleisdreieck und dann weiter am Ufer des Landwehrkanals entlangfuhren, trank Alex ihren Kaffee aus. An der Prinzenstraße bog Marcel unerwartet nach links ab.

»Was ist los? Zum Tempelhofer Feld geht es nach rechts.«

Marcel beschleunigte den Wagen. »Ich muss nur noch schnell was abholen. Keine Sorge, dauert nicht lange. Du brauchst Lepke ja nicht unbedingt was davon zu sagen.«

Alex schüttelte genervt den Kopf. Sie wollte Lepke eine Nachricht schicken, erinnerte sich dann aber, dass sie gar kein Handy mehr hatte. Vom Moritzplatz fuhr Marcel weiter in Richtung Engelbecken, am Alfred-Döblin-Platz steuerte er den Wagen in eine Ausfahrt und schaltete die Warnblinkanlage an.

»Bin gleich zurück.« Er verschwand in dem Tordurchgang.

Wütend ließ Alex den leeren Plastikbecher in den Fußraum rollen. Ein paar Tropfen liefen auf die Schmutzmatte, mit der Stiefelspitze versuchte sie, diese tiefer in das Material zu reiben. Die Flecken blieben deutlich zu sehen. Plötzlich dehnten sie sich aus, zogen sich zusammen, wurden zu flimmernden Punkten. Alex kniff die Augen zu, als sie sie wieder öffnete, war ihr so schwindlig, dass sie sich am Türgriff festhalten musste. Im nächsten Moment sackte sie nach vorn und schlug mit dem Kopf auf das Armaturenbrett.

*

Nachdem Alex mit dem Brief für den Journalisten weggegangen war, hatte Lepke sie nicht mehr gesehen. Aber vielleicht hatte sie entschieden, das brisante Material nicht in der Poststelle des Präsidiums abzugeben, sondern war zum nächsten Briefkasten gelaufen. Also ließ er sich ein Fahrzeug geben und fuhr nach Treptow, ohne auf Alex zu warten.

Wieder stand er vor dem Schreibtisch der Wohnungsvermittlerin. Er war genervt und hatte das ungute Gefühl, kostbare Zeit zu verlieren. Zeit, die sie nicht hatten. Statt sich auf Ämtern die Beine in den Bauch zu stehen, sollten sie die Männer verhaften, die auf den Aufnahmen zu erkennen waren. Aber er wusste auch, dass es so einfach nicht war. Nicht zum ersten Mal zweifelte er am Rechtssystem.

»Ich brauche noch einmal Ihre Hilfe, Frau Merkel!« Er legte die Fotos der unbekannten Frauen, die Meyer aus dem Video kopiert hatte, vor sie auf den Schreibtisch. Meyer hatte sich bemüht, nur die Gesichter zu vergrößern, ohne dass die Szenerie erkennbar war. Das Ergebnis war nicht umwerfend, aber brauchbar. »Kennen Sie diese Frauen?«

Die Wohnungsvermittlerin starrte weiter unbeirrt auf ihren Bildschirm. Lepke ballte die Fäuste und holte tief Luft.

»Frau Merkel? Nur damit wir uns einig sind, ich kann Sie auch vorladen lassen unter dem Verdacht auf Mithilfe bei einer Straftat. Also, wer sind diese Frauen?«

Seine Drohung schien Wirkung zu zeigen. Sie nahm die Fotos hoch.

»Ich bin mir nicht sicher, ob ich Ihnen helfen kann.« Sie schob ihre Brille zurecht und gab ihm die Aufnahmen zurück. »Aber vielleicht finden Sie ja hier was.« Sie zog einen Aktenordner aus dem offenen Schrank hinter ihr. »In diesem Ordner sind alle Personen mit genauen Angaben und Fotos drin, die in letzter Zeit eine Wohnung zugewiesen bekommen haben. Die von der Tempelhofer Notunterkunft sind oben rechts mit dem Vermerk ›B-Care‹ versehen.«

Ihre Hände zitterten, als sie ihm den Ordner reichte. Ihre Stirn glänzte feucht, unter ihren Armen zeichneten sich frische Schweißflecken auf dem hellgelben Stoff der Bluse ab. Lepke bedankte sich. Einer spontanen Eingebung folgend tippte er eine kurze Nachricht an Meyer in sein Handy, dann schlug er den Aktendeckel auf. Frau Merkel beobachtete ihn nervös.

Es dauerte eine Weile, bis er tatsächlich alle drei Frauen gefunden hatte. Zwei von ihnen war schon vor einigen Wochen eine Wohnung zugeteilt worden. Die dritte Frau mit zwei kleinen Söhnen im Alter von vier und sieben Jahren hatte erst vor wenigen Tagen eine Wohnung zugesprochen bekommen. Lepke erkannte die Jungen. Sie waren ebenfalls auf dem Film zu sehen gewesen. Unwillkürlich hielt er die Luft an.

»Und?«, fragte die Wohnungsvermittlerin. Ihre Stimme war brüchig.

»Alles prima.« Lepke lächelte. »Bin gleich fertig. Viel hat es nicht gebracht, aber es war zumindest einen Versuch wert.«

Sie schien sich merklich zu entspannen. Das Handy in Lepkes Hosentasche vibrierte kurz. Wie nebenbei blickte er auf die eingegangene Nachricht. Facebook sei Dank, dachte er, das Familienbild von der Taufe war sicherlich dreißig Jahre alt, aber Frau Merkel zeigte bereits da den Ansatz von Hängebacken, die ihr Gesicht jetzt vollständig bestimmten.

»Eine Kleinigkeit noch, Frau Merkel.« Er lächelte weiterhin. »Woher kennen Sie eigentlich Nadine Teske?«

Sie verschluckte sich und fing an zu husten. Die Frage hatte sie sichtlich aus dem Konzept gebracht. Ihr Kopf war jetzt knallrot, auf ihrer Stirn sammelten sich die Schweißperlen.

»Wie … woher? Wen?«, stammelte sie hilflos.

»Nadine Teske. Sie wissen, von wem ich rede.«

»Ach so, ja, Nadine ist die Tochter einer guten Schulfreundin, aber …«

»Sie ist auch Ihre Patentochter, richtig, Frau Merkel?«

Die Wohnungsvermittlerin senkte den Kopf. In ihren Augen standen Tränen. Manchmal geht es doch schneller als erwartet, dachte Lepke.

»Vielleicht sollten Sie sich entscheiden, mir die Wahrheit zu sagen. Sie haben die Wahl, Frau Merkel. Sie können uns helfen, oder Sie können weiterlügen, aber dann muss ich Sie mit aufs Präsidium nehmen.«

»Ich weiß aber gar nichts. Ich habe auch nichts gemacht.«

Lepke ließ ihren Blick nicht los. »Aber Nadine Teske hat Sie um einen Gefallen gebeten, oder? Nichts Schlimmes, nichts, was Sie nicht hätten verantworten können ...«

»Sie hat mich gebeten, ein paar der Frauen bei der Vermittlung zu bevorzugen. Das hab ich gemacht, ich dachte, sie arbeitet vielleicht ehrenamtlich mit denen. Und man muss ja helfen, wo man kann.«

Ehrenamtlich, dachte Lepke, so kann man es natürlich auch formulieren.

Die Wohnungsvermittlerin schluchzte jetzt. »Und dann tauchen da diese Leichen auf! Von den Frauen, denen ich Wohnungen gegeben habe. Was passiert denn nun mit mir?«

»Das kann ich nicht sagen. Aber Sie werden das vor Gericht wiederholen müssen. Daran führt kein Weg vorbei. Im Augenblick ist es allerdings wichtig, dass dieses Gespräch unter uns bleibt. Nur dann wird das Ganze für Sie hoffentlich glimpflich ausgehen. Haben wir uns da verstanden?«

Ihr »Ja« war kaum zu hören.

»Gut.« Lepke streckte ihr zum Abschied die Hand hin. »Den Ordner nehme ich mit. Ich melde mich bei Ihnen. Es wird nicht lange dauern.«

Als er das Büro verlassen hatte, wischte er sich die

Finger an der Jeans ab. Sie waren einen Schritt weiter. Nadine Teske hatte die Wohnungen und damit das Druckmittel besorgt, und Eckert hatte sowohl seine besten Jungs als auch seine besten Kunden beigesteuert. Aber warum war René Markwart umgebracht worden? Und vor allem, von wem? Von einer Person, deren Daten im Computer blockiert waren, die Immunität besaß. Eine Person aus Polizeikreisen, worauf zumindest die Tatsache verwies, dass eine Dienstwaffe benutzt worden war. Was womöglich auch den Austausch ihrer eigenen Dienstwaffen vor Kurzem in ein völlig anderes Licht rückte.

Allerdings war es schwer vorstellbar, dass der Polizeipräsident nachts am Hochbahnhof gewesen sein sollte und sich höchstpersönlich die Finger schmutzig gemacht hatte. Für solche Jobs hätte er wahrscheinlich eher Eckert gebeten, jemanden anzuheuern. Jemanden von außerhalb? Das barg ein gewisses Risiko. Also jemanden, bei dem es für den Polizeipräsidenten einfach wäre, die persönlichen Daten zu blockieren. Jemanden, der ohnehin in die ganze Sache verstrickt war. Womit alles auf den Polizisten hinauslief, von dem Tahmineh Talib gesprochen hatte. Ein Polizist, der auf den Aufnahmen nicht zu sehen gewesen war.

*

Als Alex wieder zu sich kam, brauchte sie einen Moment, bis sie sich erinnerte, was geschehen war.

Ihre Augen hatten Mühe, sich an die Dunkelheit zu

gewöhnen. Der Raum, in dem sie auf dem Boden lag, war feucht und kühl. Vielleicht ein Keller. Vom anderen Ende konnte sie einen schwachen Lichtschein ausmachen. Ein schmaler Spalt unter einer Tür.

Vorsichtig bewegte sie Hände und Füße. Sie war nicht gefesselt. Als sie den Kopf hob, wurde ihr übel. Sie brauchte eine gefühlte Ewigkeit, bis sie es schaffte, sich aufzurichten. Ihr war immer noch schwindlig. Ihre Knie zitterten. Sie griff nach dem Schulterhalfter. Ihre Waffe war verschwunden. Ebenso ihre Papiere. Auch Tabak und Feuerzeug.

Ihre Wunde machte sich wieder bemerkbar. Ein dumpfes Pochen, das nicht zu ihr gehörte. Schritt für Schritt tastete sie sich an der Wand entlang auf den Lichtstreifen zu. Sie hatte Durst. Ihre Kehle und ihr Mund fühlten sich wie ausgedörrt an. Nur mit Mühe konnte sie den Hustenreiz unterdrücken. Sie würgte.

Als sie die Tür erreichte, nahm sie erneut die Hände zu Hilfe, um die glatte Fläche abzutasten. Die Tür war aus Metall und besaß keine Klinke. Allerdings war sie so eingesetzt, dass sie sich nach außen hin öffnete. Alex trat einen Schritt zurück und warf sich mit der Schulter gegen das Metall. Die Tür gab keinen Millimeter nach.

Plötzlich meinte Alex, Schritte zu hören. Sie lauschte mit angehaltenem Atem. Gleich darauf verlosch das Licht auf dem Boden. Es war jetzt so dunkel, dass Alex noch nicht einmal die eigene Hand vor Augen sehen konnte.

Es war vollkommen still. Auch von der anderen Seite der Tür her war nichts zu hören. Ihre Gedanken rasten. Sie hatte keine Ahnung, wie lange sie schon in diesem Raum war. Sie verspürte ein leichtes Hungergefühl. Und sie musste dringend pinkeln!

Als sie zu Marcel ins Auto gestiegen war, war es ungefähr 14 Uhr gewesen. Die Fahrt hatte eine Viertelstunde gedauert, vielleicht zwanzig Minuten. Sie hatten in der Nähe des Engelbeckens angehalten. Vorher hatte sie Kaffee getrunken. Den Kaffee, den Marcel ihr auf dem Hof des Präsidiums in die Hand gedrückt hatte. Sie wusste nicht, was passiert war, nachdem Marcel ausgestiegen war.

Bereits zum zweiten Mal war sie mit irgendwelchen Tropfen außer Gefecht gesetzt worden. Sie ärgerte sich über ihre eigene Dummheit!

Sie lehnte sich gegen die Tür und presste die Stirn an das kalte Metall. Die Bilder von Gesichtern in ihrem Kopf überlagerten sich. Marcel. Pradzyk. Ihr Vater.

Plötzlich machte die Dunkelheit ihr Angst. Sie hatte das Gefühl, kaum noch atmen zu können. Als würde sich die undurchdringliche Schwärze mit jedem Herzschlag enger um sie legen. Ihr die Kehle abschnüren. Und plötzlich hatte sie Angst vor dem, was sie nicht sehen konnte. Was, wenn noch jemand mit ihr in diesem Raum war? Wenn sie nicht allein hier war? Ihr Puls hämmerte in ihren Ohren. Je länger sie sich darauf konzentrierte, diesen fremden Atem zu hören, umso deutlicher meinte sie, die Anwesenheit der anderen Person zu spüren.

»Hallo?«

Ihre Stimme war kaum mehr als ein heiseres Krächzen.

Keine Antwort. Natürlich nicht, dachte Alex in einem Moment völliger Klarheit. Sie wusste, dass sie kurz davor war, in Panik zu geraten. Sie ließ sich mit dem Rücken an der Tür nach unten rutschen. Mit ihren Fingern fühlte sie nach ihrem Puls und versuchte, ihren Atem unter Kontrolle zu bringen.

Ich bin allein.

Einatmen.

Ich bin allein.

Ausatmen.

Ich bin allein.

Einatmen.

Das Mantra senkte langsam ihren Puls. Als ihr Atem gleichmäßiger geworden war, durchsuchte sie noch einmal die Taschen ihrer Jacke. Tabakkrümel. Ein Zettel, vielleicht eine Tankquittung. Ein Haargummi. Und noch etwas! Im Futter zwischen Tasche und Reißverschluss. Die Tasche hatte schon lange einen Riss, das schmale Streichholzbriefchen musste sich irgendwann hindurchgeschoben haben, ohne dass sie sich überhaupt erinnerte, wo oder wann sie es eingesteckt hatte.

Das erste Zündholz benutzte sie, um einen Blick in den Raum zu werfen. Es gab keine Möbel, keine Kisten oder Kartons, nichts. Auch kein Fenster. Nur die nackten Wände und den fleckigen Zementboden.

Sie wusste nicht, warum sie mit dem zweiten Zündholz die Deckklappe des Werbebriefchens beleuchtete. Ein Weinlokal am Kleistpark. Das Lokal, in dem sie mit dem Psychologen gewesen war!

Das dritte Hölzchen zerbrach. Das vierte hielt sie so dicht an den Türspalt, dass die Flamme im Luftzug flackerte und gleich darauf verlosch. Aber der kurze Moment hatte gereicht, um das Foto zu entdecken, das an der Seite unter den Spalt geschoben war.

Alex riss ein Zündholz nach dem anderen an, bis alle aufgebraucht waren. Das Foto, das sie unter der Tür hervorgezogen hatte, zitterte in ihrer Hand. Das Bild hatte sich in ihre Netzhaut gebrannt. Eine junge Frau in einem geblümten Sommerkleid. In einem Garten mit einer Schaukel. Auf der Schaukel saß ein kleines Mädchen, das in die Kamera lachte. Die junge Frau war Alex' Mutter. Und das Mädchen … war sie selbst!

Sie fühlte, dass die Panik wie eine Welle über ihr zusammenschlug. Sie hatte sich nicht getäuscht.

Ihr Vater war zurück.

Und es gab eine Verbindung zwischen ihm und Marcel. Zwischen ihm und dem Psychologen. Oder?

*

Niedrig fliegen die Flugzeuge über die zerstörte Stadt. Seit Tagen werden Wohnviertel, Krankenhäuser und Schulen bombardiert. In einiger Entfernung ist das Krachen eines neuen Einschlags zu hören.

Die Kinder zucken zusammen. Sie sitzen im Keller. Auf den Knien halten sie ihre Schulbücher. Einige lesen. Andere horchen auf die Flugzeuge. Das Licht flackert. Dann kommt die Detonation. Der Fußboden bebt. Die Wände zittern. Von der Decke rieselt der Mörtel und bedeckt die Bücher der Kinder unter einer dünnen Staubschicht.

Ein Junge beginnt zu weinen. Die anderen sind vor Angst ganz still. Die zweite Bombe trifft das Gebäude genau in der Mitte. Der Lärm ist ohrenbetäubend. Die Druckwelle reißt die Mauern auseinander. Als die Flugzeuge abdrehen und der Staub sich legt, bleibt nichts zurück als ein Berg aus Geröll. Schutt. Verbogenem Eisen und geborstenem Holz. Irgendwo wimmert noch ein Kind.

Nachspiel

Ein ehemaliger Schulfreund des Leiters der Mordkommission ist Richter und unterschreibt den Befehl für das SEK, um die Festnahme von Rolf Eckert, Nadine Teske und André Götze zu vollstrecken.

Ihr Vater hatte sie oft in einen kleinen vergitterten Käfig im Keller gesetzt, als sie noch ein Kind war. Sie hatte die Knie anziehen müssen, um dort hineinzupassen. Alex erinnerte sich an die Schmerzen in ihren Beinen, wenn die Strafe vorüber war und sie wieder in die Wohnung durfte. Wenn das Blut in die Venen zurückfloss. Und sie erinnerte sich an die Angst. Die Angst vor der Dunkelheit, die Angst davor, dass er vielleicht nicht kommen würde, um sie zu holen. Dass er sie vergessen hatte. Sie wusste damals schon, dass ein Mensch am Tag mindestens einen Liter Wasser brauchte, um nicht zu verdursten. Sie wusste, dass ein Mensch nur drei oder vier Tage ohne Wasser leben konnte, bis der Tod eintrat.

Der kleine Käfig hatte sie damals vor der Dunkelheit beschützt, vor den Schatten auf den Wänden und dem Knacken der Heizungsrohre. Solange kein Teil ihres Körpers durch die Gitterstäbe ragte, konnten die Dunkelheit und die Geräusche ihr nichts anhaben. Sie erinnerte sich, wie diese Logik sie als Kind beruhigt hatte.

Wenn ich nicht rauskann, kann auch niemand zu mir rein.

*

Der Richter stellt weitere Haftbefehle für Dilan Saleh und ihre Tochter Jasmina aus.

*

Lepke war außer Atem, als er die Halle erreichte, er hatte das Auto am Columbiadamm abgestellt und war die letzten Meter gerannt. Der Vorplatz der Notfallunterkunft war großräumig abgesperrt, die Blaulichter der Einsatzfahrzeuge zerfetzten die Flughafenfassade. Hinter dem Absperrband hatten sich Schaulustige gesammelt, Gaffer, die ihre Handys gezückt hielten: Lepke konnte auch einige Journalisten mit ihren langen Teleobjektiven erkennen.

Unter einer weißen Plane direkt vor dem Eingang lag ein Toter. Auf dem Pflaster waren Blutspuren. Der Notarzt stand ein Stück abseits und telefonierte. Mehrere Sanitäter versorgten die beiden Polizisten, die auf der Trittstufe des Krankenwagens saßen. Die Security-Mannschaft hatte sich offensichtlich in ihren Aufenthaltsraum zurückgezogen. Weder Fuchs noch Eckert waren zu sehen.

Lepke wandte sich an einen uniformierten Kollegen. Ein alter Hauptwachtmeister, der in kurzen Sätzen schilderte, was geschehen war.

Haias Talib war auf einige der Security-Männer

losgegangen und hatte Antworten verlangt. Die Wachleute hatten es nicht geschafft, ihn zu beruhigen, und Verstärkung von der Polizei gerufen. Als die Polizisten eintrafen und ihn abführen wollten, hatte Haias Talib plötzlich eine Waffe gezogen und sie auf einen der Männer der Security-Mannschaft gerichtet. Die von der Situation überforderten Polizisten hatten ihn aufgefordert, die Waffe fallen zu lassen. Als er nicht reagierte, hatten sie geschossen. Er war an den Schusswunden gestorben, noch bevor der erste Krankenwagen eintraf. Die Waffe, die er benutzt hatte, war ungeladen gewesen.

Lepke fluchte leise vor sich hin. Jetzt hätte er Alex gebraucht, aber sie war noch nicht wieder im Büro aufgetaucht, als Meyer mit ihm telefoniert hatte. Er erinnerte sich nur zu deutlich an Tahmineh Talibs Bitte: *Kümmert euch um Haias. Er hat schon zu viel erlebt, und er ist nicht so stark wie ich.* Sie hatten schon wieder versagt, dachte Lepke, während er die Stufen zum Bürocontainer hochstieg. Als er die Hand an der Tür hatte, klingelte sein Handy. In knappen Worten informierte Wagner ihn darüber, dass die zwei Flüchtlinge trotz der in einer offiziellen Aussage bestätigten Alibis im Eilverfahren abgeschoben worden waren. Wo Alex war, konnte Wagner ihm auch nicht sagen.

*

Dilan Saleh nimmt noch bei der Verhaftung die Schuld auf sich, um ihre Tochter zu entlasten; sie möchte, dass Jasmina endlich ein normales Leben führen kann, ein unbeschwertes Leben, wie sie es hatten, bevor der Krieg ausbrach. Jasmina bleibt auf dem Wohnzimmerteppich sitzend zurück, an der Stelle, an der sie ihre kleine Schwester erstickt hat.

*

Neben dem Käfig hatte immer der Stuhl gestanden. Der Stuhl, von dem die Farbe abblätterte. Jedes Mal, bevor ihr Vater sie aus dem Käfig ließ, hatte er sich auf diesen Stuhl gesetzt und mit ihr geredet. Ihr erklärt, was sie falsch gemacht hatte. Ihr das Versprechen abgenommen, sich mehr Mühe zu geben. Damit sie einmal stark werden würde, hatte ihr Vater gesagt.

Auf demselben Stuhl hatte sie eine Nacht bei Regen und Gewitter draußen auf dem Feld gesessen, die Arme hinter der Lehne zusammengebunden.

Nur wer stark ist, überlebt, hatte ihr Vater gesagt.

Sie hatte überlebt.

Aber er hatte sie gefunden. Er war zurück. Er hatte ihr das Foto unter der Tür durchgeschoben. Oder es Marcel gegeben. Oder Pradzyk, dem Mann mit den blauen Augen, hinter denen sich ein Sadist verbarg. Ein Psychopath. Jemand, der ihrem Vater nur zu ähnlich war. Alex war sich plötzlich sicher, dass sie das Streichholzbriefchen aus der Kneipe nicht selbst eingesteckt hatte. Aber wie war es dann in ihre Tasche gelangt?

Die Scharniere quietschten kaum, als die Tür sich öffnete. Alex reagierte zu spät. Sie schaffte es gerade noch, von der Tür wegzukriechen.

Der Schein der Maglite traf genau ihre Augen, für einen Moment war sie geblendet. Keuchend wich sie zur Wand zurück. Noch bevor der Mann mit der Taschenlampe etwas sagte, wusste sie, dass es nicht ihr Vater war. Deutlich konnte sie den Zigarettenrauch in seinem Atem riechen. Lucky Strike.

»Wenn du nicht zu den Sitzungen kommst, muss ich dich wohl holen.« Sie meinte, das sarkastische Lächeln in seiner Stimme fast körperlich zu spüren. »Alex, was ist? Freust du dich gar nicht, mich zu sehen? Hast du jemand anderen erwartet?«

Er richtete den Lichtpegel der Taschenlampe jetzt gegen die Decke, in der offenen Tür hinter ihm stand Marcel. Breitbeinig und mit verschränkten Armen. Er grinste. Es gefiel ihm, die Panik in Alex' Gesicht zu sehen.

Pradzyk hockte sich vor sie.

»Du willst wissen, wo du dich hier befindest?«

»Ich will vor allem wissen, warum«, brachte Alex heraus. »Und …«

»Schön eins nach dem anderen. Wir haben Zeit. Entspann dich, Alex!«

Marcel lachte im Hintergrund kurz auf.

Der Psychologe erhob sich. Er stellte sich so dicht vor sie, dass sie unwillkürlich die Fäuste ballte. Aber sie wusste, dass sie keine Chance gegen die beiden Männer hatte. Selbst wenn sie Pradzyk erwischen würde, blieb immer noch Marcel.

Der Psychologe griff nach ihrem Kinn und drehte ihr Gesicht zu sich. Sie ließ es geschehen, ohne seinem Blick auszuweichen.

»Du stehst auf dem Knochenstaub guter deutscher Frauen und Kinder. Ich erkläre es dir, warte.« Er ließ den Lichtstrahl der Lampe durch den Raum wandern. »Am 25. April 1945 versteckten sich hier Frauen und Kinder vor den Russen. Tagelang wagten sie sich nicht mehr heraus, erst war es der Bombenhagel, dann die Einschläge der Granaten, die sie festhielten. Schon bald gab es kein Essen und kein Wasser mehr. In den Gängen türmten sich die Verletzten. Irgendwann fiel auch das Notstromaggregat aus, viele sahen als letzten Ausweg, sich selbst zu töten. Ihre Leichen wurden in die Waschräume und Toiletten gebracht, der Fäkaliengeruch biss sich in die verdreckten Stofffetzen, die sie am Körper trugen, und machte das Atmen fast unmöglich. Nach der Evakuierung am 1. Mai brannte der Bunker vollständig aus. Die Leichen sind zu Knochenstaub zerfallen.« Er wischte mit der Schuhsohle über den Zementboden. »Irgendwo würden die Forensiker noch Spuren finden. Apropos Spuren«, setzte er dann hinzu. »Hier liegt doch was! Oder, Marcel?«

»Aber hallo!«

»Alex, Alex! Da haben wir dich hierhergebracht, damit du sicher bist. Zu deinem eigenen Schutz. Und dann versuchst du ein Feuer zu machen.« Er zertrat die abgebrannten Streichhölzer unter seinen Schuhen. »So dankst du uns also. Haben wir das nicht alles nur für sie getan, Marcel?«

»Haben wir.«

»Hörst du? Aber ein klein bisschen böse sind wir schon, oder, Marcel?«

»Sind wir.«

»Und das ist nicht gut, Alex, das ist gar nicht gut. Aber jetzt zu deiner Frage, was du hier eigentlich machst. Und warum du hier bist.« Der Psychologe schüttelte mitleidig den Kopf. »Ich hatte allerdings wirklich gedacht, dass du das mittlerweile selbst herausgefunden hast.«

Er wechselte wieder einen Blick mit Marcel, dann wandte er sich erneut an Alex. »Machen wir es kurz: Ich fand eigentlich, dass unsere Beziehung gar nicht so schlecht begonnen hat, aber dann konntet ihr diese Geschichte mit den Flüchtlingsschlampen einfach nicht auf sich beruhen gelassen. Dumm. Sehr dumm. Und du bist leider die Einzige, die eine Verbindung zu mir herstellen konnte. So einfach ist die Antwort auf deine Frage.«

Alex drehte den Kopf zu Marcel. »Warum, Marcel? Was hast du damit zu tun?«

Alex hatte die Frage gestellt, obwohl sie die Antwort längst zu kennen glaubte. Aber sie wollte es von ihm hören, um sich sicher zu sein.

Marcel behielt die Arme vor der Brust verschränkt, aber der Ausdruck in seinem Gesicht änderte sich. Fast meinte Alex, so etwas wie Resignation wahrnehmen zu können. Selbstmitleid! Das war es.

»Ihr mochtet mich doch sowieso nicht. Ihr habt euch lustig über mich gemacht. Weil ich es als Ermittler nicht mit euch aufnehmen konnte, weil ich zu blöd war. Also blieb mir gar nichts anderes übrig, als mir neue Freunde zu suchen. Wirkliche Freunde, die mich endlich ernst genommen haben. Und die mich ganz nach oben bringen werden, wenn die Zeit dafür gekommen ist.«

Seine Antwort war unerwartet gewesen, aber sie passte ins Bild. Der ewige Loser, der alles dafür tun würde, um einmal zu den Gewinnern zu gehören.

Sein Gesicht strahlte jetzt Schadenfreude aus, er kostete die Macht aus, die er für den Moment zu haben glaubte. Aber Alex wollte auch den Rest noch hören.

»Was genau haben sie von dir verlangt? Was solltest du für deine neuen Freunde tun?«

Er machte einen Schritt auf sie zu, seine muskelbepackten Arme hingen locker zu beiden Seiten seines Körpers herunter.

»Falsche Frage, Alex. Ich hab's freiwillig gemacht. René Markwart hat versucht, mit euch zu reden. Mit dir und der kleinen Praktikantin. Und es wäre ihm sogar fast gelungen! Es war nur ein Zufall, dass er sich dann nicht getraut hat. Aber der Idiot wollte uns alle reinreiten. Das musste ich verhindern. Das wirst sogar du verstehen …«

»Genug mit der Erzählstunde«, mischte sich Pradzyk wieder ein. Er wies mit dem Zeigefinger auf Alex. »Sag du uns, was wir mit dir machen sollen.«

»Es spielt keine Rolle.« Alex' Stimme war völlig ruhig. »Ihr kommt aus der Sache ohnehin nicht mehr raus. Keiner von euch. Wir haben ein Video.«

»Was?« Pradzyk und Marcel zuckten gleichzeitig zusammen.

»Filmaufnahmen eurer perversen Spiele. Es ist vorbei. Ich bin nicht die Einzige, die davon weiß.«

»Woher …?«, stammelte Marcel.

Pradzyk presste die Lippen zusammen. Für einen kurzen Moment glaubte Alex, dass er sich auf sie stürzen würde. Ihr nächster Satz stoppte ihn mitten in der Bewegung.

»Eine Sache ist mir nicht klar. Was hat mein Vater mit euch zu tun?«

*

Nach erneuter Intervention durch den Leiter der Mordkommission stellt der Richter Haftbefehle für Werner von Stahl, Hans-Joachim Förster und Wolfgang Richter sowie für den Psychologen und Psychiater Dr. Tobias Pradzyk aus.

*

Als Lepke zurück ins Präsidium kam, stand Meyer am Fenster und starrte auf die Häuserfassade gegenüber.

»Dilan Saleh soll übermorgen abgeschoben werden«, sagte er, ohne sich umzudrehen.

Lepke erwiderte nichts. Irgendwie war es klar. Aber im Moment gab es etwas, was wichtiger war.

»Wo ist Alex?«

»Ist sie nicht am Tatort aufgetaucht? Hat sie sich nicht gemeldet?«

»Nein, immer noch nicht. Nicht mehr, nachdem sie runter zum Briefkasten oder zur Post ist.«

»Und sie hat kein Handy«, wiederholte Meyer hilflos die Information, die ihm Lepke bereits am

Mittag gegeben hatte. »Und ohne Handy können wir sie auch nicht orten!«

Noch bevor Lepke antworten konnte, wurde vorsichtig die Tür zum Großraum geöffnet.

»Ich wollte nur schnell wissen, ob ihr vielleicht Marcel gesehen habt?«, flötete Ines.

»Nein«, sagte Lepke.

»Ist auch nicht weiter schlimm«, stellte Meyer fest.

Ines beschloss, seine Bemerkung zu überhören.

»Okay. Nur weil einer von den Kollegen meinte, er wäre mit Alex draußen auf dem Parkplatz gewesen. Also Marcel jetzt, meine ich. Ich dachte, vielleicht weiß sie, wo er hin ist ...«

Ihr Satz klang wie eine erneute Frage.

»Wie du siehst, ist auch Alex nicht da«, sagte Lepke.

»Na, dann haben wir ja beide ein Problem.«

Ines drehte sich um. Die Tür fiel hinter ihr ins Schloss.

Lepke und Meyer blickten sich an.

»Alex und Marcel?«, fragte Meyer ungläubig.

»Wohl kaum. Es sei denn ...« Lepke klopfte nervös mit den Fingerknöcheln auf den Schreibtisch. »Erinnerst du dich, dass Tahmineh Talib nicht mehr mit uns reden wollte, nachdem Marcel zur Tür reingekommen war?«

»Du meinst ...?«

»Ich meine, sie hat im Video gesagt, dass auch die Polizei mit drinsteckt. Dass es unter anderem ein Polizist war, der sie zu der Wohnung gebracht hat, in der sie vergewaltigt wurden. Ein Polizist, der ihr seine Marke gezeigt hat. Was ganz sicher nicht der Polizeipräsident war.« Lepke fasste laut die Überlegungen zusammen, die er bereits mittags für sich angestellt hatte.

Meyer tippte etwas auf seiner Tastatur. »Und hier ist auch die Verbindung! Marcel und die Security-Mannschaft benutzen dasselbe Fitnessstudio.«

Lepke wurde bleich. »Wenn wir richtigliegen, könnte auch Alex darüber gestolpert sein. Oder über einen anderen Zusammenhang. Entweder macht sie gerade einen Alleingang ...«

»... oder sie hat Marcel bereits damit konfrontiert, und das Ganze ist eskaliert. Womöglich hat er sie sich geschnappt!«

Lepke griff nach dem Telefonhörer und tippte zweimal die Eins. Es dauerte eine Weile, bis Wagner sich meldete. »Können Sie bitte rausfinden, ob auch Marcels Waffe ausgetauscht wurde? Bei dieser Aktion neulich. Und wenn ja, wovon letztlich auszugehen ist, ob seine alte Waffe sich bei den anderen befindet, die eingesammelt wurden. Es ist besser, wenn Sie den Anruf erledigen. Sie können mehr Druck machen, damit wir die Antwort sofort kriegen. Uns rennt die Zeit davon.«

Als er aufgelegt hatte, starrte Meyer ihn mit offenem Mund an. »Du glaubst, dass Marcel René Markwart erschossen hat? Mit seiner Dienstwaffe. Und dass deshalb ...?«

»Es ist nur eine Vermutung, aber zeitlich würde es passen. Dann wüssten wir auch, wessen Daten im System geblockt sind. Von wegen Immunität! Nein, da hat jemand weiter oben dafür gesorgt, dass mögliche Spuren, was den Mord an Markwart betrifft, verwischt wurden. Keine DNA, keine Waffe, die sich zurückverfolgen lässt.«

Wagner platzte zur Tür herein. »Sie haben recht, was auch immer Sie sich ausgedacht haben. Marcels Waffe ist natürlich ausgetauscht worden, aber sie befindet sich nicht bei den anderen eingesammelten Dienstwaffen, sondern ist verschwunden.« Er wuchtete seinen mächtigen Hintern auf Lepkes Schreibtisch. »So, und jetzt erklärt ihr mir das mal genauer.«

»Keine Zeit. Wir müssen Alex finden. Und zwar schnell.«

»Ich besorg uns die Telefondaten.« Meyer hatte bereits den Hörer in der Hand. »Wir müssen rauskriegen, wo sich Marcels Handy zuletzt eingewählt hat. Aber das kann einen Moment dauern.«

»Ich fahre zu ihrer Wohnung. Für alle Fälle! Du rufst mich an, sowie du die Info hast.«

»Mann, glaub mir, was würde ich darum geben, wenn ich mitkönnte. Aber dieses verdammte Scheißding hier …« Meyer klopfte auf seine Fußschiene.

»Ich brauche dich hier mindestens genauso sehr«, erwiderte Lepke, während er kurz das Magazin seiner Waffe überprüfte. Er hatte zwar bislang keine Zeit gehabt, die Waffe am Schießstand auszuprobieren, aber er hatte jetzt auch keine Zeit, darüber nachzudenken. Er hoffte, dass sie sich ähnlich handhaben ließ.

»Danke, Lepke. Stimmt zwar nicht, aber ich weiß es trotzdem zu schätzen. Bring Alex gesund zurück!«

»Ich komme mit«, erklärte Wagner.

»Dann los«, sagte Lepke und griff nach seiner Jacke.

Als sie den Hof betraten, setzte ein heftiger Regenschauer ein, der den Parkplatz innerhalb von Sekunden in einen See verwandelte. Geduckt rannten sie zum Auto. Nachdem Lepke das Magnetblaulicht aufs Dach gesetzt hatte, war seine Jacke endgültig durchgeweicht und klebte an der Schulter.

Die Scheibenwischer hatten auch auf der höchsten Stufe Mühe, die Wassermassen zu bewältigen. Mehrmals kam der Wagen gefährlich ins Schlingern. Als sie mit quietschenden Reifen vor Alex' Haustür hielten, war Wagners Gesicht kreidebleich. Er hatte lange nicht mehr an einem Einsatz teilgenommen.

Lepke ließ den Motor laufen und rannte zur Haustür. Kaum eine Minute später war er wieder zurück. Alex war nicht zu Hause, aber er hatte auch nichts anderes erwartet.

*

Der Richter entschließt sich, ebenso Anklage gegen den Polizeipräsidenten und den Innensenator von Berlin zu erheben.

*

Nachdem Pradzyk und Marcel wieder verschwunden waren, hatte Alex sich in eine Ecke gehockt, um endlich ihre Blase zu erleichtern. Jetzt tastete sie sich mit vorgestreckten Händen an den Wänden entlang, bis sie die Anzahl der Schritte auswendig kannte. Neun Schritte an der Wand mit der Tür, zwölf an der Längsseite, wieder neun, dann wieder zwölf. Sie musste in Bewegung bleiben, sie konnte nicht riskieren, dass ihr Kreislauf sie im Stich ließ. Sie hatte keine Ahnung, was Pradzyk als Nächstes vorhatte. Er war derjenige, der das Sagen hatte, nicht Marcel.

Sie hatte ihn von Anfang an falsch eingeschätzt. Sie hatte sogar gedacht, sie könnte ihn für ihre Zwecke einspannen.

Sie wäre ihm überlegen.

Sie könnte die Gespräche zwischen ihnen bestimmen.

Er würde es niemals schaffen, ihren Panzer zu knacken.

Und dann hatte sie fast angefangen, ihm zu vertrauen.

Weil sie jemanden gebraucht hatte, mit dem sie reden konnte. Der nichts von ihr erwartete, sondern einfach nur zuhörte. Viel zu lange hatte sie die Anzeichen nicht wahrnehmen wollen, dass der Mann mit den blauen Augen nicht der war, für den sie ihn hielt. Er hatte sie benutzt, nicht umgekehrt. Sie hatte ihm alles über den Fall erzählt, was er wissen wollte. Sie hatte ihm auch von Maja erzählt! Und er hatte jede Information, die er ohne große Mühe aus ihr herauslockte, weitergegeben. An ihren Vater. An die Dreckschweine, mit denen er seine perversen Neigungen befriedigte.

Vor ihren Augen sah sie wieder die Szene aus dem

Video. Sah Pradzyk das kleine Mädchen zum Bett ziehen. Sie presste sich die Hände vor die Augen, um die Bilder zu verdrängen. Hätte sie sein Spiel früh genug durchschaut, hätte sie vielleicht das Leben von Tahmineh Talib retten können. Vielleicht auch das der kleinen Sara.

Sie wusste nicht, ob sie ebenso für Majas Verschwinden verantwortlich war.

Ein Psychopath, hatte Pradzyk vorhin über ihren Vater gesagt. Ein psychisch kranker alter Mann, der es nie verwunden hat, dass er vor fast dreißig Jahren die Macht über seine Tochter verloren hat, als sie weggelaufen ist. Und der sich dafür an ihr rächen will, immer noch. In seinen Augen hat sie ihn verraten. Er ist davon überzeugt, dass er ihr nie etwas Böses angetan hat, alles, was er wollte, war, sie stark zu machen. Um der Welt da draußen zu trotzen, von der er selbst sich enttäuscht fühlte. Hintergangen. Nicht genügend beachtet, nicht akzeptiert.

Keine schlechte Analyse, hatte Alex gedacht, nur leider geäußert von jemandem, dem es kaum zustand, ein Urteil über die psychische Verfassung anderer abzugeben.

Ganz deutlich hörte sie jetzt wieder Pradzyks Stimme.

»Er konnte dich nicht davonkommen lassen! Typisch für eine Zwangsneurose, würde ich als Psychologe sagen. Die Suche nach dir hat von jenem Tag an sein Leben bestimmt. Die Suche nach dir und nach denen, die du liebst. Man sollte sich nie zu früh freuen, seinem Schicksal entkommen zu sein, Alex!

Er hat lange gebraucht, aber schließlich hat er dich doch aufgespürt.«

An dieser Stelle hatte Pradzyk eine Pause gemacht. Als wäre er sich nicht sicher gewesen, ob er ihr wirklich alles erzählen sollte. Oder ob es nicht vielleicht quälender wäre, sie im Ungewissen zu lassen. Aber dann hatte seine Eitelkeit gesiegt.

»Es hat ein bisschen gedauert, bis ich den Zusammenhang verstanden hatte. Das musst du verstehen, Alex, ich war beschäftigt in letzter Zeit. Ich brauchte ein wenig, bis ich begriff, dass du seine Tochter bist. Die Tochter, von der er immer erzählt hatte. Als du noch ganz klein warst und er überzeugt war, dass du mal stärker als wir alle werden würdest. Du wirst verstehen, dass ich ihn da bremsen musste. Schließlich hatten wir uns gerade erst kennengelernt, und plötzlich wollte er dich ganz für sich. Aber ich hatte ja noch andere Sachen mit dir vor. Wir hatten ja noch andere Sachen vor, wir beide, Alex. Doch dann fing die Sache mit den Schlampen aus dem Lager an, ein bisschen aus dem Ruder zu laufen, und plötzlich war ich es selbst, der sich schützen musste. Weil du alles zerstören wolltest durch deine penetrante Einmischung in etwas, was dich nichts anging. Alles, was zwischen uns war. Da habe ich begriffen, dass dein Vater recht hatte. Du warst es nicht wert. Du hintergehst die, die dir helfen wollen. Nach dem, was er mir erzählt hatte, hattest du tatsächlich eine Strafe verdient. Ich dachte, dass ich dir trotzdem noch helfen kann. Du hast Hilfe so dringend nötig, Alex. Ich dachte, dass ich dich auf diese Weise vielleicht weit genug kriege, sodass du völlig am Rad drehst. Ich hätte dich dann aus dem Verkehr ziehen und in eine nette Einrichtung auf dem Land einweisen können. Aber schließlich ist alles ganz anders gekommen, als ich erwartet hatte. Du bist stärker, als anzunehmen war, bedank dich dafür bei deinem Vater. Es hat also doch etwas genützt, was er mit dir gemacht hat. Nur jetzt müssen wir leider improvisieren. Anders wäre es besser für dich gewesen, glaub mir.«

Alex hörte plötzlich ein leises Zischen. So wie es die Gaskanüle eines billigen Feuerzeugs von sich gab. Mit zwei Schritten war sie an der Tür und tastete mit den Fingern nach dem Spalt über dem Boden, konnte aber keinen Luftzug spüren. Es roch auch nicht nach Gas. Aber das hatte nichts zu bedeuten, sie erinnerte sich an den Fall einer Kohlenmonoxidvergiftung, mit dem sie vor Jahren zu tun gehabt hatte. Kohlenmonoxid, so hatte sie gelernt, ist geruchsneutral. Abhängig von der Konzentration des ausströmenden Gases kann es zunächst zu Kopfschmerzen, Schwindel und Übelkeit kommen, und dann kann langsam der Tod eintreten. Oder es geht sehr schnell.

Alex schluckte. War das der Plan? Wollte Pradzyk sie hier qualvoll sterben lassen? Nachdem er und Marcel gegangen waren, hatte sie sie noch eine Weile draußen vor der Tür gehört, aber nicht herausfinden können, was sie da machten.

Ihr Herzschlag beschleunigte sich, das Atmen fiel ihr schwer, sie begann zu zittern. Wenn die Gaskonzentration niedrig war, hatte sie noch ungefähr drei Stunden. Sie riss sich die Lederjacke vom Körper und drückte sie vor den Spalt. Dann stopfte sie ihr T-Shirt in die verbleibende Öffnung, zuletzt ihre Jeans. Erst als sie nur noch ihre Unterwäsche trug, begriff sie, dass das Zischen von weiter oben aus der Wand kam. Irgendwo musste es dort eine Öffnung geben. Vielleicht ein altes Belüftungsrohr.

Sie hatte Angst. Und sie spürte den Kopfschmerz kommen.

*

In der JVA Moabit wird Dilan Saleh tot aufgefunden. In der offiziellen Verlautbarung erklärt die Anstaltsleitung ihren Tod als eindeutigen Selbstmord durch Erhängen.

*

Lepke versuchte, die Bilder in seinem Kopf in den Griff zu bekommen. Alex im Keller mit der Nagelpistole auf dem Bauch. Dann fast tot im Krankenhausbett. Vor einigen Tagen die Panik in ihrer Stimme, als sie ihn das erste Mal nach ihrem Koma wieder angerufen und um seine Hilfe gebeten hatte.

Wagner hob fragend die Hände. »Was jetzt?«

Der Regen drosch auf die Scheiben, das Gebläse fauchte ihnen kalte Luft ins Gesicht. Lepkes Handy klingelte.

»Endlich«, stieß er hervor, als sich Meyer meldete. Lepke schaltete den Lautsprecher ein, damit Wagner mithören konnte.

Meyers Stimme war klar und deutlich zu hören.

»Pass auf, ich hab was: Marcels Handy hat sich das letzte Mal am Alfred-Döblin-Platz eingewählt. Vor knapp drei Stunden. Aber warte, noch was! Marcel selbst wurde vorher dreimal von derselben Nummer angerufen. Und zwar von diesem Pradzyk, Alex' Psychologen.«

Lepke spürte, wie ihm der Schweiß ausbrach.

Wagner brüllte vor Wut.

»Scheiße! Ich habe sie ihm direkt in die offenen Arme geschickt. Aber woher hätte ich denn auch wissen sollen ...« Er brach mitten im Satz ab.

»Das Einzige, was mir im Moment dazu einfällt, ist, dass wir die Autos von den beiden kennen«, setzte Meyer hastig hinzu, »ein schwarzer A6 und Marcels Mustang. Der steht zumindest nicht mehr auf dem Hof. Fahndung nach den beiden Fahrzeugen?«

»Gib es auf jeden Fall an alle Streifen durch. Danke, Meyer.«

»Zum Alfred-Döblin-Platz«, sagte Lepke zu seinem Chef.

Wagner nickte nur und hielt sich am Armaturenbrett fest, als Lepke die Kupplung kommen ließ.

Sie brauchten exakt sieben Minuten, in denen Lepke mehrere rote Ampeln überfuhr, sich im letzten Moment zwischen einem doppelstöckigen Touristenbus und einem Taxi durchdrängte und einen unerwartet auftauchenden Biker zwang, seine Harley geradewegs in die Blumenrabatten einer Grünanlage zu lenken.

Mit vor Anspannung verzerrten Gesichtern sprangen sie aus dem Wagen, als sie ihr Ziel erreicht hatten.

»Den Platz kenne ich«, keuchte Wagner. »Hier war ich früher oft. Hab als Jugendlicher Schlagzeug gespielt. In dem Bunker hatten wir unseren Übungsraum.«

»Bunker?« Lepke schlug sich mit der flachen Hand vor die Stirn.

»Bunker!«, reagierte jetzt auch Wagner. »Da drüben!«

Er war bereits losgerannt, als Lepke ein paar Meter weiter den dunkelgrünen Mustang entdeckte.

Der Audi stand in der versteckten Einfahrt zu dem Bunker, gleichzeitig zogen Lepke und Wagner ihre Waffen.

»Holen wir Verstärkung?«

»Wir gehen rein«, stieß Lepke hervor. »Jetzt!«

Die mit Graffitis und Aufklebern bedeckte Metalltür klemmte, ließ sich aber mit einem kräftigen Ruck öffnen. Von irgendwoher war dumpf das Stakkatogehämmer eines Schlagzeugs zu hören, eine Gitarre biss sich kreischend durch die Wände. Die spärliche Beleuchtung auf dem Gang gab kaum genug Licht, um die Türen zu den einzelnen Räumen ausmachen zu können.

Schritt für Schritt tasteten sie sich mit dem Rücken zur Wand vorwärts, die Dienstwaffen entsichert und zur Decke gerichtet. Lepke probierte den ersten Türgriff. Die Tür war verschlossen. Ebenso die nächste. Der Lärm der Band wurde lauter. Die dritte Tür bewegte sich leicht, als Lepke die Klinke herunterdrückte. Er riss sie auf und war mit einem Satz im Raum, Wagner stand schon mit gezückter Waffe neben ihm, bevor der Schlagzeuger entsetzt seine Trommelstöcke fallen ließ. Die Musik brach ab, die drei Jugendlichen suchten kreidebleich Deckung hinter ihren Verstärkern.

»Wir haben nichts gemacht«, stammelte der Gitarrist.

Lepke und Wagner nahmen die Waffen runter. Wagner griff in seine Tasche und hielt den Ausweis hoch. »Kripo.«

»Sind alle Räume hier an Bands vermietet?«, fragte Lepke.

Die Jugendlichen starrten ihn an. Dann nickten sie zögernd.

»Aber wir sind die Einzigen, die freitagnachmittags proben«, erklärte der Schlagzeuger, während er sich bemühte, eine Keksdose, die auf dem Boden gestanden hatte, möglichst unauffällig in der Bass Drum verschwinden zu lassen.

»Und sonst gibt es hier keine Räume? Räume, die nicht von Musikern genutzt werden?«

Einer der drei Jugendlichen machte einen Schritt nach vorne. Offensichtlich hatte er begriffen, dass es nicht um sie ging.

»Warum?« Seine Frage klang aggressiv.

Wagner wollte zu einer Erklärung ansetzen, aber Lepke war schneller. »Wir haben keine Zeit für Spielchen. Machen wir einen Deal. Ihr könnt das Gras behalten oder was immer ihr da gerade in die Buffe geschoben habt. Interessiert uns nicht, haben wir nicht gesehen. Aber dafür sagt ihr uns, ob es hier noch irgendwo einen Raum gibt, der nicht als Übungsraum genutzt wird.«

Wagner verzog kurz das Gesicht, bevor er hinzusetzte: »Und wo man jemanden verstecken könnte, ohne dass jemand von den Bands was mitkriegt.«

»Ey, Alter, was glaubst du eigentlich ...«

Lepke hob die Hand. »Wir haben keine Zeit«, wiederholte er und bückte sich wie zufällig zum Schlagzeug.

»Okay, ist schon gut.« Der Junge vor ihnen nickte. »Im letzten Raum, ganz hinten, wo der Generator steht, gibt es eine Tür in den Keller. Weiß kaum einer.«

»Wie kommen wir da rein?«

»Es gibt keinen Schlüssel. Aber ...«

»Aber?«

Der Junge drehte sich zum Schlagzeuger. »Hendrik kann das Schloss für euch aufmachen. Für Sie.«

»Hast du sie noch alle?« Sein Kumpel tippte sich an die Stirn.

»Ist mir egal, wie du die Tür aufmachst, Hendrik, wir müssen da jetzt runter, also los.« Lepke zog ihn am Arm hinter dem Schlagzeug hervor.

»Ist ja schon gut, ich komme ja schon.«

An die rostige Eisentür am Ende des Gangs war ein Schild geschraubt: *Zutritt verboten.* Hendrik fummelte ein Leatherman-Messer aus einer Tasche seiner Cargohose. Es dauerte keine Minute, bis die Tür aufschwang. Der Raum war klein und dunkel und roch muffig. Hinter dem Generator konnte Lepke schwach die Umrisse einer weiteren Tür erkennen.

»Okay, alles klar. Ihr geht jetzt zurück in euren Raum und schließt von innen ab«, ordnete er an. »Macht ruhig weiter Musik, als ob nichts wäre.«

Sie warteten, bis die Jugendlichen verschwunden waren. Dann zogen Wagner und Lepke erneut die Waffen.

Die Treppe in den Keller war steil und dunkel. Lepke hielt seine Maglite über den Lauf der SIG Sauer. Der Lichtschein tanzte über die Betonwände. Bis auf das leise Brummen des Generators war nichts zu hören. Hintereinander tasteten sie sich die Stufen hinunter. Je weiter sie kamen, umso feuchter und kälter wurde es.

Der Kellergang war so schmal, dass sich ihre Schultern berührten. Die meisten Türen standen offen, die Maglite riss scharfe Konturen in die Dunkelheit, die Räume waren leer. Plötzlich blieb Lepke stehen.

»Was ist das?«, flüsterte er.

Wagner beugte sich vor.

»Da zischt was. Scheiße, da strömt irgendwo Gas aus!«

Die nackten Wände verstärkten das Geräusch, das vom Ende des Gangs zu kommen schien. Sie mussten hier raus. Aber wenn Alex wirklich hier unten war, dann mussten sie sie erst finden.

»Ich mach das alleine«, flüsterte er Wagner zu.

»Machen Sie nicht.« Wagner schüttelte den Kopf.

»Ich brauche Rückendeckung, falls dieser Psychologe und Marcel hier auftauchen. Und die Jugendlichen da oben müssen raus aus dem Bunker. Rufen Sie Verstärkung. Das volle Programm, Feuerwehr, THW, Notarzt! Jetzt mach schon, Wagner!«

Es war das erste Mal, dass er Wagner duzte.

Wagner griff kurz nach Lepkes Schulter und drückte sie. Wortlos drehte er sich um. Lepke leuchtete mit der Taschenlampe so lange in seine Richtung, bis er an der Treppe war.

Die Tür am Ende des Gangs stand offen. Das Geräusch von entweichendem Gas war jetzt ganz deutlich. Lepke leuchtete die Wände ab, vor ihm war eine weitere Tür. Verschlossen!

»Alex!«, brüllte er, während er mit der Faust gegen das Metall schlug. »Bist du da drin?«

Er meinte, ein leises Wimmern zu hören, konnte sich aber getäuscht haben. Immer wieder rüttelte er an der Klinke, bis ihm bewusst wurde, dass er kurz vor einer Panikattacke war. Er zwang sich, einen Schritt zurückzutreten, und presste die Hände auf die Schläfen, bis sein Atem ruhiger wurde. Das Schloss aufzuschießen wagte er nicht. Das Risiko von Querschlägern war zu groß, außerdem hatte er keine Ahnung, wie hoch die Gaskonzentration bereits hier im Vorraum war. Das Zischen war so laut, dass es nicht nur aus dem Raum hinter der Tür kommen konnte. Zuallererst musste er die Quelle dieses Zischens finden, um die Gaszufuhr zu stoppen.

Weiter links entdeckte er schließlich, wonach er suchte. Oben, dicht unter der Decke. Einen offenen Lüftungsschacht. Und den Boden eines Metallzylinders, der in diesem Schacht steckte und das Gas in den verschlossenen Raum blies. Hektisch suchte er nach einer Möglichkeit, an den Schacht zu gelangen. Wer immer die Flasche dort oben hineingeschoben hatte, musste eine Leiter benutzt haben. Erneut ließ er den Kegel der Taschenlampe durch den Raum wandern, die Eisenleiter lag hinter der geöffneten Tür auf dem Boden.

Die Sprossen waren verbogen und rund, die Sohlen seiner Lederschuhe fanden kaum Halt. Als er auf der obersten Stufe stand, konnte er mit den Fingerspitzen den Metallzylinder berühren, bekam ihn aber nicht zu fassen. Marcel war größer als er, und es war leichter, einen schweren Gegenstand von unten in die Öffnung des Schachts zu pressen, als ihn wieder herauszuziehen. Er benötigte ein Hilfsmittel, einen Hebel, irgendwas. Er griff nach seiner Waffe und steckte sie hinten in den Bund seiner Jeans. Dann schnallte er das Schulterhalfter ab. Er schaffte es, eine Art Schlaufe zu binden, die er über das Metall schob, bis er sie zuziehen konnte. Der Lederriemen schnitt in seine Handfläche, aber er hielt.

Zentimeter für Zentimeter zerrte Lepke die Gasflasche aus dem Schacht, bis er sie mit beiden Händen packen konnte. Das Ding war schwerer, als er gedacht hatte. Keuchend versuchte er, mit einer Hand an das vordere Ende zu kommen, wo sich das Ventil befand. Im selben Moment rutschte er von der Sprosse, unwillkürlich wollte er sich an der Gasflasche festhalten, als sie sich aus dem Schacht löste und kippte. Lepke stürzte rückwärts von der Leiter. Beim Fall riss er sich die Haut am Schienbein an einem rostigen Nagel auf. Der Aufprall war so hart, dass ihm die Luft wegblieb. Als der Metallzylinder auf sein Knie traf, wurde ihm schwarz vor Augen.

Hinterher wusste er nicht mehr, wie lange er bewusstlos auf dem Boden gelegen hatte; womöglich waren es nur wenige Sekunden gewesen. Als er wieder zu sich kam, erschien ihm das Zischen des ausströmenden Gases so laut, dass er sich die Hände auf die Ohren presste. Dann endlich funktionierte sein Verstand wieder, er schaffte es, das Ventil zuzudrehen und die Flasche von seinem Bein zu stoßen. Mit einem dumpfen Poltern rollte sie über den Boden und blieb kurz vor der verschlossenen Tür liegen. Lepke richtete sich so weit auf, dass er die Maglite zu fassen bekam. Und dann sah er den massiven Eisenriegel ganz unten an der Tür! Als er darauf zukroch, fühlte sich sein Bein völlig taub an. Mit beiden Händen schaffte er es, den Riegel aus der Verankerung zu drücken und hochzuwuchten.

Jetzt erst tastete er nach seinem Knie, die Jeans war feucht von Blut. Er schob sich die Taschenlampe in den Mund und zerrte das Hosenbein hoch, das Knie war bereits dick angeschwollen, bei jeder Berührung musste er die Zähne zusammenbeißen, um nicht vor Schmerzen laut aufzuschreien. Das Blut stammte von der aufgeplatzten Fleischwunde am Schienbein, aber die Knochen darunter schienen nicht gesplittert zu sein.

Mit Mühe gelang es ihm, sich an der Tür hochzuziehen, wobei er versuchte, das verletzte Bein nicht zu belasten. Schließlich zog er die Tür auf.

Alex lag direkt vor ihm, mit dem Mund dicht über dem Beton. Sie musste zur Tür gekrochen sein in der Hoffnung, dass der Spalt sie noch eine Weile mit Sauerstoff versorgte. Sie trug nur ihre Unterwäsche. Aber sie zitterte am ganzen Körper, was bedeutete, dass sie lebte! Rasselnd pumpte sie Luft in ihre Lunge und griff mit weit aufgerissenen Augen nach Lepkes Arm, als er sie unter den Achseln packte und nach draußen zog. Ihr Zittern ging in ein unkontrolliertes Schlagen der Gliedmaßen über, mühsam griff Lepke nach ihrer Lederjacke und zwängte ihre Arme durch die Öffnungen.

Als er sie hochziehen wollte, knickten ihre Beine weg. Er zerrte sich ihren Oberkörper halb auf seine Schulter und torkelte vorwärts, fing sich an der Wand ab. Trotz des Gewichts auf seinem Rücken bemühte er sich, das verletzte Bein nicht aufzusetzen. Humpelnd schleifte er Alex mit sich, während er merkte, wie ihm das Gas zu schaffen machte, das sich vom hinteren Raum im Gang verteilte.

An der Treppe musste er eine Pause machen. Aber sie mussten weiter, raus hier. Raus aus diesem verdammten Keller.

»Wagner!«, rief er in dem Wunsch, dass der Kollege ihm zu Hilfe kam. »Wagner, verdammt, wo bist du?«

Keine Antwort. Lepke ließ sich auf die erste Stufe fallen und zog Alex langsam nach. Schob sich eine Stufe weiter, zerrte Alex hinterher. Eine Stufe nach der anderen. Am Ende der Treppe drückte er sich mit dem Rücken an der Wand hoch. Er musste sich am Geländer festklammern, als ihm schwindlig wurde.

Gerade noch sah er aus den Augenwinkeln einen Schatten, instinktiv duckte er sich weg und riss den

Kopf zur Seite. Der Schlag verfehlte ihn nur um wenige Zentimeter, mit einem metallischen Klirren traf die Eisenstange auf das Geländer. Lepke taumelte von der schnellen Bewegung, aber noch bevor der Angreifer erneut ausholen konnte, bekam er dessen Jacke zu fassen und zog ihn zu sich, so dicht, dass der andere keinen Schlag mehr landen konnte. Für Sekunden waren ihre Gesichter nur Zentimeter voreinander entfernt. Marcel griff in Lepkes Haare und bog seinen Kopf zurück, der Stoß in seinen Unterleib war so hart, dass Lepke augenblicklich in die Knie ging. Unerbittlich schob Marcel ihn in Richtung Treppe.

Plötzlich war Alex' Hand zwischen ihren Gesichtern. Mit einem scharfkantigen Stück Blech, das sie Marcel mit aller Kraft in die ungeschützte Halsgrube rammte.

Marcels Augen traten weit aus den Höhlen. Lepke ließ sich zur Seite fallen und nutzte den Schwung, um seinen Kollegen über sich hinwegziehen. Er verlor das Gleichgewicht und stürzte vornüber, mit einem hässlichen Geräusch schlug sein Kopf auf die Betonstufen. Als der Körper folgte, lebte Marcel nicht mehr.

Wenig später kam Lepke wieder zu sich. Er lag in einem Rettungswagen. Ein Notarzt überprüfte seine Vitalfunktionen. Als er sah, dass Lepke bei Bewusstsein war, tätschelte er ihm die Wange und fragte: »Weißt du, wo wir sind? Erkennst du mich?«

»Berlin«, krächzte Lepke. »Kreuzberg. Aber du bist aus Göttingen. Und du hast was gegen Burschis.«

Sebastian Reich grinste so breit, dass seine Mundwinkel bis an die Ohren zu stoßen schienen.

Durch die geöffnete Schiebetür konnte Lepke Alex sehen. Sie saß auf den Trittstufen eines zweiten Rettungswagens und war in eine Wärmedecke gewickelt. Zwei Sanitäter kümmerten sich um sie, einer hielt einen Regenschirm über ihren Kopf. Reich rief: »Halleluja! Er ist von den Toten auferstanden!«

Alex hob die Hand und winkte Lepke zu.

Gleich darauf steckte Wagner seinen Kopf zur Tür herein und hielt Lepke den hochgereckten Daumen entgegen.

Wagner sah schlimm aus. Sein rechtes Auge war zugequollen und quer über seine Stirn zog sich eine blutige Schramme. Sein Bericht für Lepke war kurz. Wagner hatte die Jugendlichen nach draußen geschickt, für die Rettungskräfte war Großalarm ausgelöst worden. Während er noch mit der Einsatzzentrale telefonierte, hatte Tobias Pradzyk ihn von hinten angegriffen und dann niedergeschlagen. Wahrscheinlich mit einem Schlagring. Danach war der Psychologe mit seinem Audi geflohen, die Fahndung lief bereits. Wo Pradzyk oder Marcel sich vorher befunden hatten, war bislang völlig im Unklaren geblieben.

Wagners Handy klingelte. Er hörte einen Moment aufmerksam zu, bevor er seinen Arm in die Luft stieß und brüllte: »Wir haben ihn! Das heißt, Meyer hat ihn!« Dabei blickte er abwechselnd Alex und Lepke an. Dann fuhr er fort: »Meyer war auf dem Weg zu uns, weil er … was weiß ich. Über Funk hat er jedenfalls von der Fahndung nach Pradzyks Audi gehört. Auf der Dresdner Straße kam ihm die Karre prompt entgegen, mehr oder weniger auf seiner Straßenseite. Meyer hatte das Blaulicht auf dem Dach, deshalb muss der Psychologe Panik gekriegt haben. Wollte irgendwie umdrehen und weg, ist aber ins Schleudern geraten und mit der Seite voll in die parkenden Autos gerauscht. Mit der rechten Seite! Und nun ratet mal, was Meyer gemacht hat! Hat ihn von links blockiert, so dicht, dass noch nicht mal mehr eine Hand zwischen die Türen passt. Pradzyk sitzt schön eingesperrt in seinem eigenen Auto! Meyer sagt, wenn er sein Fenster runterlassen würde, könnten sie ein kleines Therapiegespräch führen, bis die Kollegen von der Streife da sind. Aber der Psychologe scheint gerade kein Interesse zu haben. Und wenn die Kollegen nicht bald da sind, sagt Meyer, könnte es gut sein, dass er Pradzyk noch schnell die Fresse poliert. Wobei ich keine Ahnung habe, wie er eigentlich an ihn rankommen will. Ich meine, die stehen Tür an Tür, wie soll er da ...? Das geht doch gar nicht, oder?«

Die Sonne brach durch die Wolken. Über dem Engelbecken stand ein Regenbogen.

*

Als eine Streifenwagenbesatzung nach Mahlsdorf fährt, um Jasmina Midani vom Tod ihrer Mutter zu unterrichten, ist die junge Frau nicht da. Die Wohnung ist leer.

*

Alex hatte nur unter mehrmaligem Verweis auf ihren Dienstrang erreichen können, dass der Rettungswagen am Kottbusser Tor eine Runde um den Kreisel fuhr und sie dann zurück Richtung Spree brachte. Bis zur Köpenicker Straße.

Auch diesmal war der Hipster wieder da, stapelte allerdings keine Bierkästen, sondern war dabei, neue Rattenfallen neben dem Container aufzustellen. Als er Alex erkannte, bohrte sein aufgerissener Mund ein Loch in den Vollbart.

»Du … du hast keine Hose an! Das weißt du, oder?«

Alex nickte nur, ohne etwas zu erwidern.

Aus den Augenwinkeln sah sie, wie vorne an der Straße der zweite Rettungswagen hielt, der hinter ihnen hergefahren sein musste. Lepke kam über den Hof gerannt, wobei er versuchte, das verletzte Knie mit den Händen abzustützen.

»Alex!«, keuchte er, als er sie erreicht hatte. »Was soll das?«

»Ich glaube, dass Maja in Gefahr ist. Dass sie entführt worden ist.«

Dicht vor Lepke eilte Alex die Treppe hinauf.

Sie wollte ihm jetzt nichts erklären, sie wollte überhaupt nicht reden. Sie hatte gerade jemanden umgebracht. Und es war egal, ob es in Notwehr geschehen war oder nicht. Wer er gewesen war. Was er anderen angetan hatte. Was er ihr hatte antun wollen. Sie hatte ihn getötet, und das würde ihr Leben für immer verändern. Aber sie spürte auch die Verwirrung, darüber, dass sie froh war, dass es nicht Lepke oder sie waren, die tot im Keller lagen. Darüber, dass sie das Stück Blech zu fassen bekommen hatte, als Marcel sich auf Lepke gestürzt hatte. Sie drängte ihre Gedanken beiseite. Jetzt ging es nur noch darum, Maja zu finden. Bevor es zu spät war. Falls es überhaupt noch eine Chance gab. Aber es musste eine geben! Maja musste am Leben sein! Sonst …

Alex passte es nicht, dass Lepke ihr gefolgt war. Gleichzeitig gab es tief in ihrem Inneren eine Stimme, die zu flüstern schien: »Sei froh, dass er da ist. Das wolltest du doch. Er hat dich nicht im Stich gelassen.«

Vor Majas Wohnungstür lag eine Zeitung. Sie bückte sich und blickte auf das Datum. 6. Juni. Das war der Tag, an dem sie sich selbst aus dem Krankenhaus entlassen hatte. An dem sie von Ilses Tod erfahren hatte. An dem sie zum ersten Mal vergeblich bei Maja gewesen war. Warum hatte sie die Zeitung nicht vorher schon gesehen?

Lepkes Handy meldete eine Nachricht. Er schaute auf das Display. »Meyer.«

»Kein Wort zu irgendjemandem, wo wir gerade sind«, zischte Alex.

»Schon klar.«

Er konzentrierte sich auf die Nachricht. Alex nahm den Kampf mit der schweren Eisentür auf. Die Katze kam nicht angelaufen, als sie in den Flur traten. Alex riss einen von Majas Arbeitsoveralls vom Haken an der Wand und zerrte ihn über ihre Stiefel und die nackten Beine. Wortlos hielt Lepke ihre Lederjacke, bis sie fertig war.

Auf den ersten Blick schien im Atelier alles unverändert. Dann sah Alex den Zettel auf der Arbeitsplatte. Den Zettel, den sie für Maja geschrieben und später weggeworfen hatte. *Melde dich, A.*

Sie hörte, wie Lepke plötzlich scharf die Luft einzog. Mit wenigen Schritten war er bei ihr und versuchte, sie zum Sofa zu drängen. Als sie den Kopf drehen wollte, nahm er ihr Gesicht zwischen seine Hände und fixierte ihre Augen.

»Ganz ruhig, Alex. Du musst dir das nicht ansehen.«

Mit einer schnellen Bewegung schlug sie seine Arme weg und schob ihn zur Seite. An der unverputzten Wand neben dem Kühlschrank hing Rosa. Der kleine schwarz-weiße Körper war blutverkrustet, das Maul und die blicklosen Augen waren weit aufgerissen. Das Küchenmesser hatte erst ihren Bauch durchtrennt und war dann in die Fuge zwischen den Ziegelsteinen gerammt worden. In Höhe der Pfoten sah man deutlich die Kratzspuren der Krallen. Rosa hatte noch gelebt, als sie aufgespießt worden war.

Lepke legte Alex den Arm um die Schultern, versuchte wieder, ihr den Anblick zu ersparen, sie wegzudrehen. Diesmal ließ sie es geschehen.

*

Alex schluchzte leise. Ihre Schultern bebten. Alles ergibt plötzlich einen Sinn, dachte Lepke. Das letzte Puzzlestück war an seinen Platz gefallen. Alex hatte recht gehabt. Er hätte sie besser kennen sollen.

Er hatte ihr nie erzählt, dass er mehr über sie wusste, als sie ahnte. Als sie im Koma lag, hatte er unzählige Nächte damit verbracht, mehr über sie in Erfahrung zu bringen.

Viel hatte er nicht gefunden. Alexandra Gode existierte noch nicht lange. Nur durch Zufall war er über einen uralten Polizeibericht gestolpert. Aus einem kleinen Dorf in Brandenburg, in der Nähe der Beelitz-Heilstätten, nicht weit weg von Berlin. Ein Bauer hatte seinen Nachbarn angezeigt, einen Polizisten, der angeblich Frau und Kind misshandeln würde. Die Anklage war fallen gelassen worden, weil der Polizist sich bislang nichts hatte zu Schulden kommen lassen und weil die Frau erklärte, dass in ihrer Ehe alles in Ordnung war. Das Jugendamt hatte sich gar nicht erst eingeschaltet. Das kleine Mädchen hieß Alexandra. Alexandra Wiesel.

Lepke hatte die Spur weiterverfolgt, auch nachdem die Familie aus Brandenburg fort und in die Bayerische Rhön gezogen war. Abermals in ein kleines Dorf, wo der Vater als Polizist und in seiner Freizeit als Boxtrainer arbeitete. Ein unauffälliges Leben. Ohne Nachbarn, die etwas meldeten, was ihnen nicht normal vorkam. In den Akten der Schule, die Alexandra Wiesel in der nahe gelegenen Kreisstadt besuchte, fand sich dann ein Vermerk, dass sie nach den Sommerferien nicht wieder zum Unterricht erschienen war. Da war sie dreizehn Jahre alt gewesen. Die Eltern hatten jedoch niemals eine Vermisstenanzeige aufgegeben.

Wenig später war in der Charité in Berlin ein dreizehnjähriges Mädchen aufgetaucht. Einen Ausweis hatte es nicht bei sich gehabt, seinen Nachnamen hatte es nicht sagen wollen. Die Dreizehnjährige war stark unterernährt gewesen und hatte offensichtlich kurze Zeit auf der Straße gelebt. Ihr Körper wies deutliche Spuren von Misshandlungen auf, weshalb die Kriminalpolizei eingeschaltet wurde. Bevor allerdings die Ermittlungen aufgenommen werden konnten, war das Mädchen wieder verschwunden.

Der Name der damaligen Kriminalkommissarin hatte Lepke endgültig überzeugt, dass er auf der richtigen Spur war. Ilse Schelhaas. Sieben Jahre danach hatte eine Alexandra Gode ihre Ausbildung als Polizeianwärterin begonnen und sich schnell hochgearbeitet, bis sie schließlich bei der Mordkommission gelandet war.

Lepke hatte entschieden, nie ein Wort darüber zu verlieren. Das Ganze war Alex' Sache, ihre Geschichte ging ihn nichts an. Aber eben hatte Meyer ihn darüber informiert, dass er das Handy des Psychologen gecheckt hatte, nachdem die Kollegen Pradzyk aus dem Auto geholt und abgeführt hatten. Meyer war Pradzyks Telefonliste durchgegangen. Eine Nummer, die er angerufen hatte oder von der er angerufen worden war, tauchte in der letzten Woche fast täglich auf. Der Anschluss gehörte einem Bert Wiesel. Ein ehemaliger Polizist, wie Meyer bereits recherchiert hatte.

Alex hatte recht gehabt.

Ihr Vater war zurück.

Lepke drückte Alex behutsam aufs Sofa und strich

ihr mit der Rückseite seiner Hand über die Wange. Anschließend ging er zur Küchenspüle, um ihr ein Glas Wasser zu holen. Obwohl er es vermeiden wollte, fiel sein Blick doch wieder auf die hingerichtete Katze. Irgendetwas meinte er zwischen den aufgerissenen Zähnen zu sehen, was da nicht hingehörte. Er streifte sich die Latexhandschuhe über und griff der kleinen Katze ins Maul.

Der Zettel war handgeschrieben.

Dich zu kennen ist tödlich. Dein Vater.

Ohne dass er es bemerkt hatte, war Alex hinter ihn getreten. Sie nahm ihm den Zettel aus der Hand. Er sah, wie sich ihr Körper verspannte. Für einen Moment war ihr Blick wie verschleiert. Dann schien sie einen Entschluss gefasst zu haben. Sie drückte den Rücken durch und sah Lepke an.

Mit vollkommen ruhiger Stimme sagte sie: »Er hat Maja. Und er spielt ein Spiel mit mir, verstehst du? Er will mich quälen, um sich an mir zu rächen. Ich weiß nicht, wie lange er schon hier ist. Wie lange er es schon plant. Er will mich in Panik versetzen. Immer mehr, Stück für Stück. Erst Ilse, dann Maja. Er will, dass ich an dem Gedanken verzweifle, sie könnte ebenfalls tot sein. Aber zugleich gibt er mir Hinweise, als wollte er herausfinden, wie gut ich als Ermittlerin bin. Er war nicht umsonst Polizist! Er ist nicht nachlässig, das sind gezielte Spuren, die er legt, nur für mich. Die Zeitung von dem Tag, an dem Maja verschwunden ist, der Laster, mit dem er sie womöglich entführt hat und von dem mir der Hipster unten erzählt hat. Ich bin mir sicher, dass er ihn unter seinem eigenen Namen gemietet hat, weil er wollte, dass ich diese Spur finde. Damit kriege ich auch raus, wo er hingefahren ist. Wo er Maja versteckt hält. Es wird noch nicht mal weit von hier sein, er taucht ja immer wieder auf, um mich zu beobachten. Er kennt den Psychologen. Wer weiß, wie lange schon. Er hat sich mit ihm getroffen, selbst noch, als Maja schon verschwunden war. Aber sie lebt, Lepke! Rosa ist nur … ein Effekt wie in einem Horrorfilm. Maja lebt! Sonst geht sein Spiel nicht auf. Vielleicht will er mich in eine Falle locken – was weiß ich, was in seinem kranken Hirn vor sich geht. Aber ich werde sie finden! Und wenn ich dafür noch mal mit Pradzyk reden muss. Ich werde ihn finden, und ich werde Maja finden.«

Alex machte einen Schritt auf die Tür zu. »*Wir* werden sie finden«, sagte Lepke.

Alex zuckte mit den Schultern, dann nickte sie.

Als sie das Haus verließen, war der Hipster gerade dabei, die Kerzen auf den Tischen im Restaurant anzuzünden. Von der Spree war das Tuten eines Ausflugsdampfers zu hören. Ein Windstoß ließ die Blätter der Pappel im Hof silbrig zittern.

*

Im Tagesspiegel *erscheint die Meldung, dass der »unter den Kollegen sehr geschätzte Kommissar des Morddezernats, Marcel B. (34), bei einem Einsatz tödlich verunglückt ist«.*

Die Staatsanwaltschaft lehnt bei zweiter Prüfung

die Anklage gegen den Polizeipräsidenten, den Innensenator und den Leitenden Oberstaatsanwalt aufgrund unzureichender Beweise ab. Da kein Absender bekannt ist und nicht geklärt werden kann, wer sie der Mordkommission zugespielt hat, werden die Aufnahmen als Beweise nicht anerkannt.

Werner von Stahl, Hans-Joachim Förster und Wolfgang Richter sind noch am Tag ihrer Verhaftung wieder auf freiem Fuß.

Gegen Rolf Eckert und Nadine Teske wird ein Verfahren eingeleitet, das auf den Aussagen der Wohnungsvermittlerin basiert. Die Anklage gegen den Psychologen und Psychiater Dr. Tobias Pradzyk bleibt bestehen.

In München erhält ein freier Journalist einen USB-Stick mit mehreren Videos, auf denen der Polizeipräsident Berlins, der Innensenator, der Leitende Oberstaatsanwalt und andere Männer beim Sex mit Zwangsprostituierten und Minderjährigen zu sehen sind. Außerdem finden sich in dem Umschlag weitere Informationen. Er hat genügend Material, um mit eigenen Recherchen beginnen zu können. Der Journalist ist überzeugt, dass er seine Dokumentation an eine der größeren Zeitungen verkaufen kann. Als er versucht, seine frühere Mitbewohnerin in Berlin anzurufen, kann er sie nicht erreichen, auch nicht unter ihrer Dienstnummer. Er lässt sich über die Zentrale mit dem Sekretariat verbinden. Die Sekretärin teilt ihm mit, dass zurzeit weder Herr Lepke noch Frau Gode oder Herr Meyer zu sprechen sind. Auf sein Drängen hin wird er schließlich zum Leiter der Mordkommission durchgestellt. Er erklärt, ein freier Journalist und der frühere Mitbewohner von Alexandra Gode zu sein. Die Rückfrage des Mannes am anderen Ende der Leitung irritiert ihn: »Was für ein Fahrrad hat Frau Gode?« – »Fahrrad? Sie fährt Motorrad. Eine gelbe BMW R 1200.« – »Also kein Fahrrad?« – »Nein ... das heißt, vielleicht doch! Ein altes Motobecane-Rennrad aus den Siebzigern ...« Er hat den Eindruck, ein kurzes Auflachen zu hören. Dann sagt die Stimme: »Alex hat eine neue Nummer. Haben Sie einen Stift, um mitzuschreiben?«

Dank

Dieses Buch ist entstanden aus der Trauer und der Wut über das, was tagtäglich in anderen Ländern ebenso wie direkt vor unserer Haustür passiert. Während wir Kaffee trinkend unseren Gedanken nachhängen, sterben täglich Menschen durch Bomben und Granaten, werden an Grenzzäunen erschossen oder ertrinken im Mittelmeer – und werden als »Sozialschmarotzer« und »Asyltouristen« von denen beschimpft, die es besser haben. Dieses Buch ist auch meine persönliche Antwort auf die Fassungslosigkeit, die mich überkommt, wenn ich sehe, wie Rassisten und Faschisten in hohen Ämtern über andere Menschen entscheiden und urteilen, wie sie Grenzen schließen, Mauern bauen und an dem Leid anderer verdienen.

Dieses Buch ist trotz allem ein Roman, eine Fiktion. Und so habe ich mich aller Freiheiten bedient, die eine Fiktion zulässt. Jegliche Ähnlichkeit mit der realen Welt ist rein zufällig, es gibt beispielsweise keine Firma namens B-Care, und sollte es eine Firma mit ähnlich klingendem Namen und ähnlichen Firmengrundsätzen geben, so war ich mir dessen nicht bewusst und stelle hiermit fest, dass diese Firma ganz sicher nicht gemeint ist. Ebenso wenig wie all die Wachmänner, Polizeidirektoren und Politiker, die in meiner Geschichte frei erfunden sind. Es ist allerdings traurig und beschämend, dass meine fiktive Geschichte genau so auch passiert sein könnte, und es ist an uns, dafür zu sorgen, dass dies niemals (wieder) passiert.

Dieses Buch ist für alle die geschrieben, die ein besseres Leben suchen oder versuchen, etwas zu verändern; die geflüchtete Menschen beim Amtsbesuch begleiten, ihnen eine Wohnung oder ein Essen anbieten, die Abschiebungen verhindern, die ihr Leben aufs Spiel setzen, um die medizinische Versorgung im Krieg aufrechtzuerhalten oder um auf dem Mittelmeer andere vor dem Ertrinken zu retten.

Wie immer habe ich einigen mehr und anderen vieles zu verdanken, ich danke also insbesondere Ulrike Gerold und Wolfram Hänel, Jacob Blumenfeld und Freda Wolff sowie meinem Agenten Bastian Schlück und natürlich meinen Lektorinnen Barbara Heinzius und Regina Carstensen. Mein besonderer Dank aber gilt Sebastian Jünemann und den Helfern von CADUS e.V. (https://www.cadus.org/de/) für ihre Geschichten, ihren Mut und ihr Durchhaltevermögen.

Mehr über Hilkje Hänel: www.hilkje-charlotte-haenel.weebly.com

Autorin

Hilkje Charlotte Hänel, geboren 1987, hat ihr Psychologiestudium nach nur 14 Tagen abgebrochen und stattdessen begonnen, Texte fürs Theater zu schreiben. Später hat sie Englische Literatur und Philosophie in Göttingen, Berlin, Sheffield und Boston studiert. Heute lebt sie wieder in Berlin. Mit ihrem Kriminalroman »Engel der Erlösung« hat sie die Reihe um die junge Berliner Hauptkommissarin Alexandra Gode begonnen.

Hilkje Hänel im Goldmann Verlag:

Engel der Erlösung. Ein Fall für Alexandra Gode
Letzter Ausweg Tempelhof. Ein Berlin-Krimi

(beide auch als E-Book erhältlich)